出遅れテイマーのその日暮らし
Deokure tamer
12

リリス
ドリモ
ルフレ
ペルカ

アイネ
ヒムカ
ユート

オレア
ファウ
キャロ

出遅れテイマーのその日暮らし
Deokure tamer
12
Deokure Tamer no
Sonohigurashi

CONTENTS

Deokure Tamer no Sonohigurashi

PROLOGUE | プロローグ

Side　暗い部屋で黒幕感を演出する運営

「主任、御用っすか？」

「ああ。公開した動画の反響はどうだ？」

「公開直後から、視聴数がうなぎのぼりっす！」

「そうだろうそうだろう。メチャクチャ気合入れて作ったからな！」

「今まで謎だった悪魔関係の情報もちょっと含まれてますし」

「あと、プレイヤーがオークションに出したアイテムが、ゲームのシナリオに少し影響を与えるってことも周知できただろ？」

「そうっすね。それに、プレイヤーが悪魔化できるんじゃないかっていう推測も出てるみたいっす」

「ほう？　そこに気付いたか」

「まだ確証があるわけじゃなく、願望ってところでしょうが」

「まあ、いずれな……」

「ぶっちゃけ、実装してないだけっすけど」

「それは言うな。そのうち、大々的に新コンテンツとして発表するんだから」

「大型アプデの目玉で、新種族実装はテンプレっすし」

「まあ、まずは種族転生が発見されるのが先だが」

「種族転生自体がまだまだ先っすからねー。存在しているという予想はされてますが」

「NPCからヒントださせたりもしてるしな」

「検証班とかは、諦めずに探してるっすよ」

「くくく。ゲームが盛り上がることはいいことだ」

「でも、一番盛り上がってるのは次のイベントの考察板とかですね」

「あれだけ分かりやすい動画を流したわけだし、そこが盛り上がってもらわにゃ」

「ばっちりっすよ」

「一応、神精や精霊っていう単語も出したんだが、そこはスルーされてるか？」

「まあ、まだ単語がちょろっと出ただけっすからねぇ」

「そういう存在がいると思ってもらうだけでも十分か」

「神精系のフラグはまだ重要じゃないっすから」

「というか、白銀《しろがね》さんだけ精霊の好感度高いんだよな……」

「毎日、納品クエストとかでちょっとずつ好感度稼いでるんっすよ」

「チリツモってやつか」

「あのレベルの作物を、捨て値レベルの納品クエストにぶっ込み続けるプレイヤーがいるだなんて、想定外っす」

「序盤の資金稼ぎ用のクエストのはずだったんだが……。白銀さん、なんであのクエスト毎日毎日続けてるんだ？　おかしいだろ！」

「白銀さんっすからね」

「ぐぬぬ、反論を許さぬ説得力……」

「ただ、始まりの町でクエストこなせば精霊の好感度がちょっとだけ上がるって仕様、変更する必要があるかもしれませんねぇ」

「初心者だけに限定するとか、少し仕様を弄《いじ》るか……。あー、また会議だなー」

「お疲れ様っす。ムービー第二弾のチェックも忘れないでくださいっす」

「あー！　家に帰りたい！　娘の手作り料理食べたい！　作ってくれる予定はないけど！」

「い、いつか食べれるといいっすね……」

「手作り餃子とか最高だよなー！　食べたことないけどー！」

「はいはい！　わかりましたから！　会議の準備しましょうね！」

「うあー！」

第一章　猫とお出かけ？

「うーむ。まさかのしくじりだぜ」

オークションで落札した品物をホームに設置し終えた後、俺は畑に戻ってきていた。

流しそうめん用の水路を買ったけど、そうめんがないことに気づいたのだ。

「せっかく買ったんだけどなぁ」

まあ、蕎麦でやってもいいんだけどさ。できれば、そうめんでやりたいのである。

そうめんをゲットするまではお預けだな。早めにそうめん見つけよう。

「で、お次はこいつらだ。オルト、これを蒔いてくれるか？」

「ム！」

俺がオルトに渡したのは、オークションで落札した謎の種だ。何が生まれてくるか分からないが、未知の植物だと嬉しいね。

オルトが種をまいている姿を見守りながら、他の落札物を取り出す。

「で、問題はこのアイテムだよな」

覚醒孵卵器と、従魔の覚醒だ。

覚醒孵卵器は、正直勢いで買ってしまった。使うあてもなく、卵を入手するまでは取っておくしかないだろう。

でも、後悔はしていないぞ？　これ買ったおかげで称号が手に入ったし。まあ、効果は微妙な称号だったけど……。

でも、いつか役に立つ日がくるのだ。きっと。卵なら、獣魔ギルドで買ってきたっていいしね。

「こっちの、従魔の覚醒はどうだ？」

従魔の覚醒は、野球ボールサイズの白っぽい宝石だ。白いクリスタルみたいな？　メチャクチャ綺麗だし、飾っておくだけでも絵になるだろう。

ただ、扱いは宝石だが、その真価は特殊効果にある――はずだった。

鑑定すると、従魔の力を覚醒させるとだけ書かれている。まあね、ぶっちゃけ使い方は詳しく分からんよ？　でも、色々あって思わず買っちゃったのだ。意地になって無理に落札したことは認めよう！

でも、従魔を強化できるはずだし、無駄にならないから！

「使用は――できるな！」

ほらね！　やっぱりね！

「従魔に直接使う感じなのか」

ウィンドウには使用可能従魔の名前が表示された。従魔全員に使えるってわけじゃないらしい。

使用可能な相手は、クママとファウだけである。他の子たちはダメだ。

なんでこの二人？

少し考えて思いつくのは卵から孵《かえ》ったという点だが、それだとペルカも入っていなきゃおかしいいんだよな。

いや、ペルカは特殊な生まれ方だったから、卵から生まれた扱いにはならないとか？

とりあえずクママの名前を選んでみると、従魔の覚醒を使用した時の効果が表示される。

「えーっと、獣血覚醒と、毒血覚醒？」

この宝石を従魔に使用すると、特殊なスキルを取得するらしい。

クママの場合は獣血覚醒か、毒血覚醒の二つだ。

覚醒っていう名前が付くスキルを覚えるから、従魔の覚醒ね。

これってもしかして、ドリモの持っている竜血覚醒と似たスキルなのか？　だとすると、メチャクチャ強いかもしれん。

「フ、ファウも見てみよう」

ファウの場合は、地魂覚醒と樹魂覚醒？　クママとちょっと違うな？　血じゃないのか？

それにしても、地魂と樹魂ねぇ？

土属性、樹属性の攻撃ってことなんだろうが……。なんでこれしか選べないんだ？

ファウは妖精だし、どちらかと言えば風や光っぽい印象だ。

どうして選べる覚醒の属性が限定されているのかと考えていたら、ようやく理由らしきものに思い至った。

もしかして、オルトとサクラのことなのではなかろうか？

親であるオルトはノームで土属性。サクラは樹属性で間違いない。

そう考えると、クママの獣血覚醒、毒血覚醒も理由が説明できる。

ハニーベアは、熊系魔獣とハニービーの間に生まれるはずなのだ。だとすると、獣血と毒血はあり得そうだった。

精霊が親の場合に地魂や樹魂となるのは、精霊の体に血が流れていない的な設定なのかもしれない。

「うーむ、スキルを覚えられるのは確かなんだが、スキルの詳しい説明がないんだよな」

獣血は『その身に眠る獣の力を目覚めさせる』だし、地魂は『その身に眠る大地の力を目覚めさせる』だった。

この、選んでからのお楽しみ感よ……。まあ、嫌いじゃないけどね！

「さて、どれを選ぼうか……」

地魂覚醒がオルトから引き継がれたものだとすると、生産系の能力か？　それとも、戦闘に利用できるのか？　戦闘に全く使えないとなると、勿体ない気もする。

逆に、クママと獣血覚醒は相性が良さそうだ。心配は、最初から獣だからあまり意味がないって感じになる場合だろう。

だとしたら、毒血覚醒かね？　クママは毒爪も持っているし、状態異常はハマれば強い。ただ、デメリットもあり得る。格上のボスには、毒が無意味になる可能性もあるからね。

だいたいのRPGで後半状態異常が弱くなってしまうのは、敵やボスに耐性持ちが増えるからだ。

LJOでもその可能性は十分に考えられた。

じゃあ、樹魂覚醒？　でも、うちは樹属性は十分に揃っているからなぁ。新たな樹精であるオレアが増えたばかりで、これ以上増えても微妙な気がする。

だとすると、獣血覚醒が一番汎用的な気がするね。ドリモの竜血覚醒みたいに、戦闘時に大ダメージを狙えるかも？

ただ、やっぱ地魂覚醒も気になる。もし、作物の成長を促進させるような技だったら非常に有用だし、攻撃系の能力でもパーティの底上げにはなるのだ。

「うーん……。よし、ファウの地魂覚醒にしよう！」

俺はとりあえずファウを呼びに行って、アイテムを使っていいか確認することにした。

ホームに戻ると、モンスたちは設置したばかりの遊具で遊び狂っている。凄いな。

普通に遊んでいるのは、雲梯《うんてい》に掴まっているサクラとルフレくらいじゃなかろうか？

オレアとヒムカは、ブランコを一回転させてグルグル回っている。俺、メッチャ怖かったんだけどな。あいつら、笑ってやがるぜ。

リックとペルカ、アイネはジャングルジムで追いかけっこをしている。その速さが尋常ではない。俺だったら瞬殺されるだろう。というか、フレームにぶつかって身動き取れなくなりそうだ。体が小さいとはいえ、よくあの速さで動き回れるな。

すべり台では、リリスやオルトが頭から滑り降りて、スリルを楽しんでいる。うちの子たち、アグレッシブ過ぎじゃありませんか？

ただ、一番やばいのがシーソーだろう。片側にファウが乗り、もう片側にクママとドリモが飛び乗ったのだ。凄まじい勢いでシーソーが跳ね上がり、ファウがバビュンと飛び出していった。

飛び出す役が空を飛べるファウじゃなかったら、すぐに止めさせるところだろう。怪我をしないと分かっていても、心臓に悪い光景だった。

楽しそうなところ悪いんだが、ファウをこちらに呼ぶ。

「ヤ？」

ス◯パーマンのポーズでこちらにやってきたファウを、肩に止まらせる。そして、宝石を取り出してその眼前に持っていった。

「ちょっと、このアイテムをファウに使いたいんだが、大丈夫か？」

「ヤヤー！」

従魔の覚醒を見せるとファウが肩から勢いよく飛び上がって、輪を描くように一回転した。オーケーってことだろう。

「ヤーヤヤー！」

むしろ早くしろって感じだ。

喜んでくれて嬉しいよ。シャレにならない大金を使ってしまった甲斐があるのだ。

「いくぞ！　従魔の覚醒、使用！」

ということで、俺は従魔の覚醒を使用し、地魂覚醒を選択した。

「ヤヤー！」

メッチャ光る！　まあ、もう慣れているけど！　数秒ほど目を閉じていれば、エフェクトは終了だ。

そして、その場には凄まじい変化を――遂げていない、いつも通りのファウがいた。

「あれー？」

「ヤ？」

ファウに掌《てのひら》に立ってもらい、色々な角度からチェックする。だが、一切の変わりがない。

それでも、ステータスはばっちり変化していた。スキルの欄に、地魂覚醒の名前がしっかりと追加されていたのだ。

「成功だ！」

「ヤヤー！」

しかし、疑問もある。

ファウが地魂覚醒をゲットしたのはいいんだが、名前が地魂覚醒・幼精となっていた。

これって、ドリモの竜血覚醒・幼竜と同じだよな？

ドリモの場合は、初期が竜血覚醒。進化したら竜血覚醒・幼竜になったはずだ。

どうやら、最初から一段階成長している状態であるらしい。ファウはピクシーからフェアリーに一回進化しているから、そのおかげだと思われた。

つまり、今後モンスたちに覚醒スキルを覚えさせることが可能になった場合、進化の段階に応じた覚醒スキルをゲットできるってことだろう。

あと、従魔の覚醒がドリモに使えなかったということは、覚醒スキルは一人一つしか覚えられない可能性が高かった。

だとすると、成長していけばメッチャ強くなるのかもしれん。今でも強いが、レイドボス戦とかでも大活躍するレベルに強化される可能性もあるのだ。

「さて、地魂覚醒の効果を確かめたいね」

相変わらず、その身に眠る大地の力を目覚めさせるとしか書かれていない。

「ファウ。ここで使えるか？」

「ヤー……」

畑では使えないらしい。ということは、生産系じゃないってことか。

一応工房とかでも試したが、やはりホーム内では使用不可能だった。

「じゃあ、外に行って試そう」

「ヤヤ！」

ということで、俺はファウを連れて始まりの町の外で戦闘をしてみることにした。お供はファウに加え、オルト、サクラ、ドリモ、リリス、オレアの五体である。

オルトは地魂覚醒に何か関係あるかもしれないし、ドリモは覚醒の先輩だ。サクラも一応親枠で連れてきた。

リリス、オレアはまだレベルが低いから、できるだけ経験値を稼がせたいのだ。まあ、初期フィールドじゃ、どれだけ敵を倒してもスズメの涙だろうけどね。

ゾロゾロと連れ立って、夜の北の平原へと出撃する。もう、このフィールドなら俺一人でも問題ないから、過剰戦力だ。

「適当にぶらついて、スキルを使ってみよう」

「ヤヤ！」

とりあえずモンスターを探す。まずは覚醒スキルを使わずに、普通に戦闘してみた。

スキル以外に、変化があるかどうか確認したかったのだ。その結果、目立った変化はやはりなかった。

「ヤヤヤー！」

空中から一直線に突き進むその蹴りは、完全にライ○ーキックである。威力は低いけど。

やってる本人は、非常に勇ましい表情なんだけどね。

相変わらず、物理攻撃が弱い。ファウはうちの中だと唯一俺より腕力が低く、断トツで最弱である。この辺の敵でも、物理攻撃一発で倒すことはできなかった。

ファウにまで腕力で追い抜かれたら立ち直れないから、これからも華奢《きゃしゃ》な君でいてね？

「ヤ？」

「な、なんでもないぞ？　さて、次の敵で地魂覚醒を使ってみるか。ファウ、いけるな？」

「ヤヤ！」

ファウが、俺の言葉にやる気満々で頷く。腕を胸の前でガッシリと組んで、威風堂々とした雰囲気さえ感じる。出撃時のガン○スターを思い出すね。

そうして次の敵を探していると、遠くに黒い影が見えた。最初はロックアントかと思ったが、違っている。

近づいてみると、そのサイズが数倍あったのだ。

月夜に照らされて、甲殻が鈍く煌めいている。

「プレデターか」

「ヤ！」

北の平原のプレデターである、ラージ・ロックアントだった。フィールドをランダム徘徊して、プレイヤーを恐怖に陥れるプレデター。

初期であれば、逃げることしかできなかった超強敵だ。

だが、今となってはさほど苦戦する相手ではなかった。プレデターとはいえ、所詮は初期フィールドの敵だからな。

多分、俺とオルトだけでも楽勝だろう。

ただ、それなりにＨＰは高いはずなので、新技の試し撃ちには丁度いい相手だった。

「いっちょ、プレデター相手に試し斬りといきますか」

「ヤ！」

周囲に、プレデターを狙っていそうなプレイヤーたちはいないので、横取りにもならんだろう。未だに第一エリアで活動しているとなると、第二陣の生産職とかだろうしね。プレデターを狩ろうというプレイヤーは多くないのだ。いや、俺はほら、あれだから？

すでにプレデターはこちらに気づいている。昆虫特有の感情を感じさせない目で、俺たちを見つめていた。すぐに俺たちに向けて進路を変更する。

もう逃げ出したとしても、どこまでも追ってくるだろう。

接敵まで一分もかからないと思われた。

「よし！　みんな隊列を組め！　オルトはやつを受け止めるんだ！」

「ムム！」

「初手はファウがやる！　みんな、攻撃するなよ！」

「ヤヤー！」

久しぶりに間近で見るラージ・ロックアントは、やはり迫力があった。

楽に勝てるようになったとしても、プレデターの放つ威圧感はかなりの物だ。それに、以前追いかけ回された記憶も残っている。どうしても、苦手意識を感じてしまうのだった。

「く、くるぞ！」

「ギュオオオォォ！」

ラージ・ロックアントが、フィールド中に響いているんじゃないかと思ってしまうほどの大音声《だいおんじょう》を上げながら突進してくる。あれー？　こんな迫力あった？　想像をはるかに超えてるんだけど！

「ムッムー！」

だが、気圧《けお》されているのは俺だけであったらしい。ラージ・ロックアントの突進を、オルトがガッチリと防いでくれている。

「ムムー！」

「ギュオォォ！」

プレデターの巨体が、少年の姿をしているオルトに押し止められていた。それどころか、押し返されている。

オルトの小さい背中が、頼もし過ぎるぜ！

「ファウ！　今だ！　地魂覚醒！」

「ヤー！」

ファウの体が光に包まれる。

ドリモの竜血覚醒はドラゴンへの変身スキルだが、地魂覚醒はどんなスキルだ？　ノームに変身？

それとも、もっと違う何か？

期待しながら見ていると、光が収まった後には大きく姿を変えたファウが佇んでいた。

ただ、ドリモのように全く違う存在に変身したという訳ではない。基本は、今までのファウと一緒だ。

背中には四枚二対の翅《はね》が生え、髪は赤く、その手にはリュートを持っている。だが、そのサイズが違っていた。

出会ったばかりの頃の、ルフレ程度のサイズまで成長していたのだ。

さらに、その服装もだいぶ違う。青を基調にしているのは変わらないが、今はそこに金色の入り混じった大人っぽいサマードレスを身に纏っている。

「ファウ？」

「ヤー！」

ああ、成長しても、中身はファウだな。笑顔で万歳する動作が全く一緒だった。

というか、自分の成長に気が付いていない？

「ちょ、ちょっとまて！」

「ヤ？」

「無理だから！　その状態で俺の肩には乗れんから！」

完全にずり落ちるし！

「せめて肩車にしてくれ！」

「ヤー……」

そんなにしょんぼりされても……。今のファウは、アイネよりも大きいんだぞ？　肩に腰かけるのは無理だ。頭の上はもっと無理だろう。

「ていうか！　効果時間終わる！　早くぶっぱなせ！」

「ヤヤー！」

危ねー、貴重な覚醒スキルをコントで一回無駄にするところだったぜ。

相変わらずなファウだったが、覚醒スキルは色々と凄まじかった。

「ヤヤーヤー！」

「で、でけー！」

「ヤー！」

ファウが掌をかざすと、ラージ・ロックアント前方の空中に、二つの魔法陣が描き出される。黄色に輝く、巨大な魔法陣だ。

中心には六芒星。その周囲を円が囲み、その外側には梵字《ぼんじ》にも似た解読不能な文字が書かれていた。さらに、その周りには色々な装飾が施されている。

これぞ魔法陣という感じだ。

字の意味とかは全く分からんけど、絶対に凄いこと起こるじゃん！　期待しかないぞ！

そして、そこから巨大な岩が撃ち出される。

そのサイズは、直径五メートルを超えているだろう。自分の大きさを遥かに超えたサイズの岩がすんごい速度で跳んでいく光景は、驚くほど迫力があった。

「どひゃー！」

思わず叫んじゃったね。

撃ち出された二つの巨岩は超高速で突き進み、ラージ・ロックアントを打ち据えていた。

いやー、少し離れた場所から見ているけど、凄い衝撃映像だ。

車のクラッシュ映像よりも迫力があるだろう。

今後、あんな攻撃をしてくる敵が出現するんだろうか？　うわー、今から恐ろしいぜ。

見た目の迫力だけではなく、威力も凄かったらしい。プレデターの巨体が大きく吹き飛んでいた。

大型のモンスターは並大抵の攻撃では吹き飛んだりしない。それが一〇メートル近く飛んでひっくり返るというのは、余程の破壊力である。

ダメージも想像を超えていた。ラージ・ロックアントのＨＰを、半分以上削っていたのだ。

弱点属性である水魔術でも、俺であれば数発は必要になるだろう。

超強力な土属性攻撃。それが、地魂覚醒の正体であるようだった。

振り返ると、ファウはもう元の姿に戻ってしまっている。いつも通りの、ちっちゃな妖精さんだ。

「ヤ？」

この辺はドリモと同じである。変身していられる時間の短さも、覚醒スキルの共通点なのだろう。

「よーし、とりあえず残りを削り切るぞ！」

「ヤヤー！」

「デビー！」

「トリリー！」

モンスたちが張り切って攻撃を仕掛ける。

スタン状態にあるらしく、ラージ・ロックアントからの反撃はなかった。結局、ドリモが覚醒する必要もなく、総攻撃で勝利していた。

もう、俺たちの敵じゃなかったな。

素材も、めぼしい物はない。紋章とか密かに期待してたんだが、そう甘くはなかった。

「それにしても、覚醒スキルは凄いな。一日に一回しか使えないだけあるぜ」

「ヤ」

「モグ」

となると、覚醒孵卵器が俄然《がぜん》楽しみになってきた。想像が正しければ、孵化するモンスが確実に覚醒スキルを持った状態で生まれてくるのだろう。

「畑に戻って、覚醒孵卵器を強化できないか確認してみよう」

これを基にして、火属性付加戦闘技能覚醒孵卵器的なものが作れるかもしれないのだ。

そう期待していたんだが、無理そうだった。錬金の対象に選べなかったのである。どうやら、これで完成品という扱いのようだった。

もしかしたら、従魔の覚醒を孵卵器に合成すれば、覚醒孵卵器になるのかもしれない。テンション上がり過ぎてすぐに使ってしまったが、色々と実験してからにすればよかったな……。

「うーん。もしかして、ソーヤ君なら何か違うか？」

俺よりも錬金レベルが高いプレイヤーなら、違う反応があるかもしれない。

フレンドリストを確認すると、ソーヤ君はログインしていた。

早速連絡してみる。すると時間があるというので、俺はすぐに会いに行くことにした。

今日は第五エリアにいるらしい。転移して広場に向かうと、直ぐに発見することができた。ソーヤ君の露店だけ、人が全く寄り付いていないのだ。

なんでだ？　雑貨とかスクロールとか、色々と面白い物を売っていると思うんだが……。

「やーやー、ソーヤ君」

「あ、ユートさん。連絡ありがとうございます」

「いやいや、礼を言うのは俺の方だから」

「珍しい物を見せてもらえるんだから、僕も得してますよ？　それで、落札した孵卵器ってどんな感じです？」

すでに用件は説明してあるので、話が早いぜ。

「これなんだが、どうかな？　俺だと合成素材にはできそうもないんだけど」

「うーん、ちょっと見せてもらいますね」

「頼むよ」

ソーヤ君の前に覚醒孵卵器を置くと、俺は連れてきたファウたちと一緒に露店を眺めることにした。

右肩にファウ、左肩にリック、足元にペルカという布陣だ。他の面々は、今ごろ遊具で遊んでいるだろう。

「品揃えが随分変わったな」

「キュ」

ソーヤ君の露店は、販売している商品が以前とはガラリと変わっていた。もう雑貨屋とは呼べないな。

ソーヤ君の露店で売っていたのは、魔本だったのだ。

二〇冊ほどの魔本が、綺麗に陳列されている。

完全に魔本屋さんだった。

少し古びた感じの加工が施された革製の表紙に、金属製の鋲《びょう》や金具が鈍い光を放ち、重厚な雰囲気を醸し出している。

メチャクチャカッコいいし、非常に目を引く。だが、売れるかどうかと言われたら微妙だろう。

魔本の性能は悪くない。杖のように魔術の発動媒体としても使えるし、登録した魔術を単発ではあるが詠唱なしで発動が可能。ただし、登録した術は威力が半減なうえ、耐久値を削るのでずっと使用し続けることもできない。

これだけなら使う人間はいそうだが、最大のネックは魔本スキルだろう。

魔本スキルを手に入れるためには前提スキルがいくつか必要となっており、ボーナスポイントが全部で三〇近く必要となるのである。

いずれ大化けする可能性は高いと思うが、今は中々使用者が増えないだろう。

俺だって正直気になる。気になるんだが、どうも決め手に欠けるのだ。

「ソーヤ君、魔本売り始めたんだね」

「そうなんですよ。中々売れませんけど、魔本を普及させるためにはこうして売っていくのが一番ですから」

「売れてる？」

「……あ、あははは。まあ、ボチボチってことにしておいてください」

魔本普及への道は、中々険しそうだな。

世間話をしながら、魔本を眺めること数分。

「じゃあ、これ返しますね」

「無理言って悪かったな」

俺は残念そうな顔のソーヤ君から、覚醒孵卵器を返してもらった。

「いえ。楽しかったですよ」

結局、ソーヤ君も覚醒孵卵器を強化することはできなかったのだ。これはもう、弄ることはできないと考えるべきだろう。

「ユートさんは、魔本に興味ないですか？」

「うーん。興味はあるんだけど、ポイントがねぇ」

「やっぱそこですか」

筆写や解読、錬金などのスキルを一定レベルまで上げたうえで、魔本スキルを取得せねばならない。

正確には、筆写、解読、錬金、魔術のうち二種類。あと、知識系スキルを一つ、だったかな？

魔術と知識系スキルは問題ない。しかし、錬金はもっとレベルを上げないといけないし、筆写、解読は新規取得せねばならない。

さらにさらに、魔本を自分で作ろうと思ったら魔本スキルに加え、皮革《ひかく》、調合が必要になるそうだ。スキルのレベル上げに時間もかかるし、ボーナスポイントもかかるのである。

自力で魔本スキルを見つけたソーヤ君は、マジで凄いよな。執念のなせる業なのだろう。

ただ、魔本には興味があるし、とりあえず筆写と解読をゲットしてみようかな。いずれ魔本が必要になった時に慌てても遅いしね。

そう告げると、ソーヤ君が嬉しそうに魔本の良さを語ってくれる。よほどうれしかったんだろう。

これは、しっかりスキルレベルを上げないと、ソーヤ君に怒られそうだ。

「もし魔本のことに興味ある人がいたら、ぜひ紹介してくださいね」

「分かったよ」

ソーヤ君に手取り足取り教えてもらえるボーナス付きってことなら、十分人は集まりそうなんだけどな。

だってショタエルフだよ？　絶対にファンいるし。

まあ、ソーヤ君が求めているのはそういう人たちじゃなくて、本当に魔本に興味がある同志なんだろうけどね。

俺はソーヤ君と別れると、ホームに戻ることにした。

「明日は獣魔ギルドに卵を買いに行って、覚醒孵卵器にセットしたいな」

高額な卵だと何十万もするが、俺なら問題ない。金ならある！　うむ、いい言葉だね。

しかも、獣魔ギルドで売っている卵は、基本的にはプレイヤーから委託されたものになる。つまり、必ず両親が存在しているのだ。クママがそのパターンだからな。

まあ、報酬やイベントで手に入れた卵なんかも、マスクデータとして親が設定されている可能性は高いし、そっちでも覚醒は狙えるだろうけど。

「うちに足りてないのはどの枠だろうなぁ」

「ム？」

「盾役はオルトがいるし、ドリモもヒムカも盾役はできる。攻撃役なら、ドリモ、クママだ」

「モグ」

魔術攻撃なら、俺、サクラ、ファウ、リリス。

回復役はファウとルフレ。バフはファウ。デバフはリリスだ。

水中戦力のペルカに、空中戦力のアイネ。生産力も十分だ。

全員が複数の役割を果たせるし、意外と戦力は充実してる。

俺がどんなモンスの卵をお迎えするのがいいか悩みながらホームに戻ってくると、そこには驚きの物が存在していた。

「え？　これって、卵？」

「フマ！」

「デビー！」

なんと、縁側の前の地面に、丸く黒っぽい物体が置かれていたのだ。鑑定すると、アイネとリリスの間に産まれた卵であった。

まさか、こんな都合のいいタイミングで卵が産まれるなんて……。

驚きすぎて、数秒間固まってしまったのだ。

「おいおいおいおいおい！　マジかよ！」

「フマー！」

「デビビ！」

この二人は確かに仲がいい。飛べるもの同士、空中鬼ごっこをしている姿をよく見るのである。だが、まさか、この組み合わせで卵ができるとは思っていなかった。

パーソナル的には、女の子同士だからな。

今までもオルトとサクラ、リックとファウと、俺のイメージでは男女の組み合わせで卵が発生していた。そのせいで、卵が産まれるなら男女コンビでという固定観念があったのである。

ただ、相性さえよければ性別などは問題ないんだろう。

設定的には、モンス同士の魔力が混ざり合って生まれるわけだしね。

「グッドタイミングだな！　二人とも！」

「フマー！」

「デビー！」

アイネとリリスがペチンとハイタッチして、喜んでいる。

「じゃあ、早速この卵を孵卵器にセットするか」

俺は覚醒孵卵器を取り出すと、縁側に置いた。ここならみんなで見守れるし、孵化するときはすぐに分かるのだ。

「おーい、手伝ってくれ」

「フマ！」

「デビ！」

俺の言葉にアイネとリリスが敬礼を返し、そのまま協力して卵を持ち上げた。そして、ゆっくりと卵を運んでくる。

「じゃ、頼む」

「フマママー！」

「デビビー！」

俺が孵卵器の蓋を開けると、二人が卵を孵卵器へとセットした。二人ともメチャクチャ威勢がいいんだけど、その動きはどこまでも優しい。

「よし、あとは孵化するのを待つだけだ。どんな子が生まれるんだろうな？」

「フマー」

「デビー」

覚醒孵卵器に入った卵を、アイネとリリスがかぶりついて見守っている。それに興味を覚えたのか、遊具で遊んでいたうちの子たちも集まってきた。

いつの間にか、押すな押すなの大渋滞だ。

モンス、マスコット、妖怪と、勢ぞろいだった。

これだけ見守られていたら出てき辛いんじゃないかってくらいに、見つめられている。

「ま、覚醒孵卵器はこれでオッケーだな」

あとは、ログアウトする前に少し実験をしておきたいことがあった。

「材料は揃えたし、これでまた肥料と栄養剤を作れるぞ」

先日、レシピを手に入れて作製した魔化肥料、栄養剤。

あれはオルトの指示通りに撒いたのだが、俺もちょっと他に気になっている作物があったのだ。それに対して、肥料と栄養剤を使ってみたかった。

素材は、オークションなども使って集めてある。しっかりと、地水火風の四属性の物を一つずつ作り上げることができていた。

それだけではない。なんと、以前は作れなかった聖化肥料も作れてしまっていた。栄養剤は以前作ってあったので、これで聖属性も揃ったことになる。

「まさか、端材が素材に使えるとはな」

あざとロリ裁縫士のシュエラの店に遊びに行ったときに、装備品作製の途中で出た革などの端材をいくつかもらったのだ。小物の作製に使えるらしいが、錬金などにも使えるからとタダでくれたのである。

和装で儲けたお礼だって言ってたが、なんで俺に礼を言うのかね？　あれはシュエラたちが作り上げたアイテムだし、俺は購入しただけだぞ？　むしろ、タダで大量にもらってしまってるから、マイナスなはずなんだがな。

宣伝効果が結構あったってことかな？　うちの子たちはメッチャ可愛いから、当然だけどな！　少なくともマイナス分を取り返すくらいには、売れたらしい。

その中の一つの布の端切れが、聖属性の昆虫素材扱いだったのだ。聖なる蜘蛛の糸とか、そういう由来だったのかもしれない。

ともかく、これで実験ができるぞ！

「まあ、オルトに使っていいか確認を取らんといけないけどね」

俺の畑だけど、俺の畑じゃないのである。

何か実験をするときには、お世話をしてくれている皆の許可を取らねばならなかった。

以前、クママの養蜂箱の一つに刻印スキルを使用して、メチャクチャ怒られたのである。クママに正座させられたね。

それ以来、あまり勝手なことはしないようにしていた。

「ムム？」

「この肥料とかを使いたいんだが、いいか？」

「ム！」

オルトが右の人差し指と親指で輪を作る。オッケーポーズ頂きました。

ただ、オルトも興味があるらしく、一緒にくるようだ。俺が変なことしないように、監視するわけじゃないよな？

「ム？」

「……まあ、いいけど。まず最初は、ここだ！」

俺がやってきたのは、水耕プールの前だった。ここには空気草という水草が植わっている。

水属性の作物だが、空気を生み出す効果があるのだ。これに風化肥料と栄養剤を使ってみたかった。風属性も関係しているのではないかと思ったのである。

「どう思うオルト？」

「ムー？」

オルトにもどうなるかは分からないらしい。

「状態が悪くなったりはしないよな？」

「ム」

オルトが、力強くうなずく。属性的に効果がなくても、肥料としての効果は発揮されるってことなんだろう。

ならば、使ってみるのも悪くはない。

「で、お次はこいつだ」

「ム」

次にオルトを引き連れて向かったのは、風耕柵の前だ。そして、ここで使いたいのは土化肥料と土化栄養剤だった。

「風属性の作物に土属性を使ったらどうなるか、興味があるんだよな」

水と火のように、風と土もいわゆる反属性のように扱われている。だとすると、何か変な効果があるんじゃないかと思ったのだ。

「これも分からないか？」

「ム」

農業のことなら何でも分かるみたいに思ってたけど、オルトにも分からないことがあるんだな。仕方ないけどさ。本当に何でも分かってたら、誰だってノーム使うもんな。

「で、これをここで使おうと思う」

「ムー？」

「そうそう、さっきの風耕柵と同じ理屈だ」

水化肥料を使おうとしているのは、微炎草が植えられた一角である。

ここには先日、火化肥料と栄養剤を撒いたばかりだ。それを邪魔しようというのではなく、まだ肥料を撒いていない微炎草に、反属性の肥料を使ってみようと考えたのである。

その後に俺がやってきたのは、野菜が植えられた一角だ。俺の目当ての作物は、畑の中で一際異彩を放っていた。

俺が実験に使いたいのは、顔のような穴の開いた大きなカボチャである。ハロウィンの時などによく見る、ジャック・オー・ランタンというやつだ。

「このカボチャ、中に火が見えるんだよな」

ランタンカボチャを覗き込むと、中にはチロチロと小さな灯《あかり》がともっている。夜などは、遠くからでもこのカボチャがはっきり見える程度には、明るかった。

ただ、熱くはない。指を突っ込んでみても、ダメージを受けたりすることもなかった。幻影なのか、ただのエフェクト扱いなのか分からないが、普通の火ではないらしい。調理時にカボチャを切れば、すぐに消えるしね。

だが、火であることも紛れもない事実。これに火化肥料と栄養剤を使ってみようと思ったのだ。

「これもオッケーか？」

「ムーム？　ムム！」

オルトは一瞬考え込む素振りをしたが、すぐに笑顔でサムズアップを返してくれていた。

「よく分からないけど、とりあえずやってみろってことかな？」

「ムー！」

オルトのゴーサインも出たし、これも使ってしまおう。

「ああ、まだ聖属性のが残ってるな」

「ムム！」

「どうした？」

「ムー！」

オルトが俺をめっちゃ引っ張っている。この反応はひょっとして――。

「この肥料と栄養剤、どこに使うのか分かるのか？」

「ムムー！」

自分で実験をしたい気もするが、貴重なアイテムだしここはオルトに任せてみるか。そうしてオルトが俺を連れてきたのは、普通の薬草畑だった。

「え？　ここ？」

「ム」

てっきり、神聖樹に使うのかと思っていたから肩透かしである。だが、畑のことに関して、オルトの指示が間違っていたことはないのだ。

「分かった。ここに使おう」

「ム！」

これで五ヶ所回り終えたな。どれか一つくらいは面白い変化が出てくれるといいんだが。

◇◇◆◇◇

オークションに覚醒スキルの実験に卵の誕生など、色々なことがあった翌日。

俺は第九エリアのレッドタウンへと向かっていた。

「よし、今日は第一〇エリアに辿り着いてみせるぞ！」

「ムム！」

目的は、フィールドボスを突破して第一〇エリアに到達すること。

昨日のオークションで、第一〇エリアに新しい施設がオープンすると告知された。それに、チェーンクエストなども多く存在しているそうだし、今後のことも考えるとなるべく早く行けるようにしておくべきだろう。

俺が向かっているのは、第九エリアにある大広場だ。ここには露店がたくさんあり、フィールドを突破するために必要なアイテムを揃えることができるらしい。

火属性のモンスターが大量に出現するフィールドの踏破に、ボスの討伐。さらに、第一〇エリアに踏み込んだ後は、セーフティゾーンまで辿り着かなくてはならない。

第九エリアにきた時は準備不足でヤバかったからな。今回はちゃんと準備をしていかねば。

「凄い賑わってるな」

「ムム」

レッドタウンの大広場には無数の露店がひしめき合い、大量のプレイヤーで賑わっていた。

俺と同じことを考えたプレイヤーたちが、一斉に押し寄せたのだろう。下手したら万を超えているかもしれない。

広場などはプレイヤー数に応じて空間拡張される仕様だが、その広さはすでに町を超えてるんじゃないか？　だって、端が良く見えないもん。

「まずは、冷却剤と爆弾を探そう」

「なら、うちで買ってかない？」

「え？」

オルトの「ム」という返事を想定してたから、ちょっとビックリしてしまったぜ。振り向くと、そこには悪戯《いたずら》っぽい笑みを浮かべた猫獣人さんがいた。

まあアリッサさんなんだけどさ。

「今日はここの広場っすか？」

「まあね！　今は第九エリアに人が集まってるから。レッドタウンを選んだのは……ま、気まぐれってことで」

「はあ。えっと、ボスを突破するためのアイテムとかも売ってるんですか？」

「売ってるよ！　とりあえず、うちのお店こない？　サービスするからさ」

「わ、分かりました」

ちょっといかがわしく聞こえてしまうのは、俺が汚れた大人だからだろう。アリッサさんに出会った時のことを思い出すね。

俺はアリッサさんに連れられて、早耳猫の露店へと向かった。

道中で、話題は公開されたばかりの動画のことになる。

「公式動画見た？」

「公式動画？　今回も公開されてるんですか？」

大規模なレイドボス戦とかならまだしも、オークションで公式動画？　一応、プライバシー的な問題もあるだろうし、誰が何を買ったかとか、映すのは難しいと思うんだが……？

「オークションに関しては少しだけで、後半にイベントの告知っぽいムービーが入ってるのよ」

「あー、なるほど」

告知がメインの動画ってことか。

ＬＪＯだと珍しいけど、他のゲームなら頻繁にあることだしな。

そうこうしている内に、早耳猫に所属する商人たちが並んでお店を出している場所へと辿り着いた。雑貨から攻撃アイテム、武具まで色々と取り揃えられているようだ。

ただし、俺が連れていかれたのは何も商品が置かれていない露店だったが。事務的な椅子とカウンターが設置されていた。

俺にとってはお馴染みの、情報を売り買いするためのお店である。アリッサさんがウィンドウを操作すると、周囲の音が聞こえなくなった。こっちの声も周囲には聞こえないだろう。

「さて……」

「え？　なんすか？」

「……相変わらずのお惚《とぼ》け顔っ！」

心なしか、ジト目で見られている気がする。でも、なんでだ？　そんな目をされるような心当たりは――。

「とりあえず、さっき話してた動画見てくれない？」

「え？　ここでですか？」

「そ。短いからすぐ見終わるだろうし。ぜひ、見解を聞きたいの」

「は、はぁ。別に構わないですけど……」

天下の早耳猫が、俺の見解を聞きたい？　なんでだ？　検証班とか前線攻略組とか、よっぽどすごい人たちと知り合いだろうに。

とりあえず、アリッサさんに言われた通り最新公式動画を視聴する。

四分ちょいの動画だったのだが、なんで俺に見ろといったのか後半に判った。

なんせ、俺も無関係とはいえないのだ。

内容としては、前半はオークション風景。そして、問題の後半はよく分からない悪巧みの映像であった。

貴族っぽい男性とその配下が、惨劇があったっぽい部屋で会話をしているのだ。蠅が飛んでいたりして、メチャクチャ不衛生そうな暗い部屋である。

どうも、人じゃないっぽい？　悪魔とか、そういった存在であるようだった。新しい悪魔関連のイベントが始まる予告なのだろう。

問題は、そのムービーの中に見覚えのあるアイテムが登場することだ。

「えぇ？　なんで精霊の実が……」

どう考えても、俺がオークションに出品した精霊の実であった。

誰に落札されたか分からなかったけど、ＮＰＣに落札されていたとは。しかも、どう見ても悪者だ。

これって、どういう意味なんだ？

悪魔を進化させる効果があるってこと？　しかも、神精の力が云々って、どういうことだ？

「私が、ユート君の話を聞きたいって言った意味、分かったかしら？」

「はい。でも、俺も全然意味分かんないですよ？」

「何でもいいんだけど、ヒントとかない？」

「うーん……」

初物というか、オレアが初めて生み出した精霊の実ではあった。しかし、精霊の実自体は今後コンスタントに生み出してくれるようだし、メチャクチャ珍しいというわけじゃないだろう。

「人々の注目を浴びてるとか、そういった方が重要なんじゃないですかね？」

「やっぱそうなのね……」

アリッサさんも、俺から重要情報が聞けるとは思っていなかったんだろう。でも一応俺の出品物だし、とりあえず聞いてみたって感じなのかな？　しかし、それにしては妙に考え込んでいる。

「ど、どうしました？」

「いえね、実はこの動画を見たプレイヤーの中には、種族転生で悪魔になれるんじゃないかって話が出てるのよ」

「あー、なるほど」

確かに、配下の男は人間だけど、主《あるじ》と同じ存在になれる的な話をしていた。

種族を変更するためのシステム、種族転生自体は存在すると言われている。重要NPCからそれっぽい話がでているそうだ。ただ、まだ発見はされていないし、そこに悪魔が含まれるのかは分からなかった。

「だからこそ、精霊の実が種族転生のキーアイテムなんじゃないかって推測する人もいて」

「えー？　いやいや、それはないですよ」

スクショしてあった精霊の実の鑑定結果を、間違いがないかとりあえず確認してみる。

名称：精霊の実
レア度：6　品質：★5
効果：使用者の空腹を10％回復させる。使用者の魔術耐性を一時間上昇させる。クーリングタイム五分。

効果はかなり有用だが、種族転生については一切書かれていない。

そもそも、アリッサさんには精霊の実の情報は売ってあるのだ。

「もしかして、悪い意味で注目されてます？」

種族転生の情報を秘匿してるとか、自分だけ種族転生するために精霊の実を隠し持ってるみたいに思われたら、絶対にろくなことにならないんだけど！　また追い回されたりしないよな？

「さすがに凸する人はいないと思うけど、話を聞きたがってるプレイヤーは多いんじゃないかしら？」

「げ……」

「うーん。そうね、精霊の実の情報、広めてもいいかしら？　それで、ユート君を疑うようなプレイヤーは消えると思うわよ？」

「ぜひ！　是非お願いします！　何でもしますから！」

俺がカウンターに手を突いて前のめりにお願いすると、アリッサさんはニヤリと笑う。

あ、何でもやりますは言い過ぎた？　体で払ってもらうぜ的展開？

「なんで乙女みたいな目して怯《おび》えてるのよ？　情報、売ってくれればいいから。ちゃんと代金支払うし」

「情報？」

「昨日の夜。北の平原」

「あー、あれっすか」

なんと、アリッサさんはファウの覚醒スキルについて、すでに情報を入手していたらしい。

考えてみたら、あれだけ派手に戦ったんだ。見ていた人たちもいるはずである。多分、掲示板で多少は話題になっていたのだろう。

そんな僅かな情報源から、しっかりと事態を把握するとは……。早耳猫の名前は伊達《だて》じゃないな！

「詳しい話を聞かせてくれると嬉しいんだけど、どう？」

「そのうち売りに行くつもりだったんで、構わないですよ？　あれは、ファウの覚醒スキルを試してたんです」

「覚醒？　ドリモちゃんの持ってる、竜血覚醒と同じようなスキル？　ふむ、ということは、従魔の覚醒はモンスに覚醒スキルを覚えさせる効果だったたってことかしらね？」

さ、さすが。ちょっと話しただけで、そこまで分かってしまうとは！　オークションの情報もばっちりなんですね！

「せ、正解です。で、ファウが覚えた地魂覚醒っていうスキルを試しにいったんですよ」

「新しいモンスがいたっていう情報もあるんだけど……。ファウちゃんが変身した姿のことかしら？」

「多分。覚醒スキルは、使うと変身して能力が強化されるみたいです」

俺は、従魔の覚醒を使うところから、全てアリッサさんに説明した。

覚醒スキルは親の特徴を受け継ぐことや、覚醒孵卵器を使えば発現する可能性があることなども伝える。

「そっちも今後が楽しみねぇ。それと、オークションで色々と手に入れたと思うけど、使い心地とかはどう？」

「そっちはですね――」

オークション直後に称号の情報は売りに行ったけど、その時はまだアイテムの情報なんかは分かってなかったからな。興味があるんだろう。

いやー、アリッサさん聞き上手すぎて、オークション関連の情報は全て話してしまった。隠すつもりもなかったけどさ。

俺の話を聞き終わったアリッサさんは、ふんふんと頷きながら情報を整理している。

「この情報で、精霊の実への憶測は誤解だって広めてくれます？」

「むしろ、うちがもらい過ぎよ！　そこで、相談なんだけど、いくつかお勧め情報があるのよ。それで相殺ってことにしてみない？　絶対に損させないわ」

「ほほう？　アリッサさんのお勧め情報ですか？」

それは面白そうだ。アリッサさんの自信満々な顔を見れば、かなり凄い情報だってことも分かる。

情報を聞いてみてもよさそうだった。

「分かりました。それでいいです」

「ふふ、ありがとう。まずは、これね」

アリッサさんが見せてくれたのは、一枚のスクリーンショットであった。誰かのステータスなんだが、そこには流派技という欄がある。

しかも、そこには『流派技・従魔剛乱』とあった。

「こ、これは！　使役系職業用の流派技ですか？」

「第一〇エリアにNPCテイマーがいて、その人物に弟子入りしたら教えてもらえるのよ」

「なるほど、職業別に色々な流派技があるってことですか」

「その通り。私が教えたい情報の一つは、この流派技の取得情報よ？　どう？」

「勿論、教えてください！」

テイマー用の奥義みたいなものだし、絶対に覚えたいのだ！

しかし、アリッサさんは焦らし上手である。

「まあまあ、詳しい内容を話すのは他の情報を聞いてからね。次の情報が、これよ！」

そう言って、なにやらインベントリからアイテムを取り出す。

「私としては、流派技よりもこっちの方が本命と言ってもいいくらいよ」

次にアリッサさんが提示したのは、二つの草だった。自信満々の顔からして、かなりのレアアイテムなんだろう。

鑑定してみると、名前は浄化草と砂漠草となっていた。

どちらも、見たことがない植物である。

「これの作り方、知りたくない？」

「作れるんですか？　アリッサさんが本命なんて言うくらいですから、使える効果があるんですよね？」

見た目は色がちょっと変わっただけの草だが、アリッサさんがお勧めするくらいである。きっと有用な素材なのだろう。

「錬金、調薬、鍛治、農業。色々と幅広く使えるわよ？」

「農業にも？」

「どっちも、畑の状態を変えられるのよ。浄化草は聖属性の土にできるし、砂漠草は植えた畑を砂に変えるんだ。オルトちゃんなら、色々と使い道を知ってるんじゃない？」

「なるほど、それは面白そうですね」

手に入れられれば、オルトが役立ててくれそうだ。ぜひ作り方を知りたい。

だが、アリッサさんの提示情報は、まだまだ終わらなかった。

「そして、最後がこれよ！」

インベントリから、白い麺のようなものを取り出す。いや、麺のようなものではなく、それは麺であった。

「おお！　これはもしかして、そうめんですか？」

「ええ。たしか、流しそうめん用の竹を落札してたでしょ？　探してるかと思って」

「さすがです！」

「でしょでしょ？」

胸を張るアリッサさん。なんかうちの子たちを彷彿とさせて可愛い。お馬鹿可愛い。

凄腕の情報屋なんてやってて、切れ者のはずなんだけどな。何故か、少しだけ残念感があるよね。

絶対に口には出せんけど。

「……なんか、失礼なこと考えてない？」

「い、いえいえ、そんなわけないじゃないですか！」

「ふーん」

な、何故バレたー！　ゲームの中でも女の勘は有効ってことなのか！　すっごいジト目で見られてる？

「……ま、いいけど」

「ホッ」

お許しいただけたらしい。アリッサさんが話を進める。

「この四つに関する情報と、相殺って形でいい？」

「なんか、俺の方がもらい過ぎじゃないですか？」

流派技の取得情報だけでも、俺の売った情報よりも価値がありそうなんだが……。それで、精霊の実の情報まで広めてもらうんだぞ？

「色々と事情があってね。後で話すわ。それよりも、他に売れる情報はないわよね？」

「うーん、他の情報っすか……」

「ユート君なら、半日でとんでもないことしててもおかしくないし」

そんなに褒めてもらって嬉しいけど、昨日は落札品の設置と、地魂覚醒の確認くらいしかやってないんだよな。

いや、一つ情報があったな。

「ああ、そういえば卵が産まれましたよ。アイネとリリスが親です」

「へぇ。リリスちゃんが親になったの？　悪魔タイプのモンスはまだリリスちゃんしか確認されてないし、興味あるわね。でも、まだ卵の段階じゃねぇ。あまりお高くはないわね」

「ですよねー」

何が生まれるかも分からないわけだし、どう考えても爆売れする情報ではないだろう。アリッサさんの微妙な反応も当然だった。

「生まれたらぜひ情報を売って頂戴」

「他に何かあったかな……。ああ、畑に肥料と栄養剤を撒きましたねぇ。でも、これもまだ結果出てないしなぁ」

何か特殊な変化が起きれば別だけど、ただ肥料と栄養剤を撒いただけでは売れる情報につながらないだろう。

だが、アリッサさんが急に真顔になった。

何か引っかかる部分があったか？

「……撒いたのって、魔化肥料と魔化栄養剤よね？」

「はい。属性肥料と栄養剤ですね。あとは、聖化属性のも作れたんで、撒いてみましたよ？　ただ、まだ変化してないから、どうなるか分からないですけど」

「な、なるほど……。もう少し詳しく教えてもらえるかしら？　例えば、何に対して撒いたとか？」

「分かりました」

俺はアリッサさんに請われるままに、肥料を撒いた時の詳細を教えた。すると、アリッサさんの様子がおかしい。急に眼が泳ぎ出したのである。

「どうしました？」

「くっ。ユ、ユート君を舐めてたわ……」

そこで、詳しく話を聞いてみると、浄化草と砂漠草の作り方が、報酬にならないということが分かった。

浄化草の作り方は、聖化肥料、栄養剤を薬草に使うこと。砂漠草の作り方は、土化肥料、栄養剤を暴風草に使うことだったのである。

早耳猫の場合、早く結果を知るために特殊な薬を使ったらしい。品質が最低になる代わりに、成長が早まる薬だそうだ。

だからこんなに早く肥料と栄養剤の結果が分かっていたのだろう。

うちにはオルトもいるし、高品質の物が穫れるはずだ。今から楽しみである。

問題は、交換条件が成り立たなくなりそうなことだろう。

「えっと、どうします？　俺は、どう変化するのか分かったし、情報を買ったってことで構いませんけど」

さっきも思ったが、精霊の実に関して動いてもらうのと、流派技の情報だけでも十分な気もするしね。しかし、アリッサさんは納得できないようだった。

「ダメよ！　こっちから情報を押し付けておいて、数日で確実に判明するような情報だっただなんて！」

情報屋の矜持が、なあなあを許さないらしい。

「それにね、これは流派技の取得方法を伝えてから教えるつもりだったんだけど、従魔剛乱はユート君に合ってないと思うのよ」

「どういうことです？」

「この流派技は、従魔の物理攻撃力を上昇させて、さらに暴走状態にするっていう技なのね。物理アタッカーの少ないユート君のパーティには、あまり効果が見込めないと思うわけ」

「なるほど」

「だから、ユート君に渡す情報の価値としては、いまいちだと思うの」

それでもこの情報を提示してきたのは、テイマーにとって重要な情報であることに変わりはないし、この情報をもとに他の流派技を探すこともできるかもしれないからだという。

「……ユート君。この後、第一〇エリアに向かうのよね？」

「はい。その準備のために、広場にきたんで」

「だったら、うちにバックアップさせてくれない？」

なんと、第九エリア踏破の手助けをしてくれるという。いや、実質、早耳猫が第一〇エリアの赤都《せきと》に連れて行ってくれるという感じだ。

「道中に必要なアイテムも、うちが全部出すからさ」

「いやいや、それはさすがに俺がもらいすぎでしょう？　どんだけ金と時間がかかると思ってるんすか」

「そんなことないわよ？　ユート君に同行するのは、うちにも利があるから。というか、リスクマネジメント的に最適解っていうか……」

「？」

「ま、まあ、ともかくそれでどう？」

これ、断る選択肢ないよな？　俺に得しかないもんな。

そして、アリッサさんとの遭遇から一時間後。

俺たちはレッドタウンを出発し、東の第九エリアのボスの前へと辿り着いていた。いやー、道中速かったね。

俺たちも戦ったけど、早耳猫のお助けパーティが超強かったのである。

アリッサさんとか、商人からシーフ系統にジョブチェンジした関係でトップ層に比べるとだいぶ弱いって言ってたけど……。

普通に俺より強いもんな。

早耳猫のメンバーは、アリッサさん、ルイン。それにテイマーのカルロだ。相変わらずのイケメン黒猫獣人である。中身は変わり者だけどね！

カルロが連れているモンスが、ナイトバット、ブラウンベア、リリパットであった。

ナイトバットは飛行枠。ブラウンベアは前衛。リリパットが後衛である。

前者二種類は、名前のままの外見と言えよう。大型の猛禽類よりも大きい黒蝙蝠《こうもり》に、ヒグマサイズの茶熊って感じである。

問題はリリパットだ。この子は初見のモンスターであった。

見た目は可愛い小人さんだ。体のサイズはアイネと同じくらい。しかし、体のバランスはもっと大人っぽかった。

幼児なのではなく、大人が縮んだ感じと言えばいいだろうか？

服は、茶色地に赤や青の模様が描かれた民族衣装風のポンチョに、緑色のスカーフ。武器は小さな弓である。

衣装は初期のファウにかなり似ているかな？　ただ、それもそのはずだった。リリパットは、ピクシーからの進化で誕生する種族だったのだ。

ピクシーからコロポックルを経て、リリパットになるらしい。これが意外に多才だった。

まずはサポート能力。薬術というスキルがあり、ポーションなどの効果が上昇する。楽器は失ったものの、歌唱スキルは健在でバフも使えるそうだ。

攻撃面も意外に優秀で、属性矢を放つことが可能だった。上手く使えばダメージディーラーにもなるという。

「リリパット、すげーな」

「でしょう？」

直前の戦闘でも、小さい矢で大ダメージを叩き出していた。弱点属性で攻撃したからだろう。

「ヤー」

「声も、うちのファウに似てるな」

「ヤヤー」

違いは、テンションくらいかね？　これは種族の差ではなく、元々の性格の差だろう。カルロのリリパットであるマルコちゃんは、非常にテンションが低い子であるらしい。ダウナーな感じが、意外と可愛いね。

「さて、いよいよボスだけど、ユート君準備はいい？」

「はい。やることは簡単ですから。でも、本当にいいんですか？」

「勿論よ。こっちから誘ったんだもの」

作戦は非常に簡単だった。ルインとカルロたちが前線でボスを引きつけ、俺たちは後方から冷却爆弾を投げ続けるのである。

ルインは挑発系のスキルを集中して取得しており、後衛が攻撃を続けても、ボスの攻撃を引きつけてくれるのだ。

回復以外は爆弾を投げるだけでいいと言われたけど、本当に大丈夫なのかね？　まあ、早耳猫は何度も同じことをやっているそうなので、信じておけばいいか。

「みんなも大丈夫だな？」

「フマ！」

「デビ！」

親になったからってわけじゃないだろうが、アイネもやる気だ。うちのパーティは、アイネ、リリス、ルフレ、ペルカ、ヒムカ、ドリモという面子《めんつ》になっている。

レッドタウンからボスまでは火属性のフィールドなので、そこでも戦える面子で構成しているのだ。

本当はオレアを連れてきてレベリングしたかったけど、樹精にとって火属性は弱点なのだ。火達磨《ひだるま》にされるだけだろう。

「爆弾の扱いは慎重にな？」

「ペン！」

「ヒム！」

ペルカとヒムカは、嬉しそうに爆弾を受け取る。やんちゃ坊主どもが楽しそうなのが、逆に不安だな。

「ドリモ、頼りにしてるからな」

「モグ」

「フムム！」

「ルフレも頼りにしてるから怒るなって」

「フム」

分かればいいんだって感じで、頷くルフレ。やはり精神的支柱として頼りになるのはドリモだな。

「フム？」

「な、なんでもないよ？　が、頑張ってくれ！」

「フムー！」

俺がモンスとワチャワチャしてる間に、アリッサさんたちの準備が完了したらしい。

「じゃ、突撃よ！」

第九エリアのボスは、巨大な門を潜《くぐ》った先にいる。他のフィールドボスとは、一線を画しているのだ。

赤く塗られた鳥居にも似た門を、ルインを先頭にして抜ける。すると、直径五〇メートルほどの広場に出た。

天には赤い火の玉が無数に浮かび、地面からは時々火が噴き上がる。幻想的でありながら、恐ろしさも感じさせる、運営の気合が感じられるフィールドであった。

相当広く感じるが、エリア解放のレイド戦時にはこの一〇倍近いフィールドだったらしい。

第九、第一〇エリアを解放する際、レイドボス戦があったそうだ。今から俺たちが戦うフィールドボスは、そのレイドボスが弱体化したものである。エリア解放戦がレイドボスになっていると、初期突破後はレイドかパーティかを選べるようになるんだよね。

ぶっちゃけ、レイドを組めないボッチたちへの救済だろう。

「うわ、でっけぇ……。あれで小さくなってんのかよ」

「レイドボスだった時は、あの三倍くらい大きかったってさ」

「ひょぇぇ」

フィールドの中央に鎮座しているのは、巨大な四つ足の獣であった。真っ赤な鼬《いたち》っぽくも見えるが、手足はやや長めだし、尻尾はネコ科のように細く長い。

名前は大炎獣となっていた。火炎を撒き散らしながら、獣の速度で動き回る強敵である。

大炎獣がこちらに気づいた。同時に、フィールドをボス壁が囲み始める。

「みんな！　耳栓！」

「わ、わかった！」

「モグモ！」

アリッサさんに促され、俺たちは手に持っていた栓を耳に装着した。さすがゲーム内のアイテムなだけあり、小さいリリパットも、耳まで兜で覆うルインも、問題なく装着できている。

直後、大炎獣の咆哮がフィールドを揺さぶった。

「ゴオオォォォォォォォオ！」

「デビ！」

「フムー！」

大迫力だが、それだけだ。俺たちには効果がない。本来なら麻痺効果があるらしいが、耳栓のおかげで無事だった。

それどころか、リリスやルフレは振動を楽しんでいるふしさえあった。

使い捨てだが、ボスの先制攻撃を防いでくれるなら十分だ。さすが、早耳猫の用意してくれたアイテム！

「グウルルルルゥゥ！」

「く、くるぞ！　アリッサさんたちを邪魔するなよ！」

「ヒム！」

「フマ！」

「く、くるならこぉぉぉぉぃ！」

俺は自分に気合を入れるために、腹に力を入れて叫んだ。

プレデターなんて目じゃないくらいの大迫力を前に、そうせずにはいられなかったのである。

激戦の予感が、否が応でも俺の緊張を煽った。


そして、二〇分後。

「ガァァァ……」

「ふぅぅぅ。勝ったか……」

マジ激戦だったぜ。大炎獣、怖すぎだろ。象よりもでかい迫力の巨体に、常にこちらのＨＰを削ってくる火炎攻撃。そして、時折放つ、全体攻撃。

何度死にかけたか分からない。本当に、強敵であった。

「オルトたちも頑張ったな」

「ム！」

途中でレベル上げのために、モンスたちは入れ替えている。そのため、顔触れが開戦時とは全く違っていた。

いないのは、サクラとオレアだけだ。さすがに樹精を火炎攻撃を連発するボス戦には出せないのである。

俺がオルトたちと勝利を喜びあっていると、アリッサさんたちの会話が耳に入った。

「楽勝だったね！」

「うむ。パターンも分かってきたし、楽に戦えるのう」

「こんだけアイテムつぎ込んでますから、苦戦するわけないっすよ」

あっれー？

え？　死ぬ思いしてないの？　ら、楽勝？

「お疲れ様ユート君。ま、疲れるような相手じゃなかったけどね！」

「あ、あははは。そうっすね！　楽勝でしたね！　お、俺はアイテム使わせてもらってただけですけど！」

「いい投擲《とうてき》だったよ！」

あの戦いを楽勝って言えなければ、前線で活躍なんてできないってことか……。

前線プレイヤーヤバい！　本当に同じ人か？　というか同じゲームやってる？　みんな実はアクションゲームやってない？

と、とりあえずもう勝ったんだし、リザルトのチェックをしようかな。

みんなレベルは上がったけど、進化などはない。ただ、ヒムカとドリモが40レベルになったことで、新スキルを得たようだ。

ヒムカが、自分が作った生産物を分解し、素材に戻す作品分解。まあ、素材のランクが下がるうえ、量も減るみたいだけど。練習をしやすくなるってことか？

ドリモは、地面の下の情報を得られる、地中探査。採掘や、地中の敵を発見するのに使えそうだった。

リリスもレベルアップして現在22レベルなので、あと三つで進化かね？

次はドロップの確認だ。

実は、ボス戦の前にアリッサさんからある頼まれごとをしていた。それが、ボスのレアドロップの譲渡である。

このボスは、レアドロップが二種類あるらしい。普通レアの火炎油と、激レアの火炎骨の二種類である。

早耳猫は火炎骨を集めているらしく、かなり高額で買い取りをしてくれるらしい。そもそも、俺だけじゃここまでこられなかったんだから、全く問題なかった。

そのために、レアドロップが出やすくなる幸福な落とし物という超高価なアイテムも使わせてもらっていた。

これは、ボス戦でのレアドロップ取得確率が上昇するというアイテムだった。品質で上昇率が変化するらしく、高品質の物はメチャクチャ高い。狙っていたレアドロよりもこのアイテムの方が高いなんていう笑い話も生まれるほどだ。

「えーっと、大炎獣の毛皮と大炎獣の爪。それと……あー、ダメだったか」

「火炎骨、出なかった？」

「はい。毛皮と爪。あとは、剣牙っすねぇ」

「……剣牙？　牙じゃなくて？」

アリッサさんの様子が変だ。どうしたんだ？　もしかして、これもレアなのか？

「剣牙です」

「うぅ……」

「アリッサさん？」

どうしたんだ？　急に俯いて？

え？　怒ってる？　俺何か――。

「うみゃぁぁぁぁぁぁぁぁ！　まさか、こんなところで不意打ちをくらうなんてぇぇ！」

「うひぇ」

アリッサさんが頭を抱えて叫んだ。思わず変な声出しながら仰《の》け反《ぞ》っちゃったよ！

あ、これ、いつものやつだ。情報売りに行ったときにしてくれる、驚きのロールプレイ。

「えっと……珍しいんですか？」

「珍しい？　ええ、珍しいわねっ！　なにせ、初めて聞いたから！」

「ええ？」

アリッサさんが初めて聞いたって……。げ、激レアどころの話じゃないじゃないか！

俺が驚いていると、アリッサさんがすぐに冷静な顔に戻った。残念アリッサさんではなく、切れ者アリッサさんだ。

「いくらドロップ率が低いとはいえ、周回するパーティもいるし、これまで何千回も倒されているのよ？　それで、たった一回しか落ちないなんてこと、ありえる？」

「うむ。そうじゃな。何かの要因が絡んでいることは間違いないじゃろう。手に入れた全部のパーティが秘匿しているというのも、あり得ぬだろうしな」

「私、これと似た事態に心当たりがあるの」

「偶然じゃな。儂《わし》もじゃ。泡沫の紋章の時じゃろう？」

「ええ」

言われてみると、あの時と似てるかな？　アイテムでレアドロップの取得確率を上昇させていて、俺だけが超レアを手に入れた。

「うーん。何が影響してるんでしょうかねぇ？」

「普通に考えたら、スキルか装備だと思うけど。ドロップに影響してそうなスキルか装備品はない？隠しておきたければ、無理にとは言わないけど」

「はは、気にしないでいいですよ。隠すような情報ないですし。でも、何かな……。俺のスキルでドロップに影響しそうなのは、招福スキルくらいです」

「あのスキル！　確かに、あり得そうね！」

このスキルを取得する時に、アリッサさんも一緒にいたからな。覚えているんだろう。

「あとは、オルトの幸運と、マモリの幸運ですね。同じ幸運っていう名前ですけど、同じかも分からないし」

「座敷童《ざしきわらし》ちゃんの幸運かぁ。盲点だったけど、可能性はありそう」

「どれか一つではなく、全ての相互作用という可能性もあるがのう」

なるほど。確率上昇系のスキルが重なって、この結果を生んでいるってことか。それが一番あり得るかもしれない。

「とはいえ、検証がほぼ不可能なのよね」

「ユートに手伝ってもらうことが最低条件じゃからのう」

「ねぇ、ユート君？」

「な、なんですか？」

アリッサさんの猫なで声には、逆らえない迫力があった。猫なで声っていうか、猛獣の威嚇である。

「検証、付き合ってくれないかしら？」

「えーっと、西、南、北の第九エリアのフィールドボス戦で、幸福な落とし物を使って戦うってことですか？」

「その通りよ！　今回と同じように、攻略に必要なアイテムは全部こっちで出すし、ユート君の手に入れたドロップは、全部ユート君の物だから！　というか、他のドロップもあげるから！」

ただボスと戦うだけではなく、きっちり第一〇エリアの町まで連れて行ってくれるという。

「なおさら断る理由がないっすね。俺には得しかないですから」

むしろ、いいんですか？　って感じだ。

「では、決定じゃのう」

「ありがとうユート君！」

「しばらくは御一緒できそうですね。マルコちゃんも喜んでますよ」

「ヤー」

「それ、本当に喜んでる？」

リリパットのマルコちゃん。相変わらず半眼でテンション低いんだけど。しかし、カルロにはしっかりと分かっているらしい。

「ほら、ほんのちょっとだけ口の端が上がってるでしょ？　メチャクチャ笑ってますよ！」

「ヤー」

うむ、分からん。だが、マルコちゃんはファウを掌に乗せて「ヤー」「ヤー！」とコミュニケーションをとっている。

ファウの楽し気な感じからいって、マルコちゃんも楽しんでいるのだろう。

「ならいいけど。数日の間、頼むな」

「はい。任せてください。俺たちが責任をもって、第一〇エリアの町に送り届けますから！」

まだ赤都にもたどり着いていないのに、他の都に行くことが決定してしまったな。

ただ、とりあえずは赤都だ。

折角だから少しは見て回りたいし、行きたい場所もある。

俺は早耳猫の面々に護衛されながら、ボスエリアから第一〇エリアへと足を踏み入れた。

道中戦闘はあったけど、そこは楽勝でした。なんせ、俺たち以外は全員強いからな。

そうして早耳猫のおかげで無事に赤都へと辿り着いてから三〇分。

「デカいっすねぇ」

「一応、今のところ最大規模の町だからねぇ」

俺たちは、アリッサさんに案内されながら主要施設を回っていた。

各ギルドに、各種ショップ、広場や生産施設である。

始まりの町やレッドタウンも大きかったが、赤都はそれよりもさらに大きかった。

多分、今後の攻略拠点として、万単位のプレイヤーが利用することを見越しているんだろう。いずれ第三陣、第四陣のプレイヤーで溢れかえることになるのだろうが、今はまだ人通りはさほど多くなく、無駄に広く感じてしまうのだ。

「いやー、素材もたくさん仕入れたし、野菜の種も色々あって、きてよかったです」

「うんうん。喜んでもらえると、案内してきた甲斐があったよ」

茜大根、紺レタス、紫春菊、赤ブロッコリー、山吹ゴボウという新野菜も手に入れることができた。ハーブも、ブラックチリペッパーや白唐辛子など、香辛料が各種揃っていたのだ。

以前、外国人プレイヤーのブランシュが唐辛子を探していたけど、第一〇エリアまでこなくちゃいけなかったんだな。

まあ、彼女は俺よりも強かったし、とっくに発見できていることだろう。

「あ、そこがコレクターショップだよ」

「おお！　あそこが！」

赤都で訪れたかったお店ナンバー1！　様々な貴重アイテムがゲットできるという場所だった。

ずっと気になっていた場所である。

コレクターショップの外観は、オシャレなこげ茶色の木材で組み上げられたシックな木造の建物だ。イギリスとかの街角にある、ちょっと古めのパブっぽい感じ？　いや、俺の完全な偏見だけどさ。

ワクワクしながら入ってみる。

だが、店内は想像とは全く違っていた。外観と同じような造りの陳列ケースがたくさん並んでおり、そこに様々なアイテムが陳列されているのは予想通りだ。

ただ、店内には俺たちしかいなかった。

明らかに大量の客が入っていなくちゃおかしいんだが……。不動産屋さんなどと同じように、チーム別に分けられるタイプのショップであるようだった。まあ、落ち着いて買い物できるから、むしろありがたいけど。

「いらっしゃいませ。コレクターの交換屋へようこそ」

「あ、はい」

「詳しい説明をお聞きになりますか？」

「お、お願いします」

受付にいた黒髪メイドさんがショップの説明をしてくれる。

ヤバイ、メイドさんだよ。こんなに近くで見たのは初めてである。オールドタイプの清楚系メイドさんだ。スカートが長い。ブリムもいいね。

「ユート君？　聞いてる？」

「え？　ああ、聞いてます聞いてます！」

嘘です。メイドさんにテンション上がり過ぎて全然聞いてませんでした。

メイドさんに頭を下げて、もう一度同じ説明をしてもらう。心なしか、アリッサさんとメイドさんの視線に呆れの色が混ざっている気がする。くっ、失態だ！　メイドさんが好きですみません！

その後、きっちり説明を聞きましたとも。これ以上メイドさんからの好感度を下げたくないからね。

コレクターショップの概要は事前に聞いていた通りだが、いくつか新情報もゲットできていた。

今後、世に出回っている数や、攻略されたフィールド、イベントの進行状況によってこのお店で売買できるアイテムが変化していくらしい。以前は売れた物が売れないことや、ショップの販売アイテムが変更されることもあり得るそうだ。

例えば、今は売れるアイテムでも、そのうち買取拒否される可能性があるってことだろう。レアアイテムを売るか取っておくか、中々決断力が必要とされそうだった。

「俺のアイテムで売れそうなのはなんだろう？」

「こちら、売買品の一覧でございます」

「あ、そんなもんがあるんだ」

「はい。ただ、全てのアイテムが掲載されているわけではありません。オークションに出品されたことがあるアイテムや、プレイヤー全体での所持者が一定数を超えたアイテムなどだけがリストアップされております」

つまり、まだ一人しか手に入れていないユニークアイテムなんかは載ってないってことかね？

「リストに掲載されておらずとも、直接お持ちいただければ鑑定可能です」

「なるほど」

リストを確認してみると、紋章を高額で売ることが可能だ。俺の持っている泡沫の紋章は載っていないが、違う紋章の名前があった。多分、そこまで変わりはしないだろう。

今なら五〇万Gで売れるらしい。まあ、アリッサさんは二〇〇万出してくれるらしいけど。

ただ、ここで売ったら絶対に損なのかといわれると、分からない。この店でアイテムを売った場合、特殊なポイントが付与されるのだ。

このポイントを消費すると、色々なレアアイテムに交換してもらえるのである。

交換品目を確認すると、サクラが作った炬燵《こたつ》の廉価版や、ヒムカの食器の廉価版なども置かれていた。以前、運営から打診された通りの内容だ。

廉価版食器が一〇ポイント。炬燵は四〇ポイント必要である。炬燵は攻略でも使えるし、評価が高いらしい。

あと、マッツンさんの蘇生タバコの廉価版である、蘇生キャンディも売っていた。これを舐めながら戦っていれば、自動蘇生がかかるらしい。

キャンディ舐めながらって、結構戦い辛そうだよな。しかも、蘇生時にHP1っていうのも、中々難しい。それでも、ソロプレイヤーにとっては垂涎《すいぜん》の品だろう。

必要ポイントは六本セット五〇ポイントである。

「この蘇生キャンディ、欲しい！」

「確かにそれいいわよねぇ。でも、五〇ポイントって結構高いわよ？」

そもそも、ポイントを稼ぐのが結構難しいそうだ。

俺の場合、紋章を売ったら一〇〇ポイントである。交換可能だ。ただ、紋章の貴重さを考えると、ここで交換する選択肢はないだろう。

他に売れるアイテムとなると、妖怪の掛軸がある。ただ、こちらは一つ五万Gで、付与ポイントはたったの五だった。

それに、まだ座敷童以外はどんな効果があるかも分かっていない。やはり、売りたくなかった。

「うーん。案外売れるもんがないなぁ」

「ユート様の所持アイテムに、リストに掲載のない売却可能アイテムがあります」

「え？　なんですか？」

「大炎獣の剣牙です。これでしたら一〇万G。付与ポイントは一〇です」

「……なるほど」

「売らないでね！」

「わ、分かってますよ」

「一瞬、間があったんだけど？」

「き、気のせいですよ」

うむ！　残念だが、今回は冷やかしで帰ろう。そのうち、なにか売りにくるぞ！

第二章　見習い騎士の森

「じゃあ、オルトたちはこの野菜を頼んだ」

「ムー！」

「――♪」

赤都を堪能した俺は、アリッサさんたちと別れて畑に戻ってきていた。

明日以降は各都への到達と、検証への協力で忙しくなるだろう。今日の内に、新しい野菜の種蒔きなどを終えてしまいたいのだ。

まあ、畑仕事はオルトたちに任せて、俺は唐辛子の味見や、ブランシュへとメールを送ったりしていたけどね。一応報告しておくかって感じだったのだが、まさかブランシュが唐辛子未発見だったとは思わなかった。凄まじい感謝メールがきて、むしろ驚いたぜ。

メール返信とかをしていたら、作業終わり頃に訪問者が現れる。

「兄ちゃん！」

「カプリ？　どうしたんだこんな場所まで」

チェーンクエスト関係のＮＰＣ、農業少年のカプリだった。

「サジータ兄ちゃんから伝言だよ！」

会わせてもらう予定になっていたサジータから、メッセージを預かってきてくれたらしい。

「今、赤都にいるんだってさ。獣魔ギルドで仕事を請け負ってるから、いつ訪ねてきても構わないって！」

「おー、なるほどね」

どうやら、第一〇エリアへの到達が、チェーンクエストが進むトリガーになっていたようだ。というか、赤青緑黄のどこかの都への到達かな？　これ、今後もエリア到達がトリガーになってたら、途中で進まなくなる可能性もあるかもしれない。チェーンクエスト完全攻略は、かなり先になるかもしれなかった。

新しい作物の種蒔きを終えた俺たちは、再び赤都へと向かう。サジータのことがなくても、町を散策するつもりだったしね。すでに獣魔ギルドの場所は分かっているので、多少遠回りをして露店などを冷やかしながら向かう。

さすがに最大規模の都市だけあって、今まで以上にＮＰＣの数が多い。ただ、数だけではなく、このＮＰＣにはもう一つ特徴があった。

ＮＰＣの種族の多彩さだ。今までは人間が多い印象だったが、赤都では半数以上が異種族だった。各種獣人にエルフ、ドワーフ。そして、ネレイスやハーフリングなどの、プレイヤーでは少数派の種族もいる。

これが、種族転生や種族変更システムがこの都市のどこかに隠されていると噂される理由なのだろう。まあ、見ていると獣人などもちょっと面白そうだし、種族変更したいっていう願望もあるんだろうが。

ＮＰＣ屋台の美味そうな料理や、モンスたちに似合いそうな服なんかを買いながら、獣魔ギルドに辿り着く。

場所は中心街から少し離れた、ギルドなどの大型施設の集まった区画だ。冒険者ギルドなんかも近くにある。

その中でも、獣魔ギルドの敷地は特に大きかった。蔦の絡まった、西洋の教会のような建物に加え、小学校の校庭数個分にも及ぶ従魔用の庭があるのだ。

「すげーな」

「ム！」

その庭では、多くのモンスたちが遊んでいる。動物型に、精霊型。骸骨やスライムなども放し飼いだ。

うちの庭も結構ワチャワチャ度は高いんだが、さすがギルド。数も規模も段違いだった。

「これって、ＮＰＣなのか？　それとも、プレイヤーのモンスも混じってる？」

「どっちもだよ」

「え？」

まさか、独り言に返事があるとは思わなかった。思わず振り返ると、見覚えのある小柄な金髪エルフさんが立っている。

まさかここでお会いできるとは思わなかった！

「アミミンさん！」

そこにいたのは、トップテイマーのアミミンさんだった。

ゲーム開始前からアミミンさんの情報まとめサイトにはお世話になっていたのだ。このゲーム内で、一番尊敬している相手と言っても過言ではない。

「こんにちは。ここのお庭、ギルド員なら使えるよ？　うちの子たちも、あそこにいるんだ」

「え？　どこっすか？」

「あそこのおっきい亀さん」

アミミンさんが指したのは、庭の中央に置かれた小山だった。

遠目からだと、普通の築山《つきやま》にしか見えん。頂上に松みたいな木が生えているし、表面は苔に覆われているのだ。

ただ、よく見るとマーカーが出ている。なんと、築山ではなく、巨大な亀の甲羅であるらしかった。

「長政《ながまさ》、進化したんですね」

「うん。今はガーデントータスっていう種族なんだ。あれで畑の管理もできるし、硬いし、すっごく強いんだよ？」

その巨大亀の上では、リスやウサギが日向《ひなた》ぼっこをしている。アミミンさんのモンスたちだろう。

おとぎ話感すごいな！

「町に入ったら、自動でお庭に転送されるから便利だよ？」

「あー、あの巨体だと、連れ歩けないですもんね」

「一定以上のサイズの子は、自動的に獣魔ギルドに預けられるんだ。ちっちゃい子たちは設定次第だね。町を出ればちゃんとパーティに入ってるから安心して」

今はまだ少ないだろうが、ゲームがもっと進むとテイマーたちが巨大モンスを大量に連れ歩く事態も考えられる。

町が巨大モンスだらけになったら、プレイヤー、NPCともに混乱するだろう。それを防ぐために、ちゃんと自動転送システムが存在していたらしい。

「ダンジョンとかフィールドはどうなんすか？　あのサイズじゃ、入れないところもあるでしょう？」

「ケースバイケースだね。サイズがこっちにあわせて拡張される場所もあれば、一定以下のサイズしか入れないダンジョンもあるよ」

「となると、大型化するのはデメリットもあるってことですか」

「逆に、大型の子がいると便利な場合もあるし、そこは仕方ないって割り切ってる。それに、ボス戦では必ず一定以上の広さがあって、参戦に制限はないから」

フィールド攻略では、サイズによる有利不利がある。ただ、それもテイマーの醍醐味というか、考えて編成しろってことなのだろう。

「それにしても、妙に精霊系のモンスが多いような？」

よーく観察してみると、ノームやウンディーネなどの、四属性生産精霊たちが半数を占めていた。いくらなんでも、多すぎじゃないか？

「最近はテイマーだけじゃなくて、生産職の人たちが精霊をテイムすることが増えたから。その従魔ちゃんたちだよ。ホームに庭がないから、ここで遊ばせてるみたい」

どうやら、ノームやウンディーネの有用性が広まってきているらしい。アミミンさん曰く、生産職なら半数はテイムかサモンを所持しているそうだ。

「うんうん。みんなようやく精霊の可愛さに気付いたんだな！　いいことだ。まあ、色々なテイマーが連れてるから、目立つもんな！」

「じとー」

なんか、すんごいジト目で見られてる気がするんだけど！　え？　俺何かした？

「ア、アミミンさん？」

「……なんでもない。それよりも、白銀さんのモンスターもここで遊ばせてあげたら？」

「おお！　それはいいっすね！　みんな、ここで遊びたいか？」

「フマー！」

「キキュ！」

どうやら、オルトたちも初見の遊び場所に興味津々みたいだった。じゃあ、サジータに話を聞く間、ここで遊んでいてもらおうかな？

「手続きはこっち」

アミミンさんに連れられて、獣魔ギルドの中へと足を踏み入れる。

「らっしゃい！　獣魔ギルドへようこそっ！」

「あ、ども」

な、なんかすごい威勢のいい声で出迎えられた。でも、カウンターに立っているのは、華奢で小柄で綺麗な黒髪ロングの色白美少女である。

そうなのだ。

一見、清楚系アイドルのように見える美少女こそが、べらんめぇ調の挨拶の主であった。

「兄ちゃん、うちは初めてかい？」

「は、はい」

「じゃあ、説明からさせてもらっからよ！　聞いてくれ！」

受付さんが「がははは！」と笑っている。

ギャップが凄い。運営、遊びすぎだろ！　だが、これはこれでありかも？　この方が親しみやすいというか、話しやすいのだ。

その後、庭の使い方や、ここで買えるアイテムなどの説明を受け、俺は早速システムを利用してみることにした。

やり方は非常に簡単で、この町に入った時にギルドの庭に送るモンスを設定しておくだけだ。個別に設定もできるし、サイズなどで一括の設定も可能である。

自動転送の設定を変更できないのは、一定以上のサイズのモンスだけだった。他の町のギルドだとどうしているのかと思ったら、大型のモンスターだけには同じような転送システムがあるらしい。

ただ、庭で遊ばせることはできず、ギルド横の大型従魔待機所で、じっと待つ形になるそうだった。ちょっとかわいそうな感じがするよな。

ただ、プレイヤーがモンスに嫌われることはないと言っていたので、好感度の変動はないってことなんだろう。

また、預ける設定にしなくても、ここで申請すれば庭でモンスたちを遊ばせることも可能であるらしい。

うちの場合はホームの庭が広いから普段から駆け回って遊んでいるけど、そうじゃないプレイヤー用のサービスなのだろう。要はドッグランみたいなものだ。勿論、俺が使うこともできる。

「じゃあ、うちの子たちを少し預けていいですかね？」

「おう！　安心して預けてくんな！」

本当に預けていいかどうかの問いに、ＹＥＳを選択する。すると、うちの子たちが一斉に転移していった。

庭には入れないそうなので、庭が見下ろせる二階のテラスへと向かう。そこからは、モンスたちの遊ぶ庭を一望できた。

多くのプレイヤーが庭を眺めているな。気持ちは分かるけどね。

「おー、みんな楽しそうだな！」

庭では、預けたうちの子たちがさっそく元気に走り回っている。人見知りしたり、初めての場所に尻込みすることもなく、心の底から楽しそうだ。

他のモンスに話しかけたりもしており、この庭にもう溶け込んでいるようだった。あれなら、しばらく預けていても問題ないだろう。

まあ、相性の悪いモンスター同士が喧嘩を始めるなんてことになったら阿鼻叫喚だろうし、ここにいる間は問題なんて起きないんだろう。

俺は安心して受付に戻ると、サジータの居場所を尋ねてみた。すると、あっさりとどこにいるか分かってしまう。

「サジータさんなら、そちらに」

「え？」

後ろを振り向くと、ロビーにあるテーブルでお茶をしている一人の男性が、おもむろに立ち上がるところであった。

そのままこちらに近づいてくる。

「やあやあ、あなたがユートさんですか？」

「は、はい。では、そちらがサジータさん？」

「そうだよ。よろしくね」

フレンドリーに握手を求めてきたのは、金髪のイケメンさんだ。二〇代後半くらいの、長身のハンサムさんである。ローブを装備し、木製の弓を背負っていた。魔術職なのか弓職なのか分からんね。

「カプリから聞いたけど、僕に聞きたいことがあるんだって？」

「そうなんです。作物からの進化について、サジータさんなら知っているとお伺いしたんですが」

「それが僕の専門みたいなものだからね。いいよ、教えてあげる。ここじゃあなんだから、場所を移そうか？　僕のモンスターがいる方が、説明しやすいし」

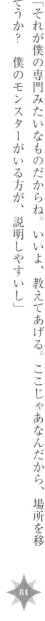

サジータはそう言って、俺に背を向けて歩き出す。慌てて後をついていくと、彼が向かったのは獣魔ギルドの奥だった。

こっちは、行き止まりだったはずだが、どこに向かっているんだ？

すると、通路の先に見慣れない扉が見えてくる。ただの行き止まりではなく、イベントの際に変化が起きるようになっていたらしい。

その扉を、サジータの後について潜る。

「外……？　庭か？」

「ムー！」

「オルト！」

やはり、扉の先にあったのはギルドの庭であった。うちの子たちがワラワラと集まってくる。それに、他のモンスも集まってきたのだ。

見たことのないモンスたちに思わず手を伸ばすと、タッチすることができてしまった。どうやら、NPCのモンスであればオサワリ可能であるらしい。

毛皮のモフモフも、鱗のスベスベも、甲羅のカチカチも、千差万別の良さがある。やばい、無限にオサワリできてしまう！

ここが楽園か？

モンスたちに囲まれてワッチャワチャにされても、幸せしかないのだ。

「お楽しみのようだけど、そろそろ本題に移っていいかい？」

「あ、すんません！」

「いいよいいよ。君がいい人だっていうのは十分に分かったし」

危ない危ない、モンス天国にトリップしかけていたぜ。

「じゃあ、まずは紹介から。この子が僕のモンスター、樹人のミーアと、緑霊のモーアだよ」

「トリ！」

「ファファー！」

モンスたちを解散させたサジータが紹介してくれたのは、二体のモンスターであった。

樹人のミーアは、オリーブトレント時代のオレアにそっくりだった。木の人形風の外見に、「トリ！」という声。背格好も同じだし、トレント系の進化種なのかね？

緑霊のモーアは、初見である。緑の葉っぱをたくさん集めて、ボールに満遍なく張り付けて作った不思議な球って感じ？　それが宙にプカプカと浮いている。

緑の球の中央には、黒い線で絵文字みたいな顔が描かれていた。これが顔らしい。よく見れば、ちゃんと表情が変化しているのだ。

「まずは、この子たちの進化について、話をしようか」

おっと、サジータが真顔になったぞ。真面目な話ってことか。

「は、はい」

「この子たちは、どちらもトレントからの派生種になる」

「トレントって、オリーブトレントとかでも大丈夫ですか？」

「トレントの亜種でも問題ないよ」

そうして、色々なことを教えてもらう。どうも、オレアのようなオリーブトレントから樹精というのは、イレギュラーなルートであったらしい。

本来であれば、ハイトレントからの退化で樹精になれるそうだ。

「退化？」

「進化の逆って言えばいいかな？　あえて進化よりも前の弱い種族に戻ることで、目当ての種族に変化することさ。トレントから樹精を目指すなら、それが普通のルートだね」

そう言えば、樹精からもハイトレントに進化できた。進化ツリーを逆にたどって戻すことができるなら、トレント　↓（進化）↓　ハイトレント　↓（退化）↓　樹精というルートで樹精になることができるらしい。

「そ、そんなシステムが……。どうやったら退化を使えるんですか？」

「従魔退化のスキルを得るか、退化薬を使うしかないかな？　どちらも、今の君だとまだ厳しいだろうね」

俺が狙えるのは、呪術による退化だけっぽい。いや、あれはオリーブトレントから樹精というルートだし、退化とも違うかな？　特殊進化って感じだった。

ともかく、あれは樹呪術による効果なので、サクラとオレア以外は対象にできないだろう。

他のモンスたちを退化させる場合は、スキルか薬が必要になるようだった。サジータに聞いてもそれ以上は教えてくれなかったので、今後調べていこう。

「話を戻すけど、樹人は普通に育てていけば到達可能な種だ。トレントから、ハイトレント。そして、その次の進化で樹人を選べるようになるね」

「樹人は、本体の木から離れることが可能なんですか？」

「可能だ。樹人になると、完全に元の木から分離するんだよ。元の本体は普通の樹木になる」

分離するルートなのか。だとすると、ほとんど樹精みたいなものだな。能力や外見の差くらいなのだろう。

「そして、こちらの緑霊が、特殊なルート。魔化肥料と魔化栄養剤を使った場合に進化可能な種だ」

「ファファァ！」

どっから声が出ているのか分からんが、機嫌は良さそうかな？　葉っぱ球の左右には少し大きめの葉っぱが生えており、その葉を楽し気にパタパタと振っている。それが手の代わりであるらしい。

「トレントに、魔化肥料、栄養剤を使っていると、低確率で進化するんだ」

「なるほど、ごく普通の魔化肥料と栄養剤が必要だったのか」

「その通り」

四属性を作れることを発見して、そっちばかりにかまけていたのだ。

「魔術が得意で、とても頼りになるんだよ？」

「ファーファァ！」

元気に飛び回る緑霊のモーア。飛行可能で魔術が得意なら、確かに強いだろう。その分、ＨＰは低いようだが、後衛なら当然だ。弱点とまでは言えない。

「トレント以外の植物系モンスにも、色々と特殊進化ルートはあるから、ぜひ試してよ」

「他に魔化栄養剤を使える種族なんてあります？　樹精ですか？」

「うん。君の配下だと、樹精だね」

「樹精の本体に撒くんですか？」

「光合成の最中に、栄養剤と肥料を足元に撒いてあげれば、吸収するよ？」

「マジか」

外見は人の姿でも、植物の精霊であるってことらしい。

サクラは折角ユニークルートに進化してるし、試すならオレアだ。毎日魔化肥料と栄養剤をあげてみよう。

「僕が教えられるのはここまでだ。後は自分で調べてみて欲しい。どうかな？　参考になったかな？」

「はい。ありがとうございました」

参考になったなんてもんじゃない。メチャクチャ有用な情報がゲットできたのだ。思わず、差し出されたサジータの手をギュッと握って、ブンブン上下に振ってしまった。

「僕も楽しかったよ。そういえば、君はまだどの流派にも所属していないよね」

「え？　流派ですか？」

急に話が変わったな。

「ああ。僕は人馬流っていう、アーチャーとテイマー、二つの職業を併せた特殊な流派を習っていてね。君も興味があったら、どうかな？」

なんと、サジータは流派に関してもキーになるキャラだったのか！

確かに、テイマーなのに弓を背負っているのだ。

人馬宮といえばサジタリウス。つまりサジータ。そういう繋がりなのだろう。

テイマーの騎乗技術と、アーチャーの弓技術を融合させた流派なのだと思われた。

「あの、俺は全く弓を使えませんけど？」

「うちの流派は弓に限らず、魔術や投擲のような遠距離攻撃であれば応用可能さ。後は、騎乗可能なモンスターを配下にしていれば、習うことができる」

「えっと、騎乗可能なモンスですか？」

うちは小型、中型のモンスばかりで、背中に乗れるモンスなんていないけど？　クママに背負ってもらったりはできるだろうが……。まさか、本当におぶされってことじゃないよな？

「君のドリモールなら、変身中なら騎乗可能じゃないか」

「あー、そういう特殊な感じもありなんすね」

ドリモのドラゴンモードのことを言っていたらしい。本当に短い時間だが、いいのか？　まあ、ほんの一瞬でも、ゲームシステム的には配下に騎乗可能モンスがいるという扱いなんだろう。

「その流派の奥義っていうのは、攻撃技ですか？」

「ああ、その通りさ。詳細は教えられないけど、きっと役に立つよ？」

うーむ、俺自身の攻撃力が少し上がったところでなぁ……。

正直、モンスたちを強化するような技が欲しいんだけど。

「流派って、一つしか入門できないんですよね？」

「そんなことないよ？　今は一つしか入門できなくても、そのうち複数の流派を習うことができるようになるはずさ」

「え？　そうなの？」

「ああ」

思わず素になってしまった。奥義なんていうくらいだから、一つしか覚えられないんだとばかり思っていた。今は一つでもいつか複数入門可能なら、気軽に入門してしまっても構わんのかもしれない。

それに、ここで入門するのがチェーンクエストのフラグなんだとしたら、断ったらここでチェーンが終わってしまうかもしれなかった。

「……分かりました。俺を、人馬流に入門させてください！」

「いい気合だね。歓迎するよ！」

サジータがニコリと微笑《ほほえ》む。やはりここで入門したのは間違っていなかったか。

「それじゃあ、最初の試練だ」

「はい」

「騎乗スキルを10まで上げてくれるかな？」

「え？」

騎乗スキルを上げるって、俺には無理じゃね？　だって、ドリモは短時間しか変身できない。その一瞬だけ騎乗したところで、経験値は微々たるものだろう。

流派クエスト
内容：騎乗スキルをＬｖ１０にする
報酬：一〇〇〇Ｇ
期限：なし

期限なしは有難いけど、報酬がもらえるのってなんか違和感。こっちが教えてもらうのに。まあ、そこらへんはゲームだし、考えても仕方ないけど。

騎乗スキルはボーナスポイントですぐに覚えられる。ただ、騎乗スキルのレベリングをするには、騎乗可能なモンスが必要だった。

「どっかで乗れるモンスを貸出ししてくれるような場所、ないですかね？」

「レンタルは知らないねぇ。騎乗モンスターが欲しいのであれば、捕まえるか、ギルドで買うかだろう」

「やっぱそれしかないか」

そう言えば、モンスをギルドで買えるんだよね。ただ、騎乗モンスなんて貴重な存在、売ってるかね？

もしくは、第一〇エリアまでくれば騎乗可能なモンスがどこかに出現するかもしれない。聞いたことはないけど、調べてみる価値はあるだろう。

そもそも、このエリアでこのイベントが起きるってことは、この時点で騎乗が可能であるってことなのだ。

「それと、これをあげよう」

「これは？」

サジータが差し出したのは、一枚のプレートであった。光を反射して銀色に輝く金属製の板で、表面には不思議な文字のようなものが書かれていた。

ただ、一部は日本語で書かれている。サジータの名前や、見習い騎士の森という部分だ。多分、覚えたばかりの解読スキルが発動しているんだろうな。

解読スキルのレベルが上昇すると、こちらの世界の言語が読めるようになり、書物なども解読可能になるらしい。

今のところ読んだだけで恩恵があるような書物は見つかっていないので、魔本スキルの習得以外で目立った役割はないスキルだ。

ただ、完全に無意味なスキルなどないと思うし、その内何らかの役に立つと思うんだよね。多分。

というか、そうであってほしい。

まあ、地道に育てていこう。

「それは、特殊な場所への立ち入り通行証さ。『見習い騎士の森』といってね、騎乗可能なモンスターを捕まえることもできるから、行ってみるといいよ。何種類か出没するから、自分に合ったモンスターを探すといい。それを所持していれば、転移先に選べるから」

おお！　マジか！　それってメチャクチャ貴重なアイテムじゃないか？　多分、俺みたいな騎乗は可能だけど微妙ってプレイヤーに対する、救済なんだろうな。

「ただ、君の場合はまだ見習い入門生だから、制限がある」

「制限ですか？」

「うん。君が見習い騎士の森で捕まえていい騎乗可能モンスターは一体だけだ」

サジータが説明してくれる。この森は立ち入りが制限されていることからも分かるように、様々な組織によって保護されているそうだ。

俺も、流派に入門したことで森への立ち入りを許されたが、騎乗可能モンスの乱獲は不許可ってことなんだろう。

新しく見習い騎士の森で騎乗可能モンスターを捕まえたいなら、前に森で捕まえたモンスを手放さなくてはならないらしい。

「サジータさんお勧めの騎乗モンスターとか、います？」

「モンスターに貴賤なしさ。ただ、騎乗するためにステータス制限があるモンスターもいるから、そこは気を付けた方がいいよ？」

「わかりました」

サジータが「がんばってね」と言って去ったあと、俺は獣魔ギルドの受付へと向かっていた。

メインの受付ではなく、売買用のカウンターだ。

こちらは金髪の美少女エルフが受付を担当している。

「すみません」

「はい。いらっしゃいませ！」

こっちは普通の女の子だ。物足りなく感じるのは気のせいか？

「えーっと、ここで買える従魔のリストを見せてもらえますか？」

「こちらをどうぞ！」

売買可能従魔のリストを見ると、かなりの数の従魔が載っていた。中には聞いたことのないレアな従魔までいる。

卵から孵った従魔が枠を圧迫するので、必要のないモンスを売る人はかなりいるらしい。

親のどちらかと同じモンスだったうえ、スキルなどが被っているから売るというケースはあり得るのだ。

特に前線で戦うテイマーにとって、手持ちのモンスが被るのは困るだろうしね。

色々なモンスがいて、リストを見ているだけでも楽しい。ただ、どれが騎乗可能なのか、いまいち分からなかった。

「このリストに、騎乗できるモンスって掲載されてますか？」

「あー、騎乗可能なモンスターはいませんねぇ」

やはり、貴重なモンスターはそうそう売りに出されんか。となると、自力で捕まえなければならないってことだろう。

俺はさっそく見習い騎士の森へと向かうことにした。

「庭で遊んでいるモンスターを引き取りたいんですが」

「今手続きするから、ちょいと待ってな」

「はい」

黒髪さんの威勢のいい声を聞きながら「これこれ」と頷いていると、直ぐにモンスたちが戻ってきた。

「ムッムー!」

オルトが俺にドーンと抱き着いてくる。危なっ! 倒れそうになったから! もうちょっと優しくしてくれ! 体は俺の方が大きくても、君たちの方が腕力高いんだからね?

「楽しかったのか?」

「フム!」

この喜びようは、中々見ないぞ。その内、また連れてきてやろう。

「ムッム! ムム!」

どんな遊びをしたのか、教えてくれているんだろう。

獣魔ギルドを後にして、転移陣のある広場へと歩いている最中も、オルトたちは元気いっぱいだ。

オルトが、俺の周囲を走り回る。多分、鬼ごっこをしたってことかな?

「キキュー!」

「フムー！」

俺の前にいるリックが周囲をキョロキョロと見回し、ルフレがササッと俺の背中に隠れて顔だけを出す。こっちは隠れん坊だろう。

「今度はお土産でも持ってきてみるか？　ＮＰＣのモンスが食べるか分からんけど、みんなでおやつを食べたりするのも楽しそうだ」

「ムッムー！」

「フママー！」

まあ、俺がまた庭に入れるかは分からんけどね。その場合は、二階からモンスたちの可愛い姿を眺めるとしよう。

獣魔ギルドを出た足で早速見習い騎士の森へと向かったが、移動は本当に簡単だった。

転移陣から、他の町へ跳ぶのと同じ要領で転移できたのだ。しかも、許可証のおかげか、無料である。一瞬で視界が切り替わり、広場から爽やかな森の中へと移動していた。

「ほほう？　ここが見習い騎士の森か」

「キュ！」

肩に乗っているリックが、鼻をヒクヒクさせている。その顔はとても嬉しそうだ。

リスなだけあって、森が好きなんだろう。

転移した先は、森の中に作られた小さい広場だった。

中央には転移の石碑と、ログハウスが設置されている。殺風景だけど、森の景色を邪魔しないためにはこれくらいがいいのかもしれない。

あと、ログハウスの前には樵《きこり》のような格好のＮＰＣが立っていた。

ただ、長身でゴリマッチョで厳《いか》つい顔のおっさんが、デカい斧を担いでいる姿は結構迫力がある。

ゆ、友好的な相手だよね？　殺し合いになったら勝てる気しないんだけど！

こちらから声をかける前に、向こうから近づいてくる。

「見習い騎士の森にようこそ。修行か？」

よかった、友好的だった！

「えーっと、騎乗できるモンスターを仲間にしにきたんですけど……」

「おお、テイマーさんかい！　森の説明は必要か？」

どうやら、この樵のおっさんは説明役であったらしい。迫力と役割が合ってないんだけど。他のイベントだと、超強いお助けキャラ扱いってこともあり得そうだ。

「まずはこの森だが、全部で三層になっている」

「三層？　エリアが三つに分かれてるってことでしょうか？」

「ああ。この辺みたいな明るい森が浅層。素材もモンスターも、そこそこのものばかりで、初心者用と言われている」

そこから、森の木々の密集度によって、中層、深層と分かれているそうだ。深層までいくと、深い森のせいで光が遮られ、昼間でも薄暗いらしい。

しかも、深層にはかなり強力なモンスターが生息しており、騎士たちの訓練場となっているんだとか。

　おっさんから、俺は絶対に浅層までにしておくようにと釘を刺された。中層ですら、俺じゃ力不足なんだろう。

　言われなくっても、そんな怖そうな場所には絶対いかんけどね。

「浅層でテイム可能な騎乗可能モンスターは、どんな種類がいますか？」

「特殊なのを除けば、基本的には三種類だな」

　おっさんがモンスターの特徴を教えてくれる。最も多く出現するのが、ブランチディアーというモンスター。その名の通り、鹿タイプのモンスターらしい。

「ただ、こいつらは背に乗るのに少しクセがあってな。乗りこなすには、バランス感覚が必要だ」

「えっと、バランス感覚ですか？」

「腕力と敏捷が20以上必要なんだよ」

「ああ、そういう」

　リアル運動神経が必要とされなくてよかったが、腕力と敏捷20は普通に無理だ。敏捷は装備品の効果を併せてギリ20だが、腕力は14しかないのだ。

「他の二種類はどうですかね？」

「ブランチディアーの次に多いのが、ダッシュバードっていう、二足歩行の鳥だ」

　こいつはいわゆるダチョウタイプの鳥だった。蹴りによる攻撃方法も持っており、育てば結構強いそうだ。

だが、ダッシュバードにも当然のごとく騎乗のために必要なステータスがあり、体力と器用が20必要だった。

器用はともかく、体力は絶対に無理である。あれ？　ヤバくね？　騎乗モンスをゲット云々の前に、俺が雑魚《ざこ》過ぎて乗れるモンスがいないとか？

「となると、最後のやつだな」

そうだ！　まだ一種類残ってるんだった！　頼む！　俺でも乗れるモンスターきてくれ！

「こいつはかなり珍しくて、中々人前には出てこんのだ」

レア？　それって、むしろ乗るのが難しいんじゃ……？

「なんてモンスターなんです？」

「キュートホースっていう馬タイプのモンスターになる」

「可愛い馬ってことですか？」

「ああ。小柄な馬でな、非常に可愛い。ただ、そのせいで騎士にはあまり人気がない」

「乗れれば可愛くっても構いません。むしろ、可愛い方がいい的な？　ただ、ステータス制限があるんですよね？」

「うむ。知力と精神が20ずつ必要だ。どうだ？」

うおおぉぉぉぉ！　セーフ！　それなら問題ない！

よかった、乗れる従魔いてくれて。

「どの辺に出現するとかは……？」

「はっはっは、それは自分の目で確かめるんだな！」

そこまでは教えてくれんか。未知の森に自分だけで入るってのは恐ろしいが、積極的にモンスターを探さないといけないっぽい。

「よーし、様子見がてら浅層にいくぞ。みんな、守ってね？」

「ムム！」

「モグモ」

「トリ！」

オルト、ドリモ、オレアが自身の得物を振り上げながらアピールしてくれる。

た、頼もしい！　本日の前衛トリオが頼もし過ぎる！　やれる気がしてきたぞ！

今のパーティは、一度畑に戻ってしっかりとバランス重視で組み直してきた。オルト、ドリモ、オレア、リック、ルフレ、リリスだ。

初めて足を踏み入れるフィールドだからね。慎重さ優先である。

そもそも、もう夕方だ。夜は色々と危険だし、あまり長時間の探索はできない。今日は様子見って感じになるだろう。

俺たちはオルトを先頭に、見習い騎士の森へと突入した。

入り口付近は爽やかで、非常に綺麗な森が続いている。行ったことないけど、フィンランドとかにありそうな感じ？

ここにビーチチェアでも置いて森林浴したら、最高だろう。

転移したので、場所的には大陸のどの辺なのかは分からない。ただ、植物や昆虫に、珍しい物はないようだった。第三～四エリアくらいの植生に似ているかな？

短い間に、低品質の薬草や毒草が採取できていた。珍しい素材もないし、本当に第三エリア相当なのかもしれない。

そうして森の中を三〇メートルほど進んだ時であった。俺の気配察知スキルが、モンスターの存在を捉える。

警戒スキルを持つリックも、俺と同じようにモンスターの気配を感じたらしい。

「みんな、あっちだ！」

「キキュ！」

俺たちが身構えると、草むらがガサガサと音を立てた。そして、前歯の大きなネズミが顔をのぞかせる。

「牙ネズミじゃねーか」

「ムム」

レベルもさほど高くはない。やはり、浅層は初心者向けで間違いないらしい。これなら、夜の探索も問題ないかな？

「とりあえず、こいつを倒すぞ！」

「ムッムー！」

「牙ネズミだからって、侮るなよ？　新フィールドの敵なんだ。どんな特殊な相手かも分からないからな！」

「モグモ」

まあ、瞬殺だったけどね！

それからも浅層を歩き回っていると、三〇分ほど経ってようやく初見のモンスターに出会えていた。

「クッケー！」

甲高い鳴き声でこちらを威嚇する、背の高い鳥だ。

騎乗可能モンスターの一種、ダッシュバードで間違いなかった。

「結構デカいな！」

そりゃあ、人が乗るんだから当然だが、思っていたよりも大きい。ダチョウほどではないが、エミューよりは大きいだろう。

色は胴体が真っ黒で、首から上が灰色だ。足は結構太い。ゴツゴツしていて、爪なども太くて、まるで恐竜のようである。かなりリアル寄りの姿をしており、間近で見ると迫力があった。

「クッケケー！」

「ムッムー！」

向こうの先制攻撃で戦いが始まる。ただ、思ったよりも苦戦はしなかった。やはり、レベルが低いんだろう。

ダッシュバードの攻撃はオルトやドリモに防がれ、俺やリリスの攻撃であっという間にポリゴンとなって散っていった。

「やっぱ、浅層は見習いとか初心者用のフィールドなんだろうな」

「デビ！」

「リリスはよくやったな。偉いぞ」

「デービ！」

頭を撫でてやると、リリスが嬉し気に目を細める。今の戦い、リリスが非常にいい働きをしてくれた。

精神が低いダッシュバードには幻術が効きやすく、小悪魔の視線と組み合わせると効果がバツグンだったのだ。戦闘中に後ろを向かせたり、攻撃を空振りさせたりしていた。

体勢が崩れればこちらの攻撃も当たりやすく、完封できたのはリリスのおかげである。

「素材は、胃石と肉と卵か」

卵はガルーダなどと同じで、孵化させるためのものではなくて食用のものだった。食用の部位をたくさん落としてくれるのは、俺としてはかなり嬉しい。

鳥肉は複数見つかっているけど、ダチョウ系の肉は初めてだしね。ちょっと味が気になるのだ。恐竜肉はダチョウっぽかったけど、あれと比べてどうだろうな？

後で料理してみよう。走鳥の胃石は、錬金系の素材っぽい。たくさん手に入ったら、これも色々試してみたかった。

新素材を見ていると、探索への意欲が高まるな！

そうしてさらに森を進んでいったのだが、結局目当てのモンスターを発見することはできないでいた。そもそも、騎乗可能なモンスターとのエンカウント自体、非常に少ないのである。

今のところ、ブランチディアーに二回、ダッシュバードに二回遭遇しただけであった。目当てのキュートホースは現れない。

すでに夜だし、一度戻った方がいいかな？　まあ、想像よりも敵が弱いお陰で、夜でも戦えそうではあるんだが……。キュートホースが夜行性の可能性もあるし、夜も少し戦ってみるか。

そう思って森の探索を続行したが、大きな収穫はなかった。花園や沼地、森の中にあるポッンと開けた広場など、いくつか気になる場所は発見できている。

だが、それらの場所でイベントなどは起きなかったし、キュートホースを見つけることもできなかった。むしろ、騎乗モンスターは昼行性であるらしく、夜には一切姿を現さなくなってしまったのだ。成果は、森の浅層のマップが大分埋まったことくらいだろう。

「仕方ない。とりあえず今日は帰ろう」

「デビー」

明日は朝から早耳猫と一緒に緑都を目指すことになっているし、早朝から畑仕事を済ませなくてはならないのだ。

俺はホームへと戻ると、ログアウト前に軽く料理実験をしてみることにした。

森で手に入れた食材が美味しかったら、頑張る気力にも繋がるのだ。

「フム」

「お？　気になるか？」

「フムム」

うちのお料理番でもあるルフレが、地下の生産室へと付いてきた。新食材に興味があるらしい。

「じゃあ、一緒に料理するか」

「フムー！」

「では助手のルフレさん。まずは食材の確認からやっていきましょう」

「フム」

「今日のメインはお肉！　走鳥の肉と枝鹿の肉です！　さらに、走鳥の卵もありますよ！」

ブランチディアーからドロップしたのは、枝鹿の肉、皮、角であった。角は走鳥の胃石と同じで、生産系の素材になるようだ。武器にも加工できるかもしれんが、うちだと使わないしね。鹿の角って、リアルだと漢方の素材になっているようだし、そっち方面で利用してみよう。

「最初は、シンプルに塩焼きにしてみるか。俺が鳥肉を焼くから、ルフレは鹿肉を頼む」

「フムム！」

できた料理はどちらも、特にバフも付かないレア度三の料理だった。満腹度の回復量が少し多いが、それだけだ。

フィールドの難易度的にもこんなものかな？

「じゃ、次は少し手の込んだ調理をしてみよう。俺は鹿肉をハーブでローストにしてみるよ。ルフレはどうする？」

「フム～」

ルフレは鳥肉を前にして、腕を組んで悩んでいる。その雰囲気は、まるで特上の食材を前にした匠《たくみ》のようであった。

ジッと考えるルフレ。数秒後、目をカッと開いたルフレは目の前の鳥肉をむんずと掴むと、頭上高々と掲げる。

「フムー！」

勇ましい表情のルフレ。けど、どんな料理を作るつもりなのかは全く分からんな。まあ、でき上がりを楽しみにしておこう。

それから五分後。俺たちは互いの料理を見せ合っていた。

俺の作った鹿肉のハーブローストは、ＨＰ微回復効果が付いたね。味も美味そうだし、これは成功だ。ルフレが作ったのは、鳥肉のタタキであった。表面を炙った鳥肉の上に、ハーブとポン酢たれがかけられている。

「こっちもＨＰ微回復効果か」

「フム！」

味見してみると、どちらも非常に美味しい。性能的にはどこにでもある料理だが、美味しければそれが正義だ。今後、見習い騎士の森に出入りしていればお肉もたくさん手に入るだろうし、これは探索の楽しみが増えたな。

Side　白銀さんの運命力に慄《おのの》く運営

「イベントの方はどうだ？」

「いくつか、開始されているクエストがあるっす」

「まだ悪魔関連の情報は出てないか？」

「そうですねぇ……。まだどのクエストでも悪魔の関与はバレてないと思うっす。そもそも、悪魔が出るのは最後の最後。クエストが長期放置されればいいだけっすから」

「今くらいだと、まだ眷属が出現する可能性がややあるくらいか」

「あのイベントムービーと結び付けて、悪魔関連のクエストだって考えることはあるでしょうが……」

「まあ、確証には至らんか？　ルートによっちゃ悪魔と関わらん場合もあるしなぁ」

「うす。実際、眷属の登場前にその企みを潰して、キーアイテムが奪われることを防いでるクエストもあるっす」

「ほう？　もうか？」

「勇者君っすね」

「勇者？」

「ホランド君すよ」

「あー、現状最強のプレイヤーか！」

「最近、勇者って呼ばれ始めてるっす」

「まあ、いかにもそんな感じだもんなぁ。白銀さんがいなければ、どう考えても一番目立ってたはずのプレイヤーだ」

「今だって、違う方面では十分目立ってますよ？　運営視点だと白銀さんの方が怖いんで、そっちの注目度が高くなっちゃいますけど」

「白銀さんは、白銀さんだからなぁ」

「そっすねぇ。あ、そう言えば白銀さんも、イベントクエスト起こすかもしれませんよ？」

「マジか？」

「見習い騎士の森へと出入りしてるっす」

「だって、白銀さんは騎士ルートは――いや、特殊ルートか？」

「そうっす。ちょっと見ないうちに、サジータから許可証ゲットしてるっす」

「でも、あれは騎乗可能モンスの所持が必須項目だったはずだろ？　ハニーベアって騎乗可能判定だったっけ？」

「ドリモールの竜血覚醒が、騎乗可能判定だったみたいっすね」

「嘘ぉ。いや、確かに竜は騎乗可能だが……。あれもオッケーだったか！」

「完全に見落としてたっすね」

「く……。また仕様変更会議だっ！」

「……ご愁傷様っす」

「ええい！　他の設定も見直さなきゃならんし！　おい、そっちは任せるからな」

「……俺もご愁傷様だったっす！」

「なあ」

「なんすか？」

「白銀さん、悪魔倒しちゃったりしないよな？」

「いや、いくら白銀さんでも、それはないんじゃないっすかねぇ？　そもそも出現しなきゃ倒しようもないじゃないっすか？」

「出現しないかな？」

「……設定、どうなってましたっけ？」

「……見直すぞ」

「……うす」

「ええい！　泣くな！」

「また徹夜コースっす！」

「俺だって泣きてぇんだよ！」

◇◇◆◇◇

翌日。

「それじゃあ、今日もよろしくおねがいしますね」

「ああ。よろしくなカルロ」

俺は早耳猫のメンバーと合流して、出発しようとしていた。畑に現れた向こうのメンバーは昨日と少し変わっていて、カルロとその従魔三体、ルインは同じなのだが、アリッサさんの代わりに剣士風の男が一緒だ。

「久しぶり～。早耳猫のクランマスターやってます、ハイウッドでーす」

「あー、よろしく」

そう言えば、以前にも自己紹介されたっけな。イケメン金髪エルフのハイウッドだ。軽薄な感じが、スケガワやサッキュンに通ずるものがあるよね。

それでいて、最前線で活躍する有名なプレイヤーであるそうだ。メチャクチャ頼りになりそうで嬉しい。

ほとんど絡んだことはないけど、このタイプなら緊張せずに済みそうだった。

アリッサさんはリアルの都合で今日はこられないらしい。見習い騎士の森の情報を売るつもりだったけど、アリッサさんがいないなら後でまとめてって形でいいかな？

ハイウッドもルインもカルロも検証メインで、情報売買の担当じゃなかったはずだし。

「じゃあ、早速行きますか！　今日は緑都と青都に到達する予定だしねぇ」

ハイウッドが気楽な感じで歩き出す。

「午前に緑、午後に青ってことか？」

「そうそう。準備も万端だから、そうそう予想外のトラブルなんかは起きないと思うよ？」

なんだろう。フラグってやつ？　大丈夫なのか？

まあ、ハイウッドは相当強い有名プレイヤーらしいし、こいつがいてくれれば負けることはないだろう。

一番気を付けなきゃいけないのは、俺が油断して死に戻ることかな？

「それじゃあ、出発ー」

「おう！」

「ムムー！」

まずは北の第七エリアである森林の町を目指す。実は、まだ第九エリアにも到達できていなかったんだよね。

そこから、第八エリアの闇の森、第九エリアのグリーンタウンを経由して、第一〇エリアだ。

非常に大変な道のりなんだが、そこも早耳猫が突破を手伝ってくれていた。

その道中については割愛しよう。早耳猫無双――というよりは、ハイウッド無双であった。

双剣と精霊魔術で、ほとんどの敵が瞬殺だったのである。もうね、俺が女性だったら惚れちゃっていたかもしれん。気だるげイケメンエルフが、戦闘中にだけ見せる真剣な顔。これはご飯が進みますわ！　絵になるんだもん！

おかげで、ボス戦で少し手伝う以外は、ほぼ遊びだった。採取に集中できたので、色々と手に入ったね。

これで道中の素材までもらえちゃうんだから、寄生プレイと言われても仕方がない。俺も、これに慣れないように気を付けよう。今回はあくまでも特別だからね。

午後も同じような状態で南のエリアを攻略し、一日で西以外の第一〇エリア到達に成功してしまっていた。

肝心の検証はというと、微妙な結果だ。結局、どちらのボスでも激レアドロップは出なかったのである。ただ、それは早耳猫も承知のうえだった。

この後で、ボス周回に付き合うことになっている。

それに、収穫はアイテムだけではない。みんなのレベルが上がったのだ。特に恩恵があったのは、リリスだろう。なんと、進化したのである。

それは青都手前のボス、大渦獣を倒した直後であった。

「デビビー！」

リリスが槍を天に突き上げながら、空中でズンタカ踊っている。

「おお！　リリスが進化だ！」

「デビ！」

真ん丸な渦巻き目と、ギザギザ牙の生えた大きな口からは分かりづらいが、リリスが笑顔で喜んでいた。

「もしかして、悪魔ちゃんが進化？」

「ああ、ようやくだ」

「アリッサくんが戻ってきたら、ぜひ情報を売ってよ」

やはり、ここにいるメンバーでは情報の売り買いができないようだ。売る情報が溜まっていくな。

「進化先は三種類か」

「デビ！」

通常の進化先と思われる二つに、ユニーク進化先が一つだ。

通常進化は、物理攻撃特化か、魔術攻撃特化かの違いであるらしい。

名前：リリス　種族：ミニデビ　基礎Lv25
契約者：ユート
HP：98／98　MP：99／99
腕力23　体力18　敏捷21
器用11　知力22　精神17
スキル：吸収、幻術・上級、小悪魔の視線→悪魔の視線、樹木殺し、精神耐性、槍術・上級、飛行、闇魔術、夜目、魔力探知、急所看破、即死撃、未定
装備：小悪魔の三叉槍、小悪魔の装束、小悪魔の髪飾り

名前：リリス　種族：プチデビ　基礎Lv25
契約者：ユート
HP：94／94　MP：103／103
腕力21　体力16　敏捷21
器用11　知力26　精神17
スキル：吸収、幻術・上級、小悪魔の視線→悪魔の視線、樹木殺し、精神耐性、槍術、飛行、闇魔術・上級、夜目、魔力探知、急所看破、影魔術、未定
装備：小悪魔の三叉槍、小悪魔の装束、小悪魔の髪飾り

幻術・上級と悪魔の視線はデフォルトだ。あと、装備が子悪魔から小悪魔になっている。そして、ミニデビは槍術が上級になり、低確率で敵を殺す即死撃。プチデビは闇魔術が上級で、影魔術という魔術スキルを覚えるようだった。

闇魔術にも影を操る術はあったはずだが、それをもっと特化させた魔術かね？

未定の部分には、いくつかのスキルの中から好きな物を選べるようだ。

ミニデビは、突進撃や連続突きのような、槍系の技から。プチデビは、火魔術などの属性魔術から一つを選べる。

どちらにせよ、アタッカーとしては相当強化されるだろう。

そして、期待のユニーク進化先だが、こちらには無視できないスキルが表示されていた。

名前：リリス　種族：プリデビ　基礎Lv25
契約者：ユート
HP：92／92　MP：105／105
腕力20　体力16　敏捷20
器用11　知力27　精神18
スキル：吸収、幻術・上級、小悪魔の視線→悪魔の視線、樹木殺し、精神耐性、槍術、飛行、闇魔術・上級、夜目、魔力探知、急所看破、魅了の笑顔、闇呪術
装備：小悪魔の三叉槍、小悪魔の装束、小悪魔の髪飾り

プリデビ。プチデビと似ていて紛らわしいが、より魔術特化っぽい。

魅了の笑顔は、戦闘開始時に一定確率で敵を魅了するというスキルで、こちらも確率によってはかなり強いだろう。

問題はもう一つの方だ。なんと呪術が表示されている。

闇呪術。なんだろう。一文字違うだけなのに、樹呪術よりも禍々しさが半端ない。ヤバイ生贄を要求されそうだ。

だが、これを無視することはできんだろう。そもそもユニーク進化だし、元々このルートにするつもりだったしな。

「おいおい、呪術があるじゃねぇか」

「うえええぇぇ！　さ、さすが白銀さん！」

進化先のデータを見せると、ルインたちが驚きの声をあげる。うんうん、いい反応をしてくれて嬉しいよ。

「それじゃあ、プリデビに進化だ！」

「デビー！」

リリスの体が光に包まれ、周囲を明るく照らす。

「うぉぉぉぉ！　目がぁ！」

あ、ハイウッドがやりやがった！　このゲーム何起きても光るんだから、いい加減なれなさい！

前線プレイヤーなんでしょうが！

ハイウッドの目を犠牲にしながらも、リリスの進化が完了する。

きっとその姿が――。

「あんま変わらんな」

「デビ？」

「いやいや、槍が凶悪になってるじゃん。それに、角もおっきくなってるし」

「まあ、そうなんだが、もっと悪魔っぽくなると思ってたんだよ」

今までの凶悪なヌイグルミ姿とそう変わらない。ハイウッドが言った変化くらい？　ああ、髪が少し長くなったかな？　ちょっとゴージャスになった気がするわ。

いた。


「まあ、可愛いままだし、いいか」

「デビ！」

その後、俺はハイウッドたちにキャリーの礼を言って別れたんだが、カルロだけがその場に残っていた。

実は、道中でチームを組んで探索を続行する約束をしていたのだ。

「付き合ってもらって悪いな、カルロ」

「いえいえ、俺もこの辺でレベリングするつもりだったんで。ついでですよ」

俺たちが探索を行おうとしているのは、緑都の周囲だった。

俺のお目当ては、このフィールドで採取可能な雪下茸という食材である。これは第一〇エリアの緑都の周辺に広がる北の大雪森で、ごくまれに発見されるレア食材だ。

味も非常に良いうえに、出汁《だし》も取れ、さらには耐寒効果まであるらしい。これを育ててみたいので、探索中なのだ。

カルロは口では「ついで」と言ってくれているが、明らかに俺を護衛してくれるつもりだろう。まあ、どう見ても危なっかしいし、放っておけないのかもしれない。かなりの熱量で、付いていくと言い切ってたからね。

雪下茸をたくさんゲットできたら、キノコ鍋でも御馳走しよう。

「キノコは見つけたけど、また白雪茸か」

「食えませんねぇ」

雪下茸は、白い笠に薄い青色のグラデーション模様が入った美しいキノコだ。対する白雪茸はその名前とは裏腹の、白地に毒々しい赤の斑点が付いた毒キノコである。

白雪姫から名前を取っているんだろう。睡眠毒が含まれており、毒薬などの原料になる。九割が雪茸で、雪下茸はたまにしか見つからない。

ただでさえ雪が積もっていて、採取は難しいというのに……。

因《ちな》みに、四つの第一〇エリアの環境はそれぞれがかなり厳しいものとなっている。今いる、北の大雪森。寒いうえに雪で身動きがとりづらい。たまに吹雪《ふぶ》くこともあり、かなり動きが制限される地形であった。

しかも、モンスターたちはこの環境に適応しているので、素早く動けるのだ。雪ウサギに、スノウゴリラ。一番危険な雪オオカミと、カルロがいなければとっくに死に戻っているであろう凶悪なモンスターばかりだった。

赤都があるのが、東の大山地。溶岩の流れる川などがあるが、それ以外は普通のなだらかな山地となっており、体力さえあればここが一番活動しやすい。

ただ、奥地に行くほどモンスターのレベルが跳ね上がるそうで、俺は赤都周辺でコソコソと採取するのがお似合いだろう。

青都の周囲は南の大雨林。巨大な湿地と熱帯雨林が合体したような場所で、毒虫や水中から襲ってくる爬虫類など、かなり気が抜けないフィールドである。

休憩する場所も少なく、プレイヤーから一番嫌われているそうだ。

そして、まだ見ぬ黄都を囲んでいるのが、西の大荒原。荒原と言っても半分は砂漠、半分は岩石地帯という感じで、寒暖差が激しいのが特徴らしい。

ここも比較的動きやすいが、昼夜で敵やフィールドギミックが大きく変わるため、あまり探索は進んでいないという。

どこも、一筋縄ではいかないってことだね。

「キキュ！」

「お、さすがだリック！　これで三本目だな」

「キュー！」

雪の下とはいえ、採取系スキルがあれば採取ポイントが表示されるので、キノコを発見することはできる。

ただ、リックと俺では見えている採取ポイントに差があるようだった。リックの方が明らかに採取回数も、量も上なのだ。

高レベルの採取スキル持ちにしか見えない、特殊なポイントがあるのだろう。この辺のフィールドになってくると、採取や伐採でさえ、一筋縄ではいかないらしかった。

そのまま緑都の周囲を歩き回り、モンスターと激戦を繰り広げながら雪下茸をなんとか集めていく。

いや、正確には、カルロたちが激闘を繰り広げるのを応援しつつ、その横で採取に励んだ、だろう。そりゃあ、戦闘時には頑張って手を貸したが、メインはカルロたちであったのだ。

今のカルロのパーティは昨日からお馴染みのリリパット、ナイトバット、ブラウンベアに加え、レッサーカーバンクル、スノウゴリラというパーティだ。

レッサーカーバンクルの額の宝石は緑で、木目リスからの進化なのだろう。実際、樹魔術を使いこなし、かなり強い。

スノウゴリラはこのフィールドにいる、白い体毛のゴリラだ。氷魔術まで使う、凶悪なアタッカーである。仲間にしたばかりで、レベリングの最中だそうだ。

「こういうカッコいい系のモンスもありだよなぁ」

「ウホ！」

敵だと恐ろしいだけだが、仲間になると理知的で、森の賢者感が強いのである。こいつが前衛にいてくれたら、頼もしいだろう。

だが、カルロは微妙そうな顔をしている。

「どうした？」

「いや、なんというか、白銀さんのパーティにスノウゴリラはあまり合わないいんじゃないかと思うんですよ」

「え？　なんで？」

「あー、その、あれです。生産ができないんですよ」

「別に、リリスだってそうだぞ？」

「そ、そうですねぇ。あとはそう！　まだ発見されたばかりなんで、もう少し情報が出回ってからの方がいいんじゃないですかね？　ほら、進化先とか」

「確かに、それはあるか」

カルロが育てているということは、いずれ早耳猫が情報を公開するということだ。別に今すぐにゴリラさんが欲しいわけじゃないし、少し待つのはありだろう。

「情報が出揃ってからの方がいいか」

「ほっ」

なんか、胸を撫でおろしてる？

「いや、何でもないっすよ？　ほ、本当っす」

妙に挙動不審だが……。もしかして、あれか？　自分がお気に入りのモンスを、他のプレイヤーにテイムしてほしくない的な？

俺はあまり気にしないけど、嫌がるテイマーがいるってことは理解している。カルロはそのタイプなのかな？　ゴリラ好きだとは知らなかった。

カルロには世話になってるし、しばらくゴリラは我慢しよう。

「お、あそこにセーフティゾーンがあるみたいだ。あそこで休憩しよう。雪下茸の味見もしたいし」

「本当に俺もいただいちゃっていいんですか？」

「鍋なんて、みんなで食べる方が美味しいからな。カルロの従魔で、鍋が食べれる子はいるか？」

「でしたら、ゴリさんと、パディにもらえます？」

ゴリさんはスノウゴリラ。パディはブラウンベアのことだ。著作権ギリギリの名前だね！　最初、クママの名前候補にアカカブトって考えてた俺が言うなって感じだが。

雪下茸と雪ウサギの肉に、緑都で買った大根などを鍋に突っ込んでいく。

火加減以外は簡単でいいね。

五分もすれば、美味しそうな匂いがセーフティゾーンに漂い出す。雪のない円形の広場なんだが、他のプレイヤーがこっちをガン見していた。

こんなに匂いをさせておいてすまんが、分ける量はないのだ。

俺はサクラの作ってくれた炬燵を取り出し、それを二つ繋げて皆で入れるように調整した。

鍋を食べないモンスたちも炬燵は大好きらしく、全員入りたがった。

ゴリさんやパディィは結構大きいから、一人で一面必要だ。その分、俺たちが詰めて入るのだ。ギュウギュウ状態だけど、これもまたいいよね。

「それでは、探索の成功を祝して、乾杯！」

「乾杯！」

酒ではなく、ぶどうジュースで乾杯だ。祝すほどの大冒険はしてないけど、こういうのは気分の問題だからな。

「雪に囲まれた場所で炬燵に入って鍋！　最高だな！」

「こんな役得があるんなら、いつでも探索付き合いますよ」

「おー、それは有難い！　そのうちお願いするかも」

「ぜひぜひ！」

炬燵の上ではリックが、ナッツをマルコちゃんに分けてあげている。ちびっ子同士、仲良くなったのかな？

「デビー？」

「ちょ、リリス！　鍋熱いから！　触ったらメッだぞ」

「デビー」

「ムッムー」

「ウホッ？」

オルトがゴリさんに野菜をよそってあげているのはなんでだ？　ああ、自分が育てた野菜を自慢してるのか。コラコラ、そんなに同じ野菜ばかりじゃゴリさんも困るだろ！　ちゃんとバランスよくよそってあげなさい！

「もう！　落ち着いてる暇ないじゃないか！」

掲示板

【有名人】白銀さん、さすがです Part35【専門】

・ここは有名人の中でもとくに有名なあの方について語るスレ
・板ごと削除が怖いので、ディスはNG
・未許可スクショもNG
・削除依頼が出たら大人しく消えましょう

：：：：：：：：：：：：：：：

643：タカシマ
ここ数日、白銀さんの動きが激し過ぎないか？

644：タルーカス
まあ、白銀さんだし？

645：ツンドラ
今まで激しくなかったことがない。
常に動きまくり、目立ちまくり？

646：てつ
いや、そうでもないぞ？
数日間、足取りが途絶えるなんて、よくあることだ。

647：苫《とま》戸《と》真《ま》斗《と》
新しく発見したダンジョンに籠ってたり？

648：タルーカス
新しく発見したイベントを進めてたり？

649：チョー
その間の静けさと言ったら……。

650：苫戸真斗
嵐の前の静けさとは、まさにこのことですよ。

651：タカシマ
白銀さんが姿を消した後、必ず何かが起きる！
そして、各所で阿鼻叫喚の悲鳴が！

652：ツンドラ
な、なるほど。
常に激しいというよりは、緩急をつけてるわけか！

653：チェリイ
あの、ここって白銀さん板ですよね？
質問があるのですが。

654：てつ
本人が自分の意思で緩急つけてるわけじゃないがな。

>>653
質問とな？

655：チェリイ
白銀さんと妖精さんに憧れて、テイマーで始めた二陣の者です。
ゲーム開始前から妖精さん情報を集めまくっていました。

656：苫戸真斗
おー、白銀さんのフォロワーさんだね！

657：チェリイ
私なんぞが白銀さんのフォロワーだなんて……。
せいぜい、ファンって程度の者です。

658：タルーカス
フォロワーって、ファンの上位互換だったんだな。

659：てつ
いや、そういう訳じゃないんじゃ……。
まあ、妖精ちゃんのファンって話だし、フォロワーとは微妙に違う？
でも、白銀さんきっかけでテイマーになったなら、フォロワーか？

660：タカシマ
どこまでがフォロワーかっていう談義はおいておこう。絶対に線引きできんし。
それよりも、質問て？

661：チェリイ
先日、フィールドで白銀さんをお見かけしたんです。
肩に乗る妖精ちゃん、可愛すぎました。お歌まで歌って。

662：苫戸真斗
やだ、それ絶対に可愛いやつ。

663：チェリイ
はい。とても可愛かったです。

664：タルーカス
俺も見たかった！

665：ツンドラ
俺も！

666：てつ
まあ待て。いちいち反応してたら話が進まんぞ。
それで、質問は妖精ちゃんに関係あるのか？

667：チェリイ
はい。妖精ちゃんをいつか手に入れるため、情報板も掲示板も読み込んで、ほぼすべての情報を暗記しました。
ただ、偶然お見かけした白銀さんの連れている妖精ちゃんが、見たことのないスキルを使っていたんです。
すごく強そうで、なにか情報はないかと思って。

668：ツンドラ
あー、あれね。もう情報が広まってるけど、覚醒っていう技らしいよ？

669：タカシマ
詳しくは早耳猫の掲示板に載ってるから、読んでみたら？

670：チェリイ
そうなんですね。分かりました。
妖精ちゃんについて全て知ったつもりになっていたのに、全然ダメでしたね。

671：ツンドラ
二陣も白銀さんの凄さに気づき始めた？

672：タルーカス
元々気づいてはいるだろ？
白銀さんのファンなんだから。

673：チェリイ
そうですね。
知った気になっていただけだったということを、思い知ったという感じです。

674：てつ
蒙《もう》を啓《ひら》かれたというわけだな。

675：タルーカス
なんか、壮大そうな話に！
蒙を啓くって何？　悟りを開くの親戚か？

676：苫戸真斗
おー、それは凄そうです！
ふははは！　我の蒙は啓かれた！　解放され、一つ段の上がった我が蒙の力を見よ！
くらえぇぇぇ！

677：タルーカス
おおー！

678：ツンドラ
壮大でもなんでもないぞ？
意味をネットで調べてみろ。

679：チェリイ
ですが、白銀さんファンとして、一つ成長できたのは間違いありません。
ちょっと情報を集めた程度で理解できる人ではないと理解しましたから。

680：てつ
そうそう。目を離したすきに、とんでもないことやらかす人だから。

681：チョー
白銀さんが、大雪森で炬燵広げて鍋パしてた！
モンス大量でわっちゃわちゃ！
一緒にいたやつ、ウラヤマ！

チラ見したら天板豪華タイプだった！
オークションに出品したやつと同レベルかもしれん。

682：ツンドラ
あ、あれを普通に使っちゃうんだな。
売れば高く売れるだろうに……。

683：てつ
ほらな？

684：タカシマ
タイムリー過ぎて笑える。

685：チョー
一部掲示板が大荒れ。

各モンス板、一緒にいるやつ羨ましい（血涙）
ものづくり板、あの炬燵を使うとはさすが！
お料理板、鍋パやろうぜ！
攻略板、白銀さんがいるってことは、大雪森で何かが起きるかも！　すぐに向かうぞ！

こんな感じ。

686：チェリイ
何と言えばいいのか分からないですけど、すごいですね。

687：苫戸真斗
こういう時に最適な言葉を教えてあげましょう。
サスシロ！

688：タカシマ
サスシロ！

689：タルーカス
サスシロ！

690：チェリイ
サ、サスシロ！

691：ツンドラ
うむうむ。後進も順調に育っているな。

692：てつ
白銀さん見守り隊の人数、今どれくらいかな？

：：：：：：：：：：：：：：：：：

【テイマー】ここはLJOのテイマーたちが集うスレです【集まれPart39】

新たなテイムモンスの情報から、自分のモンス自慢まで、みんな集まれ！

・他のテイマーさんの子たちを貶めるような発言は禁止です。

・スクショ歓迎。
・でも連続投下は控えめにね。
・常識をもって書き込みましょう。

：：：：：：：：：：：：：：

884：アメリア
マモリたんの日記帳の更新きました。
あれはいいものだ！

885：オイレンシュピーゲル
遊具で遊ぶモンスやマスコットたち……。
眼福でした。
あと、さりげなく奥の和室に絵とか書が見えてる。
芸術っていいよね。

886：アメリア
書に注文が殺到だってさ。
私もちょっと欲しい。

887：オイレンシュピーゲル
絵を描いた人に、ウンディーネの絵とか描いてもらえないかな？

888：アメリア
芸術？

889：ウルスラ
私は遊具注文しちゃったわ。
うちの子たちとブランコ二人乗りするの！

890：エリンギ
この波に乗り遅れました……！
大工系のプレイヤーに注文が殺到しているらしく、どこも１週間待ちだそうです。

891：赤星ニャー
俺もビッグウェーブに乗り遅れましたニャー。
ちっくしょー！

892：オイレンシュピーゲル
俺はなんとか滑り台は確保したぜ！
プールに設置したもんね！

893：ウルスラ
あのパリピ仕様のプールに、ついにウォータースライダーが！
見るのが怖い！

894：宇田川ジェットコースター
俺はシーソーだけ入手できた。
プールの中心に設置したら、ウンディーネたちが楽し気に遊んでる。
ばしゃんバシャンするたびに水飛沫《しぶき》が上がって、テンションもアゲアゲ？

895：オイレンシュピーゲル
天才じゃったか！

896：赤星ニャー
ニュータイプじゃったか！

897：エリンギ
さりげなく、ウンディーネ複数持ちであることをカミングアウトしたな。

898：イワン
いやー、すごい物を見てしまいました！
サスシロ！

899：アメリア
たった一言で、誰の話題なのか分かってしまう。

900：ウルスラ
凄いものとは、どんなもの？

901：イワン
第10エリアの獣魔ギルドに、モンスを預けるための庭があるじゃないですか？

902：エリンギ
他のプレイヤーのモンスを観察できるし、気づくと長時間見ちゃってるんだよな。

903：イワン
やっぱりそうですよね？
普通ならあの庭にプレイヤーは入れないはずですよね？

904：アメリア
も、もしかして……？
いや、でも、あの方ならば！

905：イワン
白銀さんがあの庭に入って、モンスたちと遊んでました。
触れ合えるのはNPCモンスだけっぽいんですが。

906：アメリア
やっぱり！　白銀さんだもんね！
それくらいやるよねー！

907：ウルスラ
NPC のモンスと触れ合える……？
え？　なんて楽園？

く、今なら血涙を流せる自信がっ！
うらやましすぎるっっ！

908：赤星ニャー
NPC のモンスだけでも、十分です！
触れ合いたい！

909：ウルスラ
どうやったら入れるんですか！
お金？　お金なの？　全財産くらいなら払いますから！

910：イワン
庭に入り隊が増殖中か。白銀さんは推定お金持ちだけど……。
庭に入るのにお金は必要ないんじゃ？

911：入間ブラック
俺も見た。なんか、NPC っぽい人と一緒だった。なんかのイベント？
それとも、飼育員さん的な NPC と仲良くなった？
もしくはギルドに貢献したご褒美？

912：エリンギ
全部有り得そうだ。

それにしても、ホームだけではあきたらず、ギルド庭も攻略してしまうとは……。
モフモフ天国あるところに白銀さんの影ありだな。
さすが白銀さん。

913：オイレンシュピーゲル
あそこには、可愛いモンスがいっぱいなんだ！
俺も入りたい！

914：宇田川ジェットコースター
激しく同意！

915：アメリア
あんたらが言うと、不純な動機に聞こえるわね。

916：オイレンシュピーゲル
何を言うか！
お前らと同じで、可愛いモンスと触れ合いたいだけだ！

917：ウルスラ
その心は？

918：オイレンシュピーゲル
げへへへ、NPC の預けてるモンスの中にはウンディーネとかいるかもしれん。
合法的に触れ合えるぞ！

919：イワン
オイレンアウトー！

920：オイレンシュピーゲル
ちょっと待て！　今のは乗せられただけだ！
決して本心じゃないんだ！
ノリにあわせただけで！
俺は嵌められたんだっ！

921：エリンギ
で？　本当は？

922：オイレンシュピーゲル
げへへーって、もういいだろ！

923：入間ブラック
その直前にアミミンさんと話してたから、テイマー関係のイベントだとは思うんだよな。

924：オイレンシュピーゲル
つまり、アミミンさんなら何か知ってるかも？

925：イワン
アミミンさんに凸なんてできるわけない。

926：ウルスラ
アミミンさんが人の情報を漏らすわけがない。

927：赤星ニャー
俺なんぞがアミミンさんに話しかけられるわけがない。

928：宇田川ジェットコースター
アミミンさんと同じゲームをやっててゴメンなさい。

929：エリンギ
まあ、アミミンさんに迷惑はかけられないよな。
テイマー全員の大恩人だし。

930：アメリア
アミミンさんも白銀さんと並んで尊敬されるトップテイマーだもんねぇ。
下手な真似したら、ファン ― というか全テイマーに処される。

931：ウルスラ
処すわね。

932：入間ブラック
ごめんなさい！　処さないで！

933：オイレンシュピーゲル
結局、早耳猫が情報を公開するのを待たなきゃダメか。

934：イワン
早耳猫なら、きっと白銀さんから色々と聞き出してくれるはず！
というか、もう聞き出してるかも！
だって早耳猫だから！

935：ウルスラ
早耳猫がんばって！
信じてる！

936：赤星ニャー
頑張るニャー！
お前らならやってくれるって、俺分かってるから！

937：エリンギ
早耳猫への過剰な信頼が……。
まあ、白銀さんはきっと庭以外にも色々とやらかしてるだろうし、そっちの情報も頼みます。

938：アメリア
つまり、いつもどーり！
頑張れ早耳猫！

：：：：：：：：：：：：：：：：

第三章　お馬さんいらっしゃい！

緑都、青都へと到達した翌日。

俺たちは予定通り黄都を目指していた。

同行者は昨日と同じで、ハイウッド、カルロ、ルインだ。

そして、今戦っているのが、第九エリアのボス、大地獣である。

そのフォルムは大炎獣と似ているが、こちらは全身が岩に覆われていた。この岩がかなり硬いらしく、第九エリアに立ち塞がる四ボスの中では最も防御に特化したタイプだ。

それでいて、反射障壁によるカウンター攻撃まであるんだから、非常に厄介である。

実際、四体のボスの中でこいつが最も強いらしく、俺たちのレベルが僅かにでも上がっているラストに持ってこられていた。

「ガガアアアァァァ！」

「――――！」

「助かったぞサクラ！」

「――♪」

その甲斐もあってか、俺たちも何とか戦力になれている。

そもそも、このボスにだけは爆弾飽和攻撃が使えない。適当に爆弾を使っていると、反射障壁によって爆弾を跳ね返され、あっという間に全滅してしまうからだ。

そのせいで、俺たちも普通に戦闘に参加せねばならなかった。いや、それが普通なんだけどね？

ここまで後ろから爆弾投げるしかやってなかったから、逆に新鮮なのだ。

そこで大活躍したのが、ペルカと、進化したばかりのリリスだった。

大地獣の弱点属性を操るペルカの攻撃は、急所に当たれば相手を高確率で怯《ひる》ませる。特に、ペンギンハイウェイからの突進攻撃は、ダメージも申し分ないのだ。

そのおかげで、何度救われたか分からなかった。

「ペッペペーン！」

「いいぞ、ペルカ！　そのまま隙があれば攻撃をしていけ！」

「ペペン！」

リリスの幻術・上級も、いい働きをしてくれている。大地獣は防御が堅い分、搦め手に弱い部分があるらしい。

「デビビー！」

「リリスは状態異常を狙ってってくれ！」

「デービー！」

幻術にかかったことで、俺たちを見失うことが何度かあった。その間は反射が解かれるので、一斉攻撃のチャンスなのだ。

このレベルのボス相手に、こんなに貢献できることなんて中々ないぞ？

ペルカとリリスは後で褒めてやろう。いや、この二人だけ褒めたらみんな拗ねるから、参加した全員を褒めないとな。危険なボス相手に頑張ってるし。

「白銀さん！　もう少しです、頑張りましょう！」

「おう！　オレア、サクラ！　あとちょっと頼むぞ！」

「トリー！」

「――！」

今回、俺の護衛役にはオルト以外に、オレアとサクラも連れてきている。

ここのボスは土属性だが、樹属性は特に弱点ではない。ただ、向こうからの攻撃に対して、サクラもオレアも耐性がある。オルトも土耐性があるし、入れ替え予定のドリモも土耐性がある。前衛は対土属性特化と言っても過言ではなかった。

そのため、カルロのパーティよりも頑張っているかもしれない。

掲示板などでは爆弾飽和攻撃が使えないと書かれていたので、一番の強敵だと思っていたんだけどな……。

もしかしたら、四属性ボスの中でうちが自力突破できる唯一の相手かもしれない。

「グルウウゥゥゥゥゥ！」

「やべっ！」

大地獣が、妙な体勢をとった。両手足を投げ出し、ベタッと腹這いになったのだ。ただこの姿は、事前に教えられていた必殺技の準備体勢であった。

多くのプレイヤーたちがチャンスとみて攻撃を仕掛け、逃げ遅れて必殺技の餌食になっているらしい。

大地獣がこの体勢になったら、とにかく距離を取って防御に専念しろと言われていた。

「逃げろ逃げろ逃げろ！」

「ムムー！」

「フムー！」

みんなで走って逃げる。

その直後、大地獣が轟音を立てて動いていた。腹這いの状態から、ビョーンと勢いよくジャンプしたのだ。

全長一〇メートル近い巨体が、二〇メートル近い高さまで跳ね上がっている。

そして、そのままの体勢で落ちてきた。

ヒューン――――ボガン！

ちょっとコミカルなＳＥが付いているんだが、その威力は笑えない。ただのボディプレスではなく、落下した衝撃で大地が次々とめくれ上がり、周囲がまるで針山のようになっているのだ。

巻き込まれていたら、串刺し状態になっていただろう。さらに大量の石礫が飛び散り、離れた場所まで襲ってくる。

「ムームー！」

「オ、オルト！」

オルトが前に出て、俺やルフレを庇ってくれた。オルトの体にビシビシと礫が当たっているが、全く揺らがない。余裕で散弾を防いでいた。

大地獣の攻撃が終わると、オルトがこちらを振り返る。その笑顔が眩しいね！

「ム！」

「た、助かったぞ！」

「フム！」

俺たちが縋りつくと、サムズアップで応えるオルト。やべー、ドリモみたいだぞ！　オルトさんかっけー！

「あの攻撃の後は、チャンスですよ。総攻撃ぃぃぃぃ！」

カルロたちが即座に攻撃に転じている。

俺たちも続かなければ！

「みんな！　いくぞ！」

「デビ！」

「――――！」

その後、俺たちも全力で攻撃を仕掛け、なんとかボスを倒した。多分、二割くらいは俺たちで削ったんじゃないか？

うちの貧弱パーティで二割っていうのは、快挙なのだ。

そしてリザルト。

「おー、この大地獄の槍棘ってもしかして……」

「出ましたか！　間違いなく激レアっすよ」

「さすがユートじゃなぁ」

「サスシロだね！」

やっぱ、招福や幸運の効果なのかねぇ？　まあ、これで周回にも気合が入るな。

ただ、その後はレアドロップは落ちなかった。

一応、東西南北のボスと一回ずつ戦ったんだけどね。

一応、あと一日付き合うことになっているし、明日はどこかにターゲットを絞って周回することになりそうだった。

今日の分の周回を終えた後は、お待ちかねの見習い騎士の森だ。

「今日は、マップを埋めちゃうぞ」

「クマー」

「キキュ！」

ただ、今日はキュートホースを発見することは難しいだろう。

もう夜なのだ。

そこで、今日の目標は浅層のマップを完全なものにすることとした。

「トリーリー！」

「オレアは元気いっぱいだな」

「トリ！」

「もしかして、精霊様に会ったおかげか？」

「トリ？」

実はここにくる前に、精霊様の祭壇へと挨拶に行ってきたのだ。いつもなら用事があるのはサクラだけなんだが、今回はちょっと違っていた。

新しい樹精であるオレアがいたからね。何かイベントが起きるかもしれないと考えて、サクラと一緒にオレアも連れて行ってみたのだ。

勿論、サクラは水臨大樹の精霊様の子供みたいなものだし、特別扱いっていう可能性はある。それでも、植物の精霊繋がりで、何か起こるかもしれない。そう思ったのである。

すると、精霊様がサクラだけではなく、オレアの頭もナデナデしてくれていた。さらには、サクラの横に大人しく並ぶオレアに、優しく微笑みかけてくれたのだ。

「新しい子供ですね。よき子です」

「トリー！」

「主と共に、励みなさい」

「トリ！」

まあ、結局、それだけだったけどね。いや、サクラは好感度が上昇しているっぽいから、オレアも好感度が上がっているかもしれない。

それに、特殊な効果がなかったとしてもいいのだ。オレアたちが嬉しそうだったし。

「トリリ～♪」

隣で鼻歌を口ずさむオレアの機嫌の良さを見ていると、好感度は上がってそうだけどね。

「キュルー！」

「またリスか」

相変わらず騎乗モンスターは出現せず、リスやネズミなどの雑魚ばかりが襲ってくる。最初はオレアたちとの連携確認にちょうどいいとか思ってたけど、いい加減に飽きてきたな。

この弱さだともうレベリングにもならないし、作業でしかなかった。

「マップも完成しちゃったし、どうしよう」

「ム？」

「トリ？」

オルトたちはまだまだ元気そうだけど、俺が飽きた！

「うーん、空き地でピクニックでもするか」

先日の雪の中での鍋パが非常に楽しかったので、ちょっと似たようなことをしたいと思っていたのである。

ゲーム内の素敵ロケーションでのモグモグタイム。いいよね。

広場には蛍光リンドウが生えていたから、夜でも十分明るいはずだ。それに、今日は満月でさらに明るいし、月見ピクニックなんてオシャレじゃない？

「よし！　今日はもう戦闘も探索もヤメ！　ピクニックをやります！　広場に向かうぞ！」

「ムムー！」

「トリー！」

「フマー！」

みんな大賛成であるらしい。万歳をしながら、森の広場へと駆け出す。道中の敵は瞬殺だ。そんなにピクニックしたかったんだな。

モンスたちも、カルロとの雪見鍋パが楽しかったのかもしれない。

駆け足で飛び込んだ森の広場は、想像以上に美しかった。

蛍光リンドウが風にそよいで光の粒子を散らし、白金に輝く大きな月がこちらを見下ろしている。月光に照らされた森はそれだけで神秘的で、まるでジ○リ映画のようだった。

ト○ロかシ○神様、出てくるんじゃない？

「デビビー！」

「キキュー！」

「クマー！」

広場に到着したモンスたちは、ババッと散開し、周囲を警戒する。ピクニックの邪魔をする敵を、警戒しているんだろう。絶対にピクニックをするのだという強い決意を感じるね！

「やる気満々だなー。じゃ、そのまま警戒しててくれ。俺は準備するから」

「ムム！」

「キキュ！」

「クックマ！」

俺の言葉にビシッと敬礼で返し、すぐに周囲の素敵へと戻るモンスたち。戦闘でもないのにこんな凛々しくなるだなんて！

ここまで期待されては、ただお茶を飲むだけで済ませるわけにはいかないだろう。よかろう、我が力の全てを以って、最高のピクニックにしてやるぞ！

「ゴザの上に、この布を広げるか。アイネ、ちょっとそっち持ってくれる？」

「フマー！」

「そうそう、そっち延ばして」

今広げているのは、アイネが作ってくれた布の中でも、特に大きな一枚だ。白地で、周囲には俺の描いた花柄の模様が入っている。

その内、ベッドカバーにでもしようと思っていたんだが、シート代わりに使ってもいいよね。で、使うのはヒムカのカトラリーセットだ。

オークションに出品したやつと同系統のセットを、いくつか作ってもらったのである。白木のトランクの中から、綺麗な皿やコップを取り出して並べたら、それだけでテンションが上がるのだ。

料理はみんなの好物に加え、サンドイッチなんかを並べてみた。ぶっちゃけ、雰囲気作りである。

綺麗な布のシートに、オシャレカトラリー。そして、ピクニック定番の料理たち。ヤバイ、めっちゃテンション上がる。

思わず、セッティングしたピクニックセットをスクショしちゃったぜ。これが映《ば》えるってやつなんだろうな。

　モンスたちを呼び戻し、皆がお茶を手にしたらピクニックの始まりだ。

「じゃあ、カンパーイ！」

「デビー！」

「フマー！」

　最初はワイワイと食事をする。

　皆、好物を頬張って大満足の顔だ。

　そうしてワイワイしていると、次第に皆のテンションが上がり始める。いや、最初から高かったけど、もっとね？　もう、酔ってるんじゃないかって感じだ。実際、雰囲気に酔っているんだろう。

　モンスたちが踊ったり歌ったり追いかけっこしたりし始めた。そんな可愛い姿を見つつ、お茶を飲む。

　至福の時間だ。

　まあ、リリスだけは、槍を天に突きあげながらクルクルと回る、邪神崇拝踊りって感じだけど。そうして楽しんでいるリリスを見ていると、ふと気になることがあった。闇呪術に関してだ。

　どう使うのかは分からないが、今は夜。

　昼よりは使用条件がいいのではなかろうか？

「リリスー。ちょっといいかー？」

「デビー？」

呼ぶと、すぐに踊りを中断して近づいてきてくれた。

「リリスが持ってる闇呪術、使い方分かるか？」

「デビ？　デビ！」

「おお！　分かるのか！」

リリスは自分の胸をドンと叩くと、俺から少し離れた場所で両手をバッと前に突き出した。これは、リックが樹呪術を使った時のポーズによく似ている。

ここで使えるってことなんだろう。

「ちょっと、試してもらっていいか？」

「デービビー！」

「きた！　魔法陣だ！」

赤黒い光で構成された、禍々しさの感じられる魔法陣が地面に描き出されていた。

どうみても、邪法っぽいんだけど……。

「これ、大丈夫か？」

「デビ？」

恐る恐る地面の魔法陣に近づき、細かい部分を確認してみる。

樹呪術と同じ、二重五芒星の魔法陣だ。色のせいでやはり邪悪に見えてしまうが、大丈夫だろうか？

少し不安になっていると、ウィンドウが立ち上がる。

「宵闇の呪？」

「デビ」

効果は、周囲のフィールドに夜の性質を与え、強めるというものだった。

フィールドやホームでこの呪術を使うと、朝や昼でありながら、効果範囲は夜でもあるという扱いになるらしい。つまり、夜にしか効果が出ないスキルなどを、昼でも使えるようにするってことなんだと思う。

また、夜に使えば夜の属性をより強くもしてくれるっぽかった。

ネクロマンサーなんかだと、非常に重宝する呪術だろう。アンデッドは、夜になると少し強くなるらしいしね。クリスとか、絶対に欲しがる。

闇属性の素材を一〇個捧げると使用できるらしいが、ギリギリだな。一回分はあるんだけど、他の呪術も気になる。

リックの場合、最初から四つの呪術が使用可能だった。リリスに聞いてみると、やはり四種類の呪術があるらしい。

二つ目の魔法陣を展開してもらうと、こちらは夜明の呪という名前だ。

宵闇とは逆で、効果範囲内の夜や闇の力を弱める性質があるようだった。夜に強化されたモンスターなどを、弱体化させる効果があるらしい。

そして、三つ目が闇行の呪。パーティメンバーに闇の加護を与え、一定時間、夜や闇の中でも問題なく行動できるようにするという呪術だった。

夜目や暗視に加え、夜間弱体化の無効や、闇耐性付与などが複合されているのだろう。

そして四つ目が解呪。これは前述三つの呪術の効果を自分で解除するための術だった。捧げものは必要なく、残りの効果時間が長いほど、術者の魔力を消費するらしい。

「うーん、どれも使用素材は同じか」

どれかは使ってみたいけど、使えるのは今は一回。だとすると、宵闇の呪よりは、夜明の呪か闇行の呪の方がいいかな？

リリスを仲間にした悪魔召喚のような特別な呪術もあるかもしれないが、探しようがないもんな。あの時は本当に運が良かっただけなのだ。

「闇行はなんとなく想像できるけど、夜明はいまいち分からんのだよな」

今使ったら、この周辺だけ昼になるのか？　それとも、夜の属性が弱まるだけで、目に見える変化はないのか？

「ま、検証代わりにこっちを使ってみよう。リリス、夜明の呪を発動だ！」

「デビー！」

俺が闇属性の素材などを捧げて呪術を発動させると、一気に魔法陣が輝いた。ユラユラとした赤黒い光が勢いよく立ち上り、やはり邪悪さを感じずにはいられない絵面《えづら》だ。

まあ、俺が心配するようなことは何も起こらなかったけど。羊頭の悪魔が現れることも、名状しがたい邪神が現れることもなく、普通に光が発せられただけだった。

放たれた光がドーム状に広がり、弾けて消える。

多分、この広場全域くらいの効果範囲だろう。

「夜は夜のままだな」

「デビ」

光が降り注いだりすることもなく、フィールドは今まで通りだ。ぶっちゃけ、何か変わった様子はない。

うちのモンスたちはどうだ？

「変化ある人ー？」

俺が訊くと、手を挙げる子が二人いた。オレアとリリスだ。

「オレアはどんな変化があったんだ？」

「トリー」

「ふむ？」

「トリリー」

オレアが俺の前にくると、仁王立ちで天を見上げた。口を半開きに、ポケーッとした顔をしている。ちょっとヨダレ出てない？

「えーっと、どういうことだ？」

「トリー！」

「お、怒るなって。もう一回頼む」

「トリー」

うーむ。何度見ても、阿呆面《あほうづら》が可愛いオレアにしか見えん。気持ちよさそうではあるか？　日光浴とかしてるとこんな感じになるかもしれない。

「あ！　日光浴！　つまり光合成か！」

「トリリ！」

どうやら、夜でも光合成が可能になったと言いたかったようだ。夜明の呪の効果だろう。日の光は出ていなくとも、完全な夜扱いではないってことらしい。

「リリスは何が変わったんだ？」

「デービー」

リリスは手を前に突き出すポーズの後、両手を顔の前でシャキーンと交差させて、バッテンを作る。

「もしかして、ここだと闇呪術が使えない？」

「デビ！」

今回は一発で正解できたか。やはり闇呪術は夜にしか使えないようだ。そして、自分の呪術で夜属性を打ち消したことで、闇呪術の使用条件が満たせなくなったということだろう。

範囲外まで出れば、また使うことも可能であるらしいが、自分にも影響が出るんだな。

他に、変化は見つけられなかった。闇属性の素材を集めて、また色々と実験しよう。畑に使えるかどうかも知りたいし。

ずっと夜にして育て続けたらどうなるのか、とかね。

「中断して悪かったな。またピクニックに戻ろうか」

「デビ！」

「トリー！」

そうしてピクニックを再開したんだが、不意にリックが立ち上がった。

「キキュ？」

「どうしたリック？」

「キュー」

森を見ている。いや、森の手前か？

ただ、そこには何もない。俺たちが座っている原っぱと同じだ。

しかし、リックは何かを感じ取っているらしい。鼻をヒクヒクとさせながら、原っぱを見つめていた。

「うーん、ちょっと調べてみるか」

リックがこれだけ反応するってことは、何かあるのかもしれん。

リックがじっと見つめている方向に、ゆっくりと歩を進める。チラッと振り返ると、リックはまだそっちを見たままだ。

やはり、何かがある。

「とは言え、全然分からんぞ」

ほんの微かだが、気配察知に反応がある。微妙過ぎて、リックに言われなかったら全く気付かなかったレベルだが。

正確な場所は全く分からないし、モンスターかどうかも分からない。何らかの不思議現象が起きているようだ。

「うーん。リック、この辺か?」

「キュ」

「もっと奥?」

「キキュ!」

リックが、小さな右手を前に押し出すような動作をしている。多分、もっと向こうだというジェスチャーだろう。

俺は、リックに言われるがままにそのまま進んで——こけた。

「んが!」

なんだ? 何かに足が引っかかったんだが!

草っぱにバンザイダイブした俺は、顔面を強《したた》かに打つ。

全く痛くはないけど、何が起こった?

慌てて振り返ると、草むらがちょっとおかしかった。よく見ると草が不自然に倒れ、凹んでいる。

まるで、見えない重石《おもし》でも置いてあるかのようだ。

いや、実際、見えない何かが置かれているんだろう。俺はそれに足を引っかけて、転んだのだ。

ジーッと目を凝らす。何も見えない。気配察知は相変わらずの極小反応で、罠察知、妖怪察知は反応はなしだ。

「仕方ない」

こうなれば、直に触ってみるしかないか。俺は何かがあると思われる場所に向かって、恐る恐る手を伸ばした。

か、噛みつかれたりせんよね？

モフッ。

「うん？」

何やら、モフモフとした毛皮みたいな感触がある。透明なナニかには毛が生えていたようだ。

傍目《はため》には何もない場所で手を動かす変人にしか見えんだろうが、ここには確かに毛が生えたモフモフが存在していた。

モフモフモフモフ。

ヤバイ、気持ちよすぎて手が止まらん。短毛でサラサラの毛並みなのに、毛が柔らかいお陰でモフモフさも同時に感じられる。

「こりゃあ、なんだ？」

生物？　でも、気配察知はそこになにもいないといっている。

それから数秒ほど撫でまわしていると、この透明なモフモフの形が分かってきた。

大きさは大型犬と同じくらいのサイズ。で、長い毛が束ねられたようなふさふさの尻尾と、折りたたまれた四つの足っぽいものがある。

さらに、首があり、頭があった。首筋にはタテガミっぽい感じの、ちょっと硬い毛が生えている。

多分、四足歩行の動物の形をしていることは間違いないだろう。

カメレオン的な能力ではなく、完全に透明になっている。そして、全然動かない。普通、隠れている生物って、居場所がバレたら動き出さないか？　それとも、明らかな敵対行動をしていないから？

「うーん、どうするか……」

攻撃は最後の手段だ。

まずは友好的にいこう。

「何か、好物が分かればいいんだけどな」

肉食か草食かもわからん。ていうか、肉食だったら俺ヤバい？　いきなりバクッといかれるかも？

そもそも、本当に何らかの生物かどうかも分からないけどね。

実はモフモフしてるだけの置物でしたってなったら、超ハズい。ま、その場合はアリッサさんへの土産話というか、笑い話になるからいいか。

俺はインベントリから大量の食べ物を取り出し、透明モフモフの周囲に並べてみた。オバケのリンネの好物を探る際にもやった方法である。

肉料理、魚料理、野菜メインの料理、デザート、ジュース。

特に反応がない。

生肉、生魚、生野菜――反応あり！　青ニンジンに反応したか？

俺は手に持った生の青ニンジンを、頭と思われる方に持って行ってみた。

やはり、ニンジンだ。モフモフがプルプルと震えているのが分かる。

そして、カリッという音とともに、青ニンジンの先端が消えた。シャクシャクという音は咀嚼《そしゃく》音なのかな？

見えないから、音がする度に急にニンジンが削れるように見える。ただ、この勢いはよほどニンジンを気に入ったらしかった。もうニンジンのヘタの方しか残っていない。

最後の欠片を掌に載せて食べさせてやりつつ、俺は新しいニンジンを取り出した。透明モフモフはそれも凄まじい勢いで食べていく。

他に好きな物はないかと思って色々な野菜を取り出すと、橙カボチャ、キュアニンジン、ランタンカボチャは好物らしい。ランタンカボチャの炎の部分まで食った時にはちょっと驚いたね。

今までは切ってしまえば炎が消えてたから、食べるということがなかったのだ。お、美味しいの？

「キキュー？」

「フマー？」

うちのモンスたちも、透明モフモフに興味を持ったらしい。俺の横に並んで、野菜が消えていく様を見守り始めた。

単純に、野菜が急に消える様子が面白いだけかもしれないが。

そうして、シャクシャクバリボリと、野菜がどんどん消えていく。

最終的には、青ニンジン、橙カボチャ、ランタンカボチャ、キュアニンジンを二つずつ平らげた謎のモフモフは、ついに新たな動きを見せていた。

「ヒヒン！」

「お？　もしかして、今のって鳴き声か？」

可愛らしい嘶《いなな》きが聞こえたかと思うと、目の前に変化が現れる。最初に輪郭のようなものが空間に浮かび上がり、次いで黒い毛並みが姿を現した。

ようやく姿を拝めるようだ。

数秒ほど待っていると、その姿が完全に分かるようになる。

「ヒヒン！」

「黒い、仔馬？」

「ヒン」

透明化を解除してその場に姿を現したのは、やや青みがかった黒い毛並みの、小さな馬であった。馬なんだけど、リアル寄りではない。どちらかというとデフォルメされた、あっさり顔の木馬とか、顔が可愛いマキバ○ーとか、そんな感じだ。

サイズは、リアルにいるミニチュアホースと同じくらいかね？

「キュートホースか？」

だが、毛並みが聞いていた色とは違う。情報源は、見習い騎士の森の入り口にいるおっさんだ。ここに来る度に少し雑談をしているんだが、その話の中でキュートホースはクリーム色の毛並みだと教えてもらっていた。

個体ごとに体の模様が少し違うそうだが、基本の色が変わることはないだろう。

ユニーク個体か？

「鑑定――うえぇぇぇ？」

とりあえず馬を鑑定してみたら、変な声が出てしまった。だって名前が『ムーンポニー』となっていたのだ。

月の馬？　馬の色の種類に月毛ってのがいたと思うけど……。月毛の馬って、もっと黄色っぽい色じゃなかったっけ？

そう思ってよくよく見たら、額に黄色い三日月形の模様が入っている。なるほど、これがムーンか。

「ヒン？」

「えっと、どうしたらいいんだ？」

とりあえず、敵対はしていないっぽい。こちらに攻撃を仕掛けてくる様子はなかった。

想像よりもちょっと小さいけど、お馬さんを仲間にするチャンスか？

ただ、ノンアクティブモンスターだとすると、テイムをしようとしたら戦闘状態になってしまう可能性が高いだろう。あれは使った相手のヘイトを高めるし。

戦ったとして、勝てるかな？

このフィールドの適正レベルに合わせているなら、戦っても楽勝だろう。だが、特殊なモンスターとして、この馬だけレベルが高い可能性もある。

そもそも、戦闘してテイムできるような相手なのか？　イベントモンスだったら、テイム不可能なことだってあるだろう。

「やべー、分からん」

「ヒン？」

「……とりあえずもう少し時間あるし、それまでは毛並みを堪能しようかな」

今は特に警戒もせず、撫でさせてくれているのだ。もうちょっとだけ、遊んでおこう。

「キキュー！」

「フママー！」

「ヒヒン！」

俺がムーンポニーの頭を撫でていると、リックたちも纏わりつきはじめた。リックが頭に乗り、アイネは背中だ。

楽しげなのはうちの子たちだけではなく、ムーンポニーもだった。リックたちを乗せた状態で、俺の周囲をゆっくりと回り始める。

パカパカと良い足音を鳴らして並足で歩くムーンポニーは、まるでスキップをしているように見えた。

他の子たちも、我も我もとポニーに群がる。それを嫌がることもなく、ポニーは順番に乗せていった。

オルトやオレア、リリスはともかく、クママはデカ過ぎやしないかと心配になったんだが、全く問題はないようだった。

小さくとも馬。重い物を乗せて移動することが得意なんだろう。さらに、クママを乗せて広場を一周したムーンポニーは、俺の前にきて軽く鳴いた。

「ヒン！」

「もしかして、乗せてくれるって言ってるのか？」

「ヒヒン！」

正解だったようで、ムーンポニーは前足を高々と上げる。やる気満々らしい。

俺はその言葉――ではなく、嘶きに甘えて、その背に乗ってみることにした。ステータス制限に引っかかるかもしれんが、物は試しなのだ。

俺が乗ると、潰してしまわないか心配になる。

だが、さすがは馬だ。涼しい顔をしていた。

「これって、ステータス制限は問題なしってこと？」

「ヒン！」

キュートホースと同じで、俺のステータスでも問題なく騎乗可能であるようだ。

「重くないか？」

「ヒヒン！」

俺の言葉に応えるように、ムーンポニーが駆け出した。モンスたちを乗せた時と同じように並足なんだが、背に乗っていると意外に速く感じる。

それでいて、思ったほどは揺れないのだ。揺れなしとまではいかないが、ちょっと上下する程度だ。感覚で言うと、ちょっと揺れる自転車くらい？

もっと速く駆けたら分からないが、並足だったら全く問題はなかった。あー、こうやって騎乗を体験してしまうと、ぜひこの子を仲間にしたくなってしまうな。

「なあ、うちの子にならないか？」

「ヒン？」

「テイムされてくれないかってことなんだが。勿論無理強いするつもりはないんだ」

戦闘しろって言われても、ここまで楽しく遊んでしまった相手となんて戦いづらくて仕方がない。

戦闘せずにテイムできるなら、それに越したことはなかった。リリスなんかも戦闘なしだったし、有り得なくはないと思うのだ。

「うちの子になったら、野菜はたくさん食べれるし、友達もいっぱいだぞ？」

「ヒーン」

背中の俺を振り返りつつ、器用に首を傾げるお馬さん。

これは、脈あり？　考え込むような素振りをしている。もう一押しだ！

「うちはモンスターもマスコットも妖怪もたくさんいるし、ホームもあるからいつでもみんなと遊べるんだ。寂しくはないぞ？」

そうやってうちのモンスになった場合のメリットを語りつつ首筋を撫でていると、ムーンポニーに変化があった。

突如、その体が輝き始めたのだ。この光、見覚えがあるぞ！

そして、ポニーが可愛らしく嘶いた。

「ヒヒン！」

ピッポーン。

『ムーンポニーをテイムしました』

きたー！　マジで成功しちゃったよ！

「うちの子になってくれるんだな！　よろしく！」

「ヒヒーン！」

前足を高々と上げる暴れ馬ポーズで楽しそうに嘶いたムーンポニーだが、その姿が不意に消えた。

パーティ上限を超えたため、ホームに送られたのだ。

目的も果たしたし、一度ホームに戻ろう。

俺はうちの子たちを連れて、見習い騎士の森の入り口に向かった。おっさんが笑顔で話しかけてくる。

「テイムできたようだな。おめでとう」

「ありがとうございます」

「それにしても、ムーンポニーとはな。珍しいのをテイムしたじゃないか」

ゲーム的なアレで、俺がムーンポニーをテイムしたことを分かっているらしい。

感心するように頷いている。

「やっぱ、特殊なモンスターなんですか？」

「そりゃそうだ。月夜の晩にしか現れず、見つけるのも一苦労なモンスターだ。よく見つけたな」

「偶然ですよ。うちの子が違和感に気づいて」

「気づけても気難しいし、仲間にできるかどうかは分からんからなぁ」

少しでも敵対すると、もう仲間にはならないらしい。本当に運が良かったようだ。違和感に気づいたリックと、あそこで攻撃しなかった自分を褒めてやりたいぜ。

「知ってると思うが、お前さんじゃ一体までしか連れ出せん」

「分かってます」

「ならいい。大事にしてやんな」

「はい！」

俺はおっさんに別れを告げて、見習い騎士の森を後にした。

ホームに戻ると、すぐにうちの子たちが寄ってくる。その中に、ムーンポニーもいた。すでに仲良くやっているようだ。

背中にルフレ、頭にファウを乗せている。

「馴染んでるな」

「ヒン！」

「フム！」

「ヤー！」

とりあえずムーンポニーのステータスを確認しておこう。

名前：キャロ　種族：ムーンポニー　基礎Ｌｖ１５

契約者：ユート
HP：50／50　MP：51／51
腕力10　体力14　敏捷13
器用7　知力13　精神10
スキル：隠蔽、騎乗、消音歩行、月魔術、突撃、魔力加算、夜目
装備：なし

ユニーク個体か！　最初から名前があるぞ。キャロというのは、キャロットからか？　それともギャロップ？

能力的には、なんと魔術師タイプだ。ただ、体力と敏捷もあるので、騎乗モンスとしてもきっちり仕事をしてくれるだろう。

スキルをまとめると、こんな感じである。

隠蔽：じっとしている間、敵から身を隠す。
騎乗：騎乗時、自身と騎乗者を強化。
消音歩行：歩行時、全身の音が抑えられる。
月魔術：月の力を操る魔術。
突撃：駆け足での体当たり。

魔力加算：自身の魔力の一部を、騎乗者に付与する。
夜目：暗い場所でもしっかりと見える。

完全な初見のスキルを二つ所持していた。

魔力加算は、要は騎乗中に俺の魔力が上昇するってことなんだろう。まだキャロのレベルがさほどでもないので効果は低いだろうが、魔術主体の俺には十分有難い。

それに、育てば凄い威力を発揮するようになるかもしれないのだ。

で、問題はもう一つのスキル、月魔術だろう。正直、何ができるのか全然分からん。ただ、透明化していたのは、月魔術のおかげだと思われた。

隠蔽は気配を殺せても、さすがに透明にはなれなかったはずだからな。

「月魔術って、何ができるんだ？　ここで使えるか？」

「ヒヒン！」

俺の言葉に、キャロが軽くうなずいた。そして、すぐに変化が訪れる。

軽く光ったかと思うと、その姿がすぐに見えなくなったのだ。やはり、透明になるのは月魔術の効果だったか。

しかも、この透明化はただ姿が消えるだけではなく、匂いや気配、音なども消すことができた。

あの時リックが隠れたキャロに反応できたのは、この透明化が完璧ではなかったからだろう。

あの広場は、リリスの闇呪術、夜明の呪の効果範囲に入っていた。あれは、夜の効果を一定時間消し去るという効果の呪術である。

多分、月魔術は日中では効果が下がるのだ。そのせいで気配が漏れていて、それにリックが気づいたのだと思われた。

それ以外にも、驚いたことがある。なんと、キャロの上に乗っていたファウたちの姿まで見えなくなってしまったのだ。

自分だけではなく、騎乗者にも効果が及ぶらしい。もしかしたら、魔力加算の効果？

さらに検証をすると、透明なキャロにあとから乗っても、透明にはならなかった。また、ファウたちがキャロから離れると、透明化は解除されてしまう。

つまり、月魔術発動時にキャロに乗り、その後はずっと接触状態にならねばならなかった。また、激しく動いてもアウトだ。

ゆっくりと歩いていないと、簡単に解除されてしまった。効果時間は三分ほどだろう。

それでも、俺のようなタイプには非常に有用な能力である。奇襲にも逃走にも使えるし、これは重宝するだろう。

もう一つ使える月魔術が、魔力を回復させる光だ。自分の消費ＭＰよりも相手の回復量が少ないので効果は微妙だが、緊急時の奥の手にはなりそうだった。

月魔術はかなりクセが強そうだけど、レベルが上がれば使える魔術が増えるだろうし、今からどう成長するか楽しみだ。

「装備品は、鞍か。あと、首とか足にアクセサリー系を装備可能か」

鞍なんて、どこかで入手可能かね？

ここは、すでに騎乗モンスターに乗っている知人を頼ってみようかな。

フレンドリストを確認すると、目当ての人物はまだログイン中だ。メールを送ってみると、すぐにコールが返ってきた。

『やあ、ユート君。久しぶりだね！』

爽やかイケメン騎士ロールプレイヤー、ジークフリードだ。声だけでも爽やかさが伝わってくるね。

「ああ、久しぶり。今、大丈夫か？」

『ホームでのんびりしていたから、大丈夫だよ』

なんと、西洋風のホームを手に入れたそうだ。ただ、厩舎を設置したために家が狭く、人を迎えられるほどの家具もまだ設置していないらしい。

ちょっと見てみたかったけど、残念だな。

「実は馬を手に入れてさ。それで、鞍とかの入手方法を聞きたかったんだよ。買える場所が知りたくて」

『おお！　ついにユート君も馬仲間に！　嬉しいよ！　まだ数が少ないからねぇ』

実は、騎乗モンスに乗っているプレイヤーは、全くいないわけではない。ジークフリードのように初期ボーナスで入手していたり、騎士の職業イベントで騎乗モンスを入手したりもできるのだ。

まあ、イベントで手に入る騎乗モンスはランダムなうえに、成長しない特殊なタイプであるらしいが。どこかで自力入手しなさいってことなんだろう。初期モンスも馬ではなく、ダチョウやロバが多いそうだ。

馬っていうのは意外に少ないのだろう。

それに、ジークフリードは本人も馬も目立つし、初期からいる白馬は一頭しかいないので圧倒的に有名なのである。

『僕の場合、最初は騎士ギルドで買ったよ。最近だと、皮革系の職人に頼んでる』

「なるほど。騎士ギルドか」

正直、何も知らない状態では職人に頼みづらいし、まずは初心者向けの鞍でいいだろう。そう思っていたら、ジークフリードが意外な提案をしてくる。

『買うよりも、僕のお古を譲ろうか？』

「余ってるのか？」

『鞍はいくつも作り変えているから。結構性能が変わるんだよ？　でも、思い出の品を捨てるのは何となく忍びなくてねぇ』

ジークフリードは、古くなった装備を処分できずに、溜め込むタイプだったらしい。まあ、このゲームの武具は凝っているし、処分するのを勿体なく思う気持ちは理解できるが。

「思い出の品って言われると、ちょっと躊躇《ちゅうちょ》しちゃうんだけど？」

『ははは。思い出の品といっても、どうせ死蔵しているだけさ。使ってもらえる方が鞍だって喜ぶよ。それに、いつまでも溜め込み続けるわけにもいかないからね』

「うーん。なら、お言葉に甘えようかな。対価はどうする？　お金でいいか？」

『それでいいよ。ただ、いくつか種類があるし、どれがユート君の馬に合うかは分からないからね。そちらに持っていくから、選んでくれるかい？』

「了解」

その後、ジークフリードに他の装備品についても色々と教えてもらい、この後すぐに会うこととなった。

まあ、俺はジークフリードが来てくれるのを待つだけだけどね。


庭で遊んでいると、一〇分も経たずにジークフリードがやってきた。想像以上に、ホームが近かったらしい。聞いてみたら、隣の区画だった。

「やあ、清々しい夜だ。絶好の遠乗り日和だね」

「そんな貴族みたいなこと言われても……」

「はははは、いずれユート君と一緒に遠乗りできる時を楽しみにしてるよ。それで、君の馬はどんな子なのかな？」

「紹介するよ」

俺はジークフリードを連れて、庭へと向かう。いずれ、馬場みたいな場所を増築するつもりだ。金ならある！　うむ、いい言葉だ。現実じゃ絶対に言えないセリフだけどな！

「ヒン！」

「この子が、ムーンポニーのキャロだ」

俺がキャロを紹介すると、ジークフリードが満面の笑みで近寄っていく。馬そのものが好きなんだろう。

「おお！　可愛らしいじゃないか！　それに、見たことがない種類だ」

「ジークフリードでも知らないのか？」

「ああ、僕のシルバーは、元々は駄馬という種族なんだ。野生では未発見の種類さ。そこから、カインドホース、ナイトホースと進化してきているね。だから、その系統以外は知らないんだよ」

シルバーは駄馬のユニーク個体なだけあって、特殊な進化先があったらしい。

当然、他にも初期ボーナスで馬をゲットした者もいるが、そこはジークフリードの馬愛だ。

ポイントのほぼすべてをシルバーの強化につぎ込んだジークフリードと、馬であればと妥協した他のプレイヤーたち。当然、大きな差があった。

マイナス要素を付けることでボーナスを得ることが可能だったらしく、シルバーは顔が少々ぶちゃいくになってしまったようだが、ジークフリード的には問題なかったのだろう。

「うちのキャロはかなり小さいんだけど、シルバーの鞍は乗るかな？」

「そこはサイズ調整機能があるから問題ないよ。進化すれば大きさが変わるのは当たり前だし、それに対応してるんだ」

「そりゃそうか。急に大きくなる場合も多いしな」

他の装備品と同じだった。あまりにも巨大になり過ぎなければ、問題ないのだろう。

「あとはこの子のステータス次第になるんだけど、見せてもらえるかな？」

「ああ、これだ」

キャロのステータスを表示して、ジークフリードに見せる。

「ほうほう。面白いね」

「やっぱ、他の馬とは違うか？」

「魔術を使える馬を、そもそも初めて見たから」

基本、駄馬系統の馬は、腕力、体力、敏捷が高い、前衛系のステータスになるらしい。シルバーは騎乗者の回復スキルと、防御系のスキルが充実しているそうだ。

それに比べると、月魔術という未知の魔術が使えるキャロは、そのうち専用の鞍を作る方がいいっぽかった。キャロの魔術の威力を高めるような鞍も、作れるそうだ。

「進化したら、その時の能力によってカスタムした鞍を作るといい」

「覚えとくよ」

それまでは、今回ジークフリードに譲ってもらう鞍を使えばいいだろう。そもそも職人に依頼して作ってもらった品だけあり、どれもよい性能だったのだ。

「装備できる中では、能力的には、これが一番いいかな」

ジークフリードが持ってきてくれた五つの鞍の中で、ちょうど真ん中の性能のやつだ。これより上となると、必要ステータスが不足していた。

名称：黒熊革の鞍

レア度：３　品質：★８　耐久：２９０
効果：防御力＋２２、騎乗ボーナス（小）、敏捷＋５
装備条件：腕力１０以上
重量：８

名称：銀の蹄鉄
レア度：４　品質：★４　耐久：３３０
効果：防御力＋２４、悪路走破ボーナス（微）、ＭＰ自動回復ボーナス（微）
重量：４

「蹄鉄までいいのか？」

「実はそれ、シルバーのために作った蹄鉄の失敗作なんだ。品質が低くて、事前に狙っていた能力が付かなかったんだよ」

なんと、ジークフリードは鍛冶スキルを取得しており、シルバーの馬具の一部は自作しているそうだ。この蹄鉄も、ジークフリードのお手製であった。本当にシルバーを大事にしているんだな。

本人曰く失敗作らしいけど。

効果がもっと強力になる予定だったらしい。ただ、効果が弱い分装備条件も付かなかったし、防御力だけならそこそこになったという。

「それは今日の記念に進呈するから、ぜひ使って欲しい」

「いや、結構強いぞ？　売れると思うけど。本当にもらっちゃっていいのか？」

「売ろうにも、欲しがるプレイヤーが少ないから売れないんだ」

「ああ、そういうことか」

いくらいい装備でも、需要がなければ売れない。馬に乗っているプレイヤーが少ない以上、買い手も少ないということだった。

「そもそも、ほとんどの馬乗りプレイヤーは僕の顧客だからねぇ」

このゲームにおける蹄鉄のシェアは、ジークフリードの独占状態であるらしかった。

「鞍の代金はどうする？　ここまでしてもらったし、馬を手に入れた場所の情報とかでもいいけど」

「ははは、僕にはもうシルバーがいるから新しい馬はいらないんだ。それよりも、さっき言った通りいずれ遠乗りにいこう」

ジークフリードが喜ぶ情報かと思ってたけど、シルバー一筋だった。考えてみれば、俺だってうちの子たちを差し置いて同じモンスを手に入れようとは思わんしな。

「お金以外なら、野菜を分けてもらえると嬉しいね」

「野菜なんかでいいのか？」

「僕も畑は持ってるけど、本職には負けるからね。シルバーに美味しい野菜を食べさせてやりたいじゃないか」

「いや、俺も本職ってわけじゃないけど……」

テイマーだぞ？　ファーマーじゃないぞ？

「はっはっは。御冗談を」

「そりゃぁ、オルトたちのおかげで品質が高いことは間違いないけどさ」

「だろ？」

結局、一万Gと野菜の詰め合わせで鞍を譲ってもらうことになった。最初はもっと支払おうとしたんだけど、ジークフリードが「中古品をこれ以上高くは売れないよ」と言って譲らなかったのだ。

その代わり、野菜を大量に詰めてやったぜ。

ホームに戻って驚くがいい！


翌日。俺は早耳猫へと向かう前に、畑へと急いでいた。

今日は早耳猫への検証協力最終日だ。ボスを周回することになるだろう。正直、どれだけの金額をつぎ込んでいるのか怖いが、爆弾がなけりゃ高速周回なんて無理だろうしな。

それに、ボスの激レア素材の情報なら高く売れるだろうし、元が取れる自信があるのかもしれない。

ともかく、帰ってきてから畑仕事をする時間なんかないだろうし、先に畑仕事を全て終わらせておきたい。

「ムッム！」

「おはよう。オルト。今日も元気だな」

「ムー！」

俺は出迎えてくれたオルトたちとともに、畑へと向かう。そこで、俺は驚きの光景を目にしていた。

「ちょ、火が！　畑が燃えてるんだけど！」

微炎草が植わっている一角に、ユラユラと揺れる赤い炎が見えたのだ。慌てて近寄るが、オルトたちに焦る様子はない。

なんでだ？　異常事態じゃないってことか？

火が出ているのは、微炎草が植えられている畑であった。微炎草は『炎』という字が入っていても、実際に燃えているわけではない。火属性を内包した、赤い草というだけだ。

しかし、目の前にある草は、しっかりと燃えていた。

形が近いのは、ちょっと大きめのカラーの花だろうか？　赤いカラーのラッパの中に、拳大の炎が灯っているイメージだ。

近寄って鑑定して、ようやくそれが何なのか分かった。火炎草という微炎草の上位種だったのだ。

赤都のある東の大山地に生えているらしいが、俺はまだ奥まで行っていないので未見であった。

「なんでここに？　変異した？　ああ、そうだ！　ここ、肥料をまいた場所か！」

火化肥料を使用した微炎草だった。どうやらオルトの目論見通り、変異したらしい。火炎草自体は、今の俺なら簡単に手に入る。

採取もできるし、市場にも出回っているのだ。

だが、肥料によって変化したという事実が重要だった。

「ほ、他のはどうだ？」

「ムム！」

オルトと一緒に畑を見回っていく。

すると、いくつか変異した作物を発見することができた。

その一つは水耕プールの水草だ。空気草が、水湧草という草に変わっていた。あとは、薬草である。なんと、中薬草という一つ上のランクの薬草に変異していた。

見た目は、白いスズランのような花の付いた薬草だ。だが、効能は間違いなく通常の薬草よりも一段上だ。

これがあれば、中級ポーションが作れるらしい。現状では、最高レベルの回復薬である。

噂には聞いていたけど、入手方法が不明だったのだ。これを入手したプレイヤーは、先日のオークションのランダムボックスで手に入れたらしい。

これは、すごい情報なんじゃないか？　それとも、アリッサさんたちならもう分かってるかね？

まあ、これもあとでアリッサさんに話してみるか。

他には、暴風草、赤テング茸にも肥料と栄養剤を使用したはずだが、変異している様子はなかった。ただ、品質が非常に高いものがあったので、これが肥料のおかげかな？

変異しない場合は、品質が上昇するってことか。変異に失敗しただけなのか、この組み合わせでは品質上昇効果しか得られないのか、微妙なところだ。

オルトが指定して撒いたから、ただ品質が上昇するだけってことはないと思うんだよな……。

色々と肥料を撒いて、研究していくしかないだろうな。

「あとは果樹か」

「ムム！」

緑桃に色々と使用したのだ。すると、こちらでも変化している物があった。

まず、魔化肥料、栄養剤を撒いた緑桃の果樹にいくつか変な実が混ざっていた。普通に桃だ。緑色の桃の中に、薄いピンク色の桃が生っていたのである。

「霊桃か。毒、麻痺、呪いの治癒効果があるっぽいな。え、これって結構すごいんじゃない？」

食べただけで毒や呪いが治るとしたら、絶対に欲しがる人がいる。

あと、属性肥料を撒いた各緑桃の樹にも、ちょっとだけ変わった桃が付いていた。ただ、こっちは基本は緑桃だ。だが、少しだけ光を放っていた。

鑑定してみると、緑桃・魔果実となっている。どうやら、緑桃のままで特殊な効果を得たらしい。だが、鑑定の情報では、魔力を含んだ緑桃としか書かれていない。

「うーん、これも要研究か。オルト、魔果実って、これからも生るのか？」

「ム？　ムム」

どうやら、もう生らないらしい。つまり、また肥料を撒く必要があるってことだ。実験用の魔果実を得るだけでも結構時間がかかりそうだった。

「とりあえず、味だな」

効果は気になるけど、一番重要なのは味だ！　より美味しくなっていたら、料理にぜひ使ってみたい！

「中薬草、火炎草、水湧草は株分けだな。なあ、この辺の果実は、株分けして植えたら、その果樹になるのか？　それとも、緑桃にしかならない？」

「ムーム」

「うん？」

俺が手渡した桃を、首を横に振りながら突き返してくるオルト。どうやら、霊桃、魔果実、ともに株分けできないようだ。

「まあ残念だけど、また肥料を撒けば収穫できるんだろ？」

「ム！」

「なら、また作ればいいさ。それよりも、この桃の味見だ！」

「ム！」

さっきから甘い匂いがしていて、辛抱たまらんのである。匂いが強化されてるっぽい。

そうして桃を切ってみたんだが、色々と面白いことが分かった。

まず、霊桃。これは普通に美味しかった。ジューシーで甘い、高級な桃様だ。以前、社長からの差し入れで食べた一玉一〇〇〇円の桃を超えるだろう。

これはもっともっと欲しい。むしろ毎日食べたい。

魔化肥料、栄養剤の量産を視野に入れるか。

で、面白いのが魔果実の桃だ。全部、味わいが違っていたのだ。

果汁が溢れてくるもの。香りが非常に強いもの。甘みが強いもの。歯ごたえがシャクシャクとしたもの。

どうも、与えた肥料の属性で変化しているらしい。果汁が水、香りが風、甘みが火、歯ごたえが土っぽかった。

「これもたくさん欲しいぜ。やはり肥料だ。肥料が必要だ」

「ムム！」

ただ、ずっと試食ばかりもしていられない。

俺は桃の収穫をオルトに頼むと、草むしりに戻る。

ちょっと試食に時間をかけ過ぎて、時間ギリギリだぜ。こうなれば、本気を出す必要があるようだな。

「うぉぉぉぉぉ！」

俺の高速草むしりを見よー！

「トリ！」

「え？　オレアさん？」

「トリ！　トリリ！」

「あ、ここ抜き残しっすね。もっと丁寧にやれと」

「トリ！」

オレアに怒られながらも畑仕事をこなしていると、なんとか時間内に仕事を終えられた。

それどころか、ちょっと時間があまっているのだ。

「今ある素材で、作れる肥料は作っちゃおうかな」

量産できるかどうかはともかく、明日以降、使う分を確保しておかねば。

そう思って魔化肥料と魔化栄養剤を作っていたら、終盤に錬金術がカンストにまで到達した。

「おお、錬金もついにレベル50か！」

これで、今まで以上に仕事がはかどるぞ！

生産系のスキルは、カンストすると上級に派生させることができる。俺はボーナスポイントを支払い錬金・上級をゲットした。

「で、問題は派生スキルの方だ」

農耕スキルが育樹や水耕に派生するように、錬金も派生スキルが存在する。カンストした際、その派生スキルの中から一つを選んで習得できるのも、生産スキルの特徴だった。

「即席錬金、錬金具、錬金薬、錬金物、戦闘錬金？」

即席錬金は、道具がなくても錬金が可能になるスキルだった。ただし、質や効果が下がるらしい。簡単には帰還できないダンジョンやフィールドの奥地へと探索に赴く前線パーティなら、重宝するのかもしれない。その場でアイテムを補充できるからね。

フィールドで簡単に錬金できるのは便利だけど、俺にはあまり必要ないかな？

錬金具は道具作製、錬金薬は薬作製、錬金物は素材加工にボーナスが付く派生らしい。中には、これらがないと作れないアイテムも存在するようだった。

農耕で考えると、育樹や水耕と同系統の派生だろう。これは、どれも有用そうで悩む。どれを選んでも、ある程度便利だろうしな。

戦闘錬金は素材を消費し、戦闘中に特殊なアイテムを作れるスキルだ。薬や爆弾など、便利な道具がいくつもあった。ただ、質は低いし、素材、魔力の消費が多く、中々使いどころが難しい。

戦闘メインじゃない俺にとっては、一番いらない派生だろう。

「……よし、錬金薬にしておこう。一番使いそうだし」

派生スキルも重要だが、今はもっと重要なことがある。それは、錬金・上級で覚えた、水作製のスキルだ。

その名の通り水を作り出すだけのスキルなんだが、これがかなり使えるのである。なんと、ほとんどの素材を、水に変えてしまうのだ。元の素材によって、品質やレア度、属性に様々な変化が出るらしい。

これの良いところは、ただ液体化したわけではなく水に変化するので、水素材として使用できるという点だ。今まであった液化のアーツは、あくまでも固体の形状を液体に変えるだけで、素材の種類までは変化しなかったのである。

「これで肥料と栄養剤作りがはかどるぞ！」

どっちも水が必要だからな。属性を持った水を作れれば、色々と活躍してくれるだろう。

今日の探索で素材もたくさん手に入るだろうし、戻ってきてからの錬金が楽しみだ。

「おっと、時間ギリギリだな。みんな、出発するぞー」

「ヒヒン！」

「うんうん。今日はキャロのお披露目だ！　頑張ろうな！」

「ヒン！」

俺はモンスたちを連れて、北の緑都へと向かった。とりあえず、激レア素材がドロップするまでは、ひたすら北の第九エリアのボスである大嵐獣を狩り続ける予定なのだ。

「キャロは実戦デビューだけど、緊張してないか？」

「ヒン？」

大丈夫らしい。つぶらな瞳でこちらを見上げている。その「なーに？」って感じの仕草からは、強力なボスへの恐れなどは一切感じられないのだ。

まあ、ＡＩだからって言っちゃえばそれまでだけど、やっぱ初ボス戦だからな。ちょっと心配になってしまうのである。

因みに、メンバーはルフレ、リック、オレア、ペルカ、リリス、キャロという面子だ。爆弾飽和戦法で戦うから、あまり強さとかは気にしなくていいからね。

ハイウッドやカルロからも、レベル上げを優先していいと言われているし、遠慮なくレベリングをさせてもらおう。

一応、回復役のルフレと、攻撃役のリックは連れてきているけどさ。

「おい、あれ――」

「あんな馬見たこと――」

「さすが――」

予想通り、めっちゃ見られている。騎乗可能モンスターは誰もが注目しているし、珍しい馬を連れていれば絶対に目立つのだ。

「キャロ、人気者だな」

「ヒン？」

「みんなお前を見て、可愛いって言ってるんだよ」

「ヒン！」

俺の腰のあたりにある頭を撫でてやると、キャロが嬉し気に鳴く。それを見たギャラリーが、微かに騒《ざわ》めくのが分かった。

キャロは可愛いから、仕方ないよな。背中にリックとペルカを乗せてるし。可愛いリスとペンギンを乗せた、黒いポニー。もうね、「これが可愛いというものか！」って感じ？

誰だって見ちゃうのだ。

「ふっふっふ。もっと見るがいい。うちの可愛いキャロを！」

「キキュ！」

「ぺペン！」

「分かってる。お前らも可愛いぞー」

「キュー」

「ペン」

キャロばっか可愛がってたら、嫉妬されちゃったぜ。いやー、もてる主は辛いねー！

「フムー」

「デビー」

「トリー」

「お、お前らも？」

うむ、全員平等に愛でないとね。ルフレたちが突き出してきた頭を撫でてやる。すると、キャロたちが見上げてくるのだ。あ、こっちも撫でろと？　はいはい、可愛いですねー。え？　次はこっち？　仕方ないなー。

なんてやってたら、遅刻しかけました。いやー、うちの子たちが可愛すぎるのが悪い！

「ヒン？」

「……なんでもない」

「キュ？」

「俺が調子に乗ってたのが悪いのは分かってるから！」

お願いだから、ピュアなケモノアイで見つめないで！

そんな風にワチャワチャしながら歩いていると、待ち合わせ場所に到着した。緑都の広場だ。そこでは、すでに早耳猫の面々が待っていた。

「あ！　アリッサさん！　お待たせしました！」

「……」

「え？　アリッサさん？」

「……」

あれ？　俺のこと見えてない？

アリッサさんに手を振ったんだが、何故か反応がなかった。そこそこ人出があるので、俺に気づいていない？　一応、真正面に立ってるんだけど……。

「アリッサさん！　アリッサさーん！」

「……」

あれー？　なんかプルプルしてる？

挨拶したのに、アリッサさんが固まってしまった。

「アリッサさーん？」

「……」

え？　俺の事見えてない？　目の前で手を振っても反応がなかった。

俺かアリッサさんのネットワーク接続に何か問題が？　いや、どう考えてもアリッサさんの方だろう。

「え？　大丈夫なのかこれ？」

ちょっと離れた場所に立っているルインたちに視線を向けるが、何故か微妙な顔で肩を竦めるだけである。

「ユート、君……」

「あ、なんだ動けたんですか」

もしかして、無視して驚かせよう的なやつ？　大リーグのサイレントトリートメントだっけ？　普通に引っかかってしまったぜ。

「驚かせないでくださいよ」

「そ、それはこっちのセリフよっ！　毎度毎度毎度毎度っ！　い、胃と心臓がっ！　くっ、バイタルがっ！」

な、なんか怒ってらっしゃる？

「ど、どうしたんですか？」

「どうしたって――ふぅぅう。こほん。ごめんなさい、ちょっとだけ取り乱しちゃったわ」

「ちょっと？」

「ほんのちょっとだけ！　取り乱してしまったわ！」

アリッサさん、やっぱちょっと怒ってるっぽいんだけど……。

「なんか怒らせるようなこと、しました？」

「ごめんなさい。ユート君に怒ってるんじゃないから。なんていうか、ちょっとくらい資金を集めたくらいで今度こそ問題ないって思ってた自分の甘さに怒ってるだけだから」

「は、はぁ」

俺に怒ってないならいいや。

その後、キャロのことをガン見するアリッサさんに連れられて、俺は何故か早耳猫の露店へと向かうことになった。

「あの、ルインたちは大丈夫なんですか？」

「大丈夫。待機って伝えたから。分かってくれるわ。それよりも、売ってくれる情報、あるのよね？」

「はい。色々ありますね」

「い、色々……いい顔で即答……！」

「はい？」

「なんでもないの。嬉しいとこんな顔になっちゃうの」

リリスの進化なんかに関しては、ハイウッドたちから聞いているのだろう。ただ、それだけじゃないからね。

俺的には今日の最後に一括でと思っていたんだけど、アリッサさんは先に済ませてしまおうと考えたらしい。俺としてはどっちでも構わないのだ。

「えーっと、まずはこっちで確認できている、悪魔ちゃんの情報から売ってもらってもいい？」

「進化の情報と、闇呪術に関してでいいですか？」

「呪術、もう検証したの？」

「一回使っただけですけどね」

リリスのデータを見せつつ、強化された部分や呪術の使用感を語る。まあ、未だに悪魔はうちのリリスしかいないようだし、あまり高くは売れないだろうな。多くの人が求める情報ではないのだ。

実際、アリッサさんにもそれほど驚いた様子はない。

「なるほど、夜にしか使えない呪術ね。でも、宵闇の特性を考えると、昼に使えないとイマイチよね。レベルを上げれば昼にも使えるようになるのか、洞窟内などでの使用を想定してるのか……。悪魔ちゃんを召喚したときみたいな、魔法陣の変化は起きなかったのね？」

「はい。あれはレアな現象だと思うんで、そうそう起きないですよ」

「あははは、そうね」

なんか、笑い声が乾いてない？

「じゃあ、悪魔ちゃんの情報はこれでいいとして、次に聞きたいのはお庭の情報かしらね」

「お庭？」

「ええ。ユート君、第一〇エリアにある獣魔ギルドの庭に入ったでしょ？」

「え？　知ってるんですか？」

「はぁぁ。結構騒ぎになってるわよ」

言われてみれば、あの庭は使役系のプレイヤーにとって癒しの場だ。多くのプレイヤーたちが、俺があの庭の中に入ったところを目撃していたんだろう。

俺だって、自分以外のプレイヤーがあの庭で遊んでたら、自分も入りたいと思うはずだ。そりゃあ、騒ぎになる。

「もしかして、俺だけズルいとか、そんな感じでしょうか？」

炎上してる？　だとしたら怖いんだけど！　だが、そうではないらしい。

「うらやましいって話はあるけど、そこまで嫉妬するような雰囲気ではないわね。むしろ、さすがユート君。きっと自分たちにも情報を開示してくれるはずだから、それを待とう。まあ、そんな感じ？」

「はぁ。妬まれてないならいいです。情報も、隠すつもりないですし」

ということで、俺は全ての情報を語った。身の安全のためにも、隅から隅まで記憶を掘り起こし、捻り出して語ったのだ。

庭だけではなく、その先のこともついでに話してしまおう。

チェーンクエストに続きがあったこと。その関係でサジータと庭で出会ったこと。チェーンクエストで得られた、進化関連の情報。また、それとは別に流派に誘われたこと。流派クエストによって、見習い騎士の森へと入れるようになったこと。そこで、ムーンポニーのキャロをテイムしたこと。あとは、今朝得た作物の情報も喋っちまえ。

「まあ、こんな感じですね」

ふー、一気にしゃべり過ぎて、喉が渇いたぜ。こんなところまで再現してるんだから、凄いよな。

「う……」

「アリッサさん？」

アリッサさんがふたたび震え出す。そして――。

「ううぅ……うみゃあぁぁぁぁぁ！　たった二日でぇぇぇぇっ！」

叫んだ。

「うおっ！」

今回の叫び声は大きかったな！　思わずビクッとしちゃったぜ。

アリッサさんはカウンターにつっぷして、頭を抱えて叫んでいる。

しかし、アリッサさんもこのロールプレイを情報売りにきた人みんなにやってるんなら、メチャクチャ大変だよな。頑張ってください。

「し、新呪術に庭だけでもヤバいのに、チェーンクエに退化に新流派に新フィールドに騎乗モンスで新魔術？　おまけに霊桃と新果実？　くっ、耐えるのよ私。これ以上の失態は許されないわ！」

しばらく俯いてブツブツと何やら呟いていたアリッサさん。だが、すぐに顔を上げると、ニコリと微笑んだ。いつもこの時の笑顔が何故か怖いんだよね。

「キャロちゃんの情報料の計算は、今日一日色々と検証してからでいいかしら？」

「は、はい。それでお願いします」

「ただの周回作業だと思ってたけど、すっごく楽しみになってきたわねっ！」

やっぱ、怒ってません？

顔怖いっすよ？

その後、アリッサさんが情報をまとめるのを待って、ようやくルインたちと合流して出発した。

ああ、情報料は、今日の終わりにまとめてってことになっている。検証結果次第ではボーナスが出るらしいから、いい結果が出て欲しいね。

あと、キャロを見て興奮したカルロを宥《なだ》めるのに少し時間がかかったから、出発がちょっと遅れたのだ。まあ、テイマーなら当然の反応だと思うし、仕方ないだろう。

「キャロちゃん、可愛いっすねぇ。俺も馬欲しくなりましたよ」

「チェーンクエスト頑張れとしか言えないなぁ」

「ですよねぇ。でも、人馬流の方から攻めたら、違うルートで見習い騎士の森に行けるんじゃないかと思うんですよね」

「ははぁ。確かにそれはあるかもな」

人馬流に入門するために、農耕系のスキルが必要なチェーンクエストを進めなくてはいけないというのは、違和感がある。

むしろ俺のルートが特殊で、正規ルートが存在している可能性が高そうだった。サジータと話した感じ、騎乗モンスを所持していて、遠距離攻撃系のスキルが育っていればイベントが発生するかもしれない。

それに、見習い騎士の森に行くだけなら人馬流にこだわる必要もないかもしれない。だって、見習い騎士の森だぞ？　騎士職のクエストを進めていったら、入れるようになるんじゃなかろうか？

ただ、トップ騎士のジークフリードが知らないってことは、そっちのルートから見習い騎士の森に行けるようになるのはまだ先のことになるだろう。やはり、人馬流のルートが簡単なのかな？

「がんばります！　まずは騎乗可能なモンスを入手しないといけませんが」

騎乗モンスである馬を手に入れるために見習い騎士の森へと行きたくて、でもそのためには騎乗モンスが必要という……。

なんだろうね？　先は長そうだ。

「騎乗モンスって、どれくらい見つかってるんだ？」

「初期ボーナス、ベータからの引継ぎ以外だと、数種類だね。しかも、イベント報酬の卵から生まれたとか、そんな感じ？　フィールドの通常モンスターで、騎乗可能になったのはいないんじゃない？」

今まで一種類もいないのか？　そこまでレアなの？

そのままカルロと話していると、俺と相手の認識の違いが分かった。俺が騎乗モンスターと認識しているのは、単純に背中に乗れるモンスターのことである。

なんせ、騎乗スキルを持たないドリモのドラゴンモードでもよかったからね。俺から見たら、カルロのブラウンベアとかも、騎乗できそうだなーと思っていたのだ。

カルロの場合は、騎乗スキルを持っているモンスターのことを指していたらしい。

「え？　背中に乗れればいいんですか？」

「多分。ドリモは騎乗スキルなんか持ってないし」

確実ではないけど、人馬流に入門するためには騎乗スキル持ちのモンスでなくともいい可能性があった。アリッサさんへ説明した時、キャロの情報は今日が終わってから本格的に売ることになっていたので、簡単な内容だけだったのだ。そのせいで、ドリモが騎乗スキルを持っていないことを伝えていなかったのである。

それともう一つ、カルロたちが騎乗スキルが必要だと思い込んでいた理由があった。モンスの背に乗せてもらっても、騎乗スキルがないとステータスが減少してしまうのだ。

騎乗スキルは、プレイヤー、モンスター、双方が所持していなければいけないため、色々と難しいらしい。両者ともに持っていない場合は、どちらもステータスが大幅減。片方しか所持していない場合は、両者のステータスが半減という感じだ。

しかも、騎乗スキルがなければ鞍や手綱を装備できないので、揺れるわ振り落とされるわで、戦闘などはまず無理だった。

それ故、流派の入門に必要な騎乗モンスは、騎乗スキル持ちでなくてはならないと思い込んでいたのだろう。

「つまり、俺はもう条件を満たしてる？」

ブラウンベアのパディなら背中に乗れるだろうし、可能性はあるだろう。

そんな話をしていると、あっという間にボスの間へと到着していた。ここに出るのは、風属性の大嵐獣だ。基本フォルムは大炎獣などと似ているが、こいつはより細い。

そして、全身が緑色の羽毛で覆われていた。空中で二段ジャンプなどを使って高速移動する、素早さ重視タイプだ。ムササビの膜のような物を備えており、滑空からの対地攻撃が非常に厭《いや》らしいボスらしい。

まあ、爆弾飽和攻撃で、ほぼ完封しちゃうけどね。

だからこそ、まだレベルが低いキャロも連れてきているのだ。

「むしろ、活躍してるじゃないか、キャロ、キャロ！」

「ヒン！」

攻撃の回避をキャロに任せることで、俺は爆弾投擲に集中することができていた。おかげで俺の攻撃頻度は大幅に上昇している。

それに、いざという時は月魔術が大活躍だ。一瞬でも姿を消すことで、ボス相手でも危なげなく逃げ切れる。

連続使用はできないが、そうそう何度もピンチに陥ることもないからな。キャロは加入初戦で大活躍であった。

モンスたちを入れ替えながらも、ひたすらボス戦を周回していく。午前中だけで一〇戦もやってしまった。

早耳猫がいくら散財したのか、計算するのも恐ろしい。だが、アリッサさんはホクホク顔であった。

「まさか、たった一〇戦で落ちるとは思ってなかったわ！」

「運が良かったですね」

アリッサさんが喜ぶ通り一〇戦目で激レアドロップ、大嵐獣の矢羽根が手に入ったのである。鑑定でデータを取りながら、アリッサさんは終始笑顔だ。

「午後は南の大渦獣ね！」

「あそこか……」

「ルイン、どうかしたか？」

急にルインの表情が陰っていた。何か嫌なことをこらえるような表情だ。でも、先日挑んだ時は、特に異常はなかったと思うが……。

「あそこは、ボスステージも水浸しなんじゃ！　深いところだと、儂の頭より水深がありよるんじゃぞ！」

「泳げるようになってなかったのか」

「うむ！」

そういえば、ルインはリアルでカナヅチなせいで、泳げないんだった。まだ克服できていなかったらしい。

「この前は大丈夫そうに見えたんだけど……」

「リアルと違って、溺れることはないからな。我慢しとればなんとかなる。だが、嫌な物は嫌なんじゃ！」

一回なら我慢できるが、何度も周回するのはちょっと嫌ってことらしい。でも、投擲が得意なルインがいないとこの周回は始まらないし、我慢してもらいましょう。

すまん、ルイン！

「ぬおぉぉぉぉ！」

「ムムー！」

コラコラ、ルインは遊んでるわけじゃないから邪魔しちゃいけません。

「ム？」

「俺たちはあっちで準備しようなぁ？」

「ムー！」

◇◇◆◇◇

ルインの尊い犠牲の末、無事ボス周回を終えた後。

俺は夜のホームで寛いでいた。今日は縁側ではなく、恐竜たちの闊歩する古代区画だ。ホームの一角に恐竜！　いやぁ、男の子の夢だ！

古代の池の畔《ほとり》にデッキチェアを設置して寝そべりながら、月に照らされる古代の世界を眺める。畔に生える巨大シダ植物に、周囲を飛び回る巨大トンボのメガネウラ。泳いでいる魚影も、明らかに普通の魚じゃない。

池を気持ちよさそうに泳いでいるスピノサウルスの背びれが、中々乙だよね。

一緒にいるのは妖怪マスコットたちと、ミニ恐竜マスコットたちだ。

「カパー」

「テフー」

微風を受けて気持ちよさそうに笑う妖怪マスコットたちを膝に乗せ、茶をすする。モンスたちのモフモフもいいけど、マスコットの不思議な手触りもいいよね。

「ずずず……。はぁ、おいしい」

「モフ」

「はいはい。ここがいいのか？」

「バケ！」

「リンネを忘れてるわけじゃないぞー」

取り合いをされる俺の手。いやー、愛されてるねー。

デッキチェアの周りにはミニ恐竜たちが寝そべり、鼻提灯《はなぢょうちん》を出している。ゲーム表現なんだけど、実際に見ると超可愛いな。

ミニ恐竜たちの頭を撫でてみると、スベスベしていたりゴツゴツしていたりと結構感触が違うのだ。

「あー、癒されるー」

こういう時間もいいものである。昼間は戦いっぱなしだったし、残りの時間はのんびりとしようと思う。

だからって、ただ月光浴をしているわけじゃないよ？

「報酬はどれにしようかな〜」

別れる前に、アリッサさんから報酬のことでいくつか相談を受けていた。

一つが、報酬の支払いを明日の昼まで待って欲しいということ。土下座しそうな勢いだったし、待たせる分色を付けてくれるらしいので、即了承しておいた。

情報料と、午後の周回で二つもゲットした大渦獣の盾鱗を一つ譲ることで、合計三二〇〇万も提示されている。

大規模クランにもなると、色々と支払いがあるのだろう。すぐに支払うのが厳しいようだ。というか、ボス周回の爆弾のせいかもしれん。

あともう一つが、お金以外での支払いを受けるかどうかという話だった。早耳猫が保有している素材やアイテムで欲しいものがあったら、そちらでの支払いも可能だというのだ。

ぶっちゃけ、お金は十分にあるし、レアアイテムがあるならそれでもいいと思うんだよね。一応、アイテムの名前と効果と価値の書かれた目録をもらってきたので、そこからいくつか選ぼうと思っている。

それにしても、準備いいよね。もしかしたら、他のプレイヤーにも同じ提案をしているのかもしれない。

だとすると、欲しいアイテムが取られてしまう可能性もある。早く決めないといけないだろう。明日の午後のお金の受け渡し前にはメールを送って、お金と一緒にアイテムを受け取るのがいいかもしれない。

「全部アイテムでもいいけど……」

金よりも貴重なアイテムの方が嬉しい。

「武具はいらんなぁ」

リストの大半は、俺には使い道のない武器や防具だ。アクセサリーはちょっと気になるが、どうしようかな。

「スロット多めのアクセサリーをここでゲットするのもありだな」

そうやって確認していると、凄いのを見つけた。現在アクセサリー作製系のトッププレイヤーがレア素材を使いまくって作ったという、アクセサリー三点セットだ。

黒魔のイヤーカフ、黒魔のリング、黒魔のチェーンである。それぞれに空きスロットが三つずつ。三点セットで身に着けると防御力が＋50され、ＭＰの自動回復速度、魔術威力も上昇するという破格の性能である。

三つで八〇〇万もするけど、ゲットしておくことにした。

ちょっと派手だけど、嫌ならスキン変更すればいいんだしな。

装備の外見を変化させることが可能なサービスだが、透明にすることも選べた。これで、プレイヤーの外見へとその見た目を反映せずに済むのである。

あと気になるのは、色々なアイテムや魔道具たちだ。

高性能の爆弾や、ポーション、逃走用アイテムなどの消耗品から、インテリアなどの工芸品もある。

ワクワクしながら目録を確認していると、下の方に素晴らしいアイテムたちが掲載されていた。なんと、スキルスクロールの名前があったのだ。

読むだけでスキルを習得可能な、消費アイテムである。メチャクチャ貴重なアイテムのはずだが、これがかなりの数掲載されていた。

さすが早耳猫！

研究用としてゲットしていたらしい。クラン員が使うよりも、取引等のために残してあったのだろう。そのため、得られるスキル自体は下位のスキルばかりだ。

しかし、お金でボーナスポイントを節約できるなら、俺的には非常にありがたい。まあ、ボーナスポイントも余ってるけど、いざとなったらステータスに振ってもいいからね。

「知識系のスクロールが結構あるな」

鉱物知識、動物知識、水生知識、骨董《こっとう》知識の四種類があった。最後の骨董知識は初めて見たな。こんなスキルもあったらしい。

「うーん、知識スキルは自力取得できるしなぁ」

後回しにしてきたけど、そろそろ知識スキルをゲットしようかな？　とりあえず、未見である骨董知識スキルのスクロールはもらっておこうかな？

二〇〇万もするけど、あって損するもんじゃないし。

さらにさらに、凄いものを見つけてしまった。なんと、水魔術強化のスキルスクロールだ。

その名前の通り、水魔術の威力をアップさせるスキルである。これを俺が取得しようと思ったら、スキルの解放条件を達成したうえで、ボーナスポイントを支払わなければならない。

それが一瞬でゲットできるなんて……。価値が二五〇〇万となっているけど、安すぎないか？　それぐらい凄いアイテムだぞ。

これで三五〇〇万……。残念だが、骨董知識を諦めよう。それでも一〇〇万オーバーだが、そこは差額を払ってアイテムをもらえないか相談だな。

「これで、俺の攻撃力が爆上がりだ！」

俺みたいな雑魚の攻撃力が一割くらい増したところで、意味ないって？　それでもいいのだ！　俺だって、ちょっとは強くなった実感が欲しいのである。

「よし、アリッサさんに送信だ！」

掲示板

【テイマー】ここはLJOのテイマーたちが集うスレです【集まれPart46】

新たなテイムモンスの情報から、自分のモンス自慢まで、みんな集まれ！

・他のテイマーさんの子たちを貶めるような発言は禁止です。
・スクショ歓迎。
・でも連続投下は控えめにね。
・常識をもって書き込みましょう。

：：：：：：：：：：：：：：：：

156：アメリア
早耳猫の露店で、アリッサが悲鳴を上げてからまだ1日もたっていないというのに……。

157：エリンギ
直前の状況を考えれば、どう考えても白銀さんが重要情報を売った。
それが分かっているから、大量のプレイヤーが殺到した。

158：イワン
で、かつてない早さで早耳猫の掲示板に情報が公開されたわけか。

159：オイレンシュピーゲル
騒ぎを鎮静化したかったんだろうな。

160：ウルスラ
情報公開後に、騒ぎがさらに酷くなったけど。

161：赤星ニャー
まあ、あれは仕方ないニャー。
テイマー界にも激震が走ったニャ。

162：アメリア
チェンクエ関連や新しい騎乗モンスも確かにヤバい。ポニー欲しい。
でも、テイマーにとって一番ヤバいのは ― 。

163：ウルスラ
退化！　退化の情報でしょ！

164：入間ブラック
俺はポニーさんの方が気になるけど。

165：宇田川ジェットコースター
どちらにせよ爆弾だけどな。
俺は白銀さんでさえ出会えなかったっていうキュートホースが気になってる。

166：赤星ニャー
それな！

167：エリンギ
だが、やはり一番の目玉情報は退化だろう。
早耳猫の考察では、テイマーの４次、５次職で解放される確率が高いということだったが。

168：イワン
そもそも、４次職なんて聞いたことないですよ？
到達した人はいるんですかね？

169：エリンギ
いや、まだいないだろう。
だからこそ、可能性があるという話でしかないが。

170：オイレンシュピーゲル
でも、モンスを退化させられるっていうのは面白そうだよな。
夢が広がりんぐ。

171：宇田川ジェットコースター
普通ルートに進化させたモンスを退化で前の種族に戻して、改めて特殊ルートに進化させたりもできそうだ。
好感度最大ルートとかな。

172：オイレンシュピーゲル
その通り！
しかも白銀さんのもたらした情報によれば！
この退化を利用することで樹精ちゃんをゲット可能らしい！
俺にもチャンスがあるということだぁ！

173：ウルスラ
結局そこか！

174：オイレンシュピーゲル
そこ以上に重要なことなどあろうか？
いや、ない！
出会えないなら、自力で手に入れればいいじゃない！
すでに農耕のレベリングに入っているからね！　育樹はもう少しで手に入るぞ！

175：入間ブラック
目的はともかく、退化をさせる方法が早く知りたいね。

176：赤星ニャー
従魔退化スキルか、退化薬っていう薬が必要らしいニャー。

177：エリンギ
従魔退化スキルは、今後の我々の転職次第だろう。

178：アメリア
スキルの方は、他のプレイヤーのモンスに使えるかどうかで、使い勝手が大分変わりそう。

179：イワン
さすがに、他のプレイヤーのモンスには使えないんじゃない？
それができたら、1人に多くのプレイヤーが群がるだろうし。

181：ウルスラ
ここの運営が、1人に負担かかるような仕様にする可能性は低そうね。

182：エリンギ
退化薬に関しては、手掛かりが全くない。

183：宇田川ジェットコースター
NPCの錬金術師や調薬師に聞き込みしたけど、誰も知らないって。

184：アメリア
もしくは、好感度とかの関係で教えてもらえてないって可能性もあるけど。

185：宇田川ジェットコースター
俺、一応錬金も調薬もギルド員だし、それなりに育ててるぞ？
好感度が高いかどうかは分からないけど……。

186：ウルスラ
ギルドは頻繁に利用してるけど、実はNPCから嫌われているとか？

187：宇田川ジェットコースター
そ、そんなはずはない！　はず！
だって、NPC師匠とはちゃんと会話してるし！

188：イワン
会話してるからって、好感度高いとは限らないのでは？

189：アメリア
むしろ、嫌がられてるのに気づかずに話しかけ続けて、好感度マイナス的な？

190：エリンギ
ギャルゲーじゃないんだし、適当に話しかけてるだけで好感度上がるわけじゃないだろ？

191：入間ブラック
仲がいいと思っているのは自分ばかりなり。
憐れ。

192：宇田川ジェットコースター
やめろ！　そんなことはない！
老師も先生も、ちゃんと相手してくれるし！
軽口を叩き合う仲だもんね！

193：ウルスラ
幻覚を見るなんて……。
可哀想に。

194：オイレンシュピーゲル
馬鹿！　そっとしておいてやれ！

195：赤星ニャー
白銀さんのポニー、可愛かったニャー。

196：アメリア
うんうん。可愛かったー。

197：宇田川ジェットコースター
流したつもりかもしれないけど、全然流せてないからな！
マジで、仲はいいんだって！

198：赤星ニャー
宇田川の戯言《たわごと》ではないと仮定すると ― 。

199：宇田川ジェットコースター
戯言じゃないから！
信じて！

200：赤星ニャー
それで分からないってなると、普通の錬金や調薬の出番じゃないってことかニャ？

201：ウルスラ
そもそも、薬っていう名前がついてるだけで、作るタイプのアイテムじゃないかもよ？

202：オイレンシュピーゲル
じゃあ、ボスドロップとかか？

203：エリンギ
あとはオークションとかだろうな。
その場合、その品物をどこから持ってきているのかって問題があるが。

204：イワン
オークションですか……。凄い値が付きそうです。

205：オイレンシュピーゲル
今からお金を貯めねば！
そして、退化薬を絶対に手に入れるんだっ！

206：入間ブラック
出品されるかどうかも分からない退化薬を待つよりも、フィールドで樹精探した方が早いんじゃ……。

207：アメリア
レベルも上がって、４次職に近づくしね。

208：ウルスラ
そもそも、私たちがゴチャゴチャと動き回るよりも、白銀さんがさらなる退化の情報を入手する方が先なんじゃない？

209：赤星ニャー
我らが大騒ぎしている横で、サラッと退化薬を手に入れている白銀さんの姿が見えるニャッ！

210：イワン
「やっぱ無理！」と絶望した直後に早耳猫が退化の情報を売りだして、orzしている自分の姿が見える！

211：エリンギ
まあ、有り得なくはない未来だろう。

212：オイレンシュピーゲル
とりあえず、白銀さんに祈っておこう。
なんか色々起きて、退化の情報をゲットしてください！

213：宇田川ジェットコースター
退化薬のレシピでもいいです！

214：アメリア
情報を秘匿する心配は一切されていない白銀さん www

215：エリンギ
まあ、白銀さんだから。

216：赤星ニャー
白銀さんだからニャー。

217：入間ブラック
どうせやらかしてくれるはず。

：：：：：：：：：：：：：：：

「よいしょー！」

「ムムー！」

俺とオルトは、草むらに向かって同時にダイビングした。

「よし、ついにきたぞ！」

「ココーン！」

「ちょ、暴れるなって！　すぐに逃がしてやるから！」

俺の手の中で、今捕まえたばかりの狐が暴れている。

実は、これが動物知識の習得条件なのだ。町中やフィールドにランダムで出現する動物を手なずけて、抱っこするというものだった。

個体によって好物や行動が違うので、結構根気がいる。俺も、庭に出現した狐に近づけるようになるまで、四時間もかかってしまった。それでも自然には抱っこさせてくれんかったため、最後は強硬手段となってしまったのだ。

あと何時間かかければちゃんと抱っこさせてくれるらしいけど、そこまで時間かけてられないしな。裏技というか、抱っこさえできてしまえばいいと聞いてもいたし。

『野生生物と触れ合いました。条件を達成し、取得可能スキルが一部解放されました』

待ちに待っていたアナウンスが聞こえる。

「またなー」

「ムムー」

「コーン！」

逃げる狐を見送り、俺はスキルウィンドウを確認した。取得可能スキルの一覧に、しっかりと動物知識が表示されている。

実は、鉱物知識、水生知識に関してはかなり前に条件を満たしていた。ただ、あまり必要性を感じなかったので、取得していなかったのである。

ただ、最近はボーナスポイントにも余裕があるし、興味あるスキルを取っちゃってもいいかなーと思ったのだ。

因みに、鉱物知識は、採掘場所以外の岩や石をつるはしで壊すこと。水生知識は、名前のない雑魚を素手で一定数捕まえることが取得条件であった。

うちの場合、普段の遊びや冒険の中で自然と条件を達成していた。

「これで、植物、動物、水生、鉱物知識ゲットだ」

「ム！」

「だが、これで終わりじゃないぞ」

「ム？」

「ふふふ、実は早耳猫でしっかりと情報を仕入れているんだ！」

「ムー！」

情報料の受け渡しの時に、アリッサさんから情報を売ってもらっていたのである。サービスしてもらっちゃったから、結局タダだったけどさ。

俺がゲットしたのは、骨董知識に関しての情報だった。

あのスキルスクロールを持っていたということは、早耳猫も骨董知識というスキルが存在していると判っていたはずだ。

彼らが放置しているはずがない。絶対に検証をしているだろうと思って話を聞いてみたら、取得条件までしっかりと手に入れていた。

いやー、さすが早耳猫である。

本来の情報料は一〇万G。高いのか安いのか、微妙なラインだろう。実は、あまり実用性がないスキルらしく、今のところこの値段であるそうだ。

アリッサさんに「使い道を発見して、スキルの価値を上げてね！」と言われたけど、そんな簡単にいくわけがない。

そもそも、俺だって明確な使い方を考えていないのだ。ぶっちゃけ、知識系を集めると決めてしまったからには、このスキルも欲しくなってしまっただけなのである。

「じゃあ、バザーに行くか」

「ム！」

骨董知識の取得条件は、同日に鑑定スキルを用いずに骨董品を一〇個購入すること。しかも、その中に売値よりも倍以上の価値がある物が混ざっていること、である。

簡単なようでいて、意外と難しいのだ。

まず、普通のプレイヤーはアイテム購入前に鑑定をするクセが付いている。そのため、鑑定スキルを使用しないという条件は、自力で達成するのは意外に難しいのだ。言われなければ俺も気づかなかっただろう。

また、売値よりも倍以上の価値がある骨董品も珍しく、これを鑑定なしで引き当てるのはかなりの運が必要だった。

早耳猫はよくこれに辿り着いたよな。執念を感じるぜ。

第五エリアのバザーはＮＰＣが多く露店を出しており、骨董品の類も売られている。ここなら条件を達成できるだろう。

「さっそく見て回るか」

「ム」

「フマー」

モンスたちと連れ立って露店を回る。ただ、鑑定なしでは価値が全く分からん。俺は数を揃えることを優先して、安い骨董品を適当に買い込むことにした。

一応、ホームで使えそうな花瓶なんかを優先してるよ？

すると、五つ目の骨董品を買ったところで、後ろからローブをチョンチョンと引っ張られた。振り返ると、妙にテンションの高いクママたちがいる。

「クマ！」

「――！」

「もしかして、一緒に骨董品を選びたいのか？」

「ヒム！」

「ペペン！」

「ま、いいか」

俺だって選ぶ基準があるわけでもないし、うちの子たちの眼力と勘を信じてみてもいいんじゃなかろうか？

ヒムカとか、道具に対しての目利きができそうでもあるしね。

「よーし、欲しいのあったら言えよー」

「ヒム！」

「フマー！」

「ペーン！」

俺がそう声をかけると、モンスたちが跳び上がって喜んだ。やはり骨董品を選んでみたかったらしい。

一斉に周囲の露店に散っていった。

これ、メッチャ高いやつを選んできたりせんよな？　まあ、うちの子たちが楽しめるなら、多少ぼったくられてもいいんだけどさ。

「ムムー」

「オルトが見てるのは花瓶か」

「ム」

オルトが真剣な顔で、花瓶を見比べていた。何やら、エアーで花を活ける動作をしている。イメージの中で花を活けてみて、合うかどうか想像を働かせているようだ。

「ムー……ムム！」

決まったらしい。茶色い焼き物の花瓶を頭上に掲げていた。大きいコップみたいな形をしている。

「――……！」

「サクラも決まったか？」

「――♪」

サクラが手に取っているのは、ちょっと古びた竹製の花入れである。茶室なんかの壁にかけられているイメージがあるが、骨董品と言えばこれも骨董品か。

どちらも一〇〇〇Gと非常に安かった。まあ、ここは第五エリアだし、こんなもんかね？

その後、ヒムカが陶器のお猪口《ちょこ》。クママが竹籠。アイネが緑色の壺。ペルカが魚の描かれた皿を選んでいた。

「もう一〇個買ったけど……」

骨董知識が解放されたというアナウンスはない。

「もう少し買わなきゃいけないみたいだな」

「ムム！」

「クマ！」

「じゃあ、もう一つずつ選んでもらうかな」

これは、想像以上に時間がかかりそうだった。

そうして骨董品を探し続けること一時間。

「またダメかー」

「ムー」

もう三〇個は買っているんだが、骨董知識が解放されることはなかった。つまり、倍以上の価値がある品物をゲットできていないってことなんだろう。

「それに、いくつか骨董品っぽくないアイテムもあるんだよね」

「ム？」

「そうそう。それとかね」

オルトがまさに今手に持っている人形たちなどもそうだ。日本人形や西洋人形、テディベアみたいな価値がありそうなタイプじゃない。

もっとこう、お土産的な？　バリとかで売ってそうな木彫りの人形に、首の動かない赤べこ風の置物である。

それ以外にも、トーテムポール風の仮面や、巨大だが半分に割れてしまった貝殻など、骨董品の括りの中に入れていいのか分からない品が結構あった。

何でそんなものを買ったのかって？　そりゃあ、うちの子たちが欲しがったからだよ。あとは、少し変わったところから攻めてみようとも思ったしね。

「これだけ買って当たらないってことは、考え方を変えなきゃダメか？」

どうせ見たって分からないと思って、運任せで選んでいた。だが、もっとしっかり見てみたら、価値が高そうかどうか分かるんじゃないか？

そう考えて、俺は骨董品をもっとじっくり眺めて選ぶことにした。

さっき壺を買った店に戻り、他の商品を見せてもらう。これがまた、悩ましい。

じっくり観察してみると、どれも怪しく見えてくるのだ。例えば、絵の描いてある磁器。これは、絵が綺麗だとコピー品みたいに見えるし、下手なやつもそれはそれで価値があるようには見えない。

「うーん」

磁器の皿を手に持って何気なく裏側を見てみたら、そこに青い顔料で不思議なマークが描かれているのに気が付いた。

カイトシールドに十字が描かれたようなマークである。そう言えば骨董品を鑑定する番組でも、鑑定士が裏側をよく見てたよな。

焼き物だと高台《こうだい》とか言うんだっけ？

ともかく、ここを見るということを全くしていなかった。

改めて買った品物を確認すると、どれにもマークや名前が入っている。工房を表しているのだろう。まあ、だからと言って、意味が分かるわけじゃないけど。

それでも何かのヒントにならないかと購入した骨董品を見ていくと、スキルのレベルアップがアナウンスされた。

上がったのは、解読スキルだ。どうやら、骨董品の銘を読むことでスキルの熟練度が上がっていたらしい。

解読スキルは町の看板を見るだけでも経験値が入るので、意外と簡単にレベルがアップしていた。

これで、もうレベルが10なのだ。

すると、俺は自身に起きたある変化に気づいた。

「ちょっと読めるな」

変なマークだと思っていたら、この世界の文字だったらしい。いつの間にか、見えているマークが微妙に変化している。

解読スキルが低レベルである場合、視界に制限がかかるようだ。

これ、解読スキルは今後重要になるんじゃないか？

何かの謎解きとかに必要になるかもしれないし。取得しておいてよかった。ソーヤ君、魔本を勧めてくれてありがとう！

筆写のレベルを上げて、魔本スキルをゲットできるように頑張ろう。それが、ソーヤ君に対する一番の恩返しになるのだ。

「ま、今は解読が先だな。オルト、その辺の骨董品を順番に俺に渡していってくれ」

「ムム！」

まずは壺からか。

そうやって銘を確認していくと、いくつか分かったことがある。

まず、解読スキルがあっても読めない銘は存在している。これが、意匠のみで文字が含まれていないからなのか、スキルレベルが足りないからなのかは分からない。

ただ、安物だったことを考えると、後者の可能性は低いんじゃないかと思う。

磁器は工房の名前、焼き物や人形は作者の名前が書かれているようだ。

この辺の作者や工房の作品は安いってことだから、今後買わなくていいだろう。

そうやって情報を整理した後、俺は再びバザーへと繰り出した。露店を流しながら、見覚えのないマークや銘のものだけを選び出して、購入していく。

裏をチェックしながら骨董品を買うこと五つ目。ようやく、待ちかねていたアナウンスが聞こえた。

骨董知識が解放されたのだ。俺はさっそくそのスキルを取得してみる。

「ほうほう。なるほど」

鑑定に新情報が追加されるようになった。より細かい価値に、製作者や製作工房の名前。あとは、古さだ。

ただ、まだ骨董知識のレベルが低いせいか、その情報はアバウトである。価値はだいたいだし、製作者が不明の物も多い。古さも、凄く古い、ちょっと古い、近代など、判断に困る表記であった。

まあ、今後レベルが上がれば、思わぬ掘り出し物などをゲットできるかもしれん。バザーなんかで育てていこう。

「うーん。価値的にはプラマイゼロくらいか？」

ここまで購入した骨董品を見ていくと、得をしている物もあれば、損をしている物もあった。中には一〇〇〇Gで購入したのに、価値は一〇〇Gというものさえあったのだ。

ただ、最後に得をしたので、結局はトントンくらいだろう。

「で、一番価値があったのが、この工房の作品か。ドゥーベ工房？」

「ヒムー？」

「やっぱ興味あるか？」

「ヒム！」

磁器に綺麗な絵付けが施された、飾り皿である。描かれているのは、農作業の光景かな？　落穂ひろい的な雰囲気のある絵だ。

ヒムカが軽く叩いたりして、その皿を観察していた。どうやら、出来がいいというよりは、もう作られていない稀少性から値段が上がっているようだ。

二〇〇〇Gで買ったこのお皿も、一五〇〇〇Gの価値があるらしい。この工房の食器、凄く綺麗だし、集めてみようかな？

「よし、他のバザーも見てみるか」

「ヒム！」

第五エリアを順番に回ってバザーを覗いてみると、ドゥーベ工房の作品がいくつか出回っていた。どれも綺麗な絵が付けられた、食器類だ。

セットで一緒に飾るにはちょうどいいだろう。揃ったら何か効果でもないかと思ったが、ただのホームオブジェクトでしかないらしい。まあ、面白かったからいいけどさ。

「次は、始まりの町に戻って露店を冷やかしてみようかね？」

掘り出し物を見つけるのが面白くなってきたし、始まりの町にも骨董品が売っているかもしれない。こうなったら、今日はとことん骨董品屋巡りをしてみよう。

ということで、俺は始まりの町に戻ってみた。

モンスたちを入れ替えて、散歩も兼ねて歩き回る。

すると、意外にもそれなりの数の骨董品屋があった。

今まで興味がなくて見落としていたのか、骨董知識のお陰で見えるようになったのか。しかも、売っている骨董品のランクは、第五エリアと変わらない。

リアルでも蚤《のみ》の市《いち》とかで骨董品を探す人がいるのが、ちょっと分かるな。宝探しみたいで、ワクワクするのだ。

そうして俺は、始まりの町でもいくつか面白い品を手に入れることができていた。特に気になったのは、メラクという工房の焼き物だ。

メラク工房の品は、ちょっと中華風の磁器だった。白地に青い絵が描かれた、花瓶などだ。この工房の磁器も、本来は三～五倍くらいの価値がある。

ドゥーベ工房のものとはまた違う魅力があり、俺はここの工房の品も集めてみようと決意していた。

結局、その後は第三、七エリアも巡ってしまったぜ。第九エリアにもいこうかと思ったのだが、途中で第五エリアを回り尽くしていないことに気が付いた。

露店は巡ったが、裏路地の道具屋的な場所は見落としていたのだ。別にスルーしてもいいんだけど、せっかくである。まずは第五エリアを虱潰《しらみつぶ》しにすることにした。

見落としているって気づいたのに放置するのは、なんとなく気持ち悪いしね。

そうしてＮＰＣの道具屋を探して町を歩いていると、ちょっと変わった建物を発見した。メイン通りから一本入った路地裏にある、一軒の宿屋だ。

ちょっと分かりにくいけど、周辺にはＮＰＣのお店も多いから、発見不可能って程じゃないだろう。

俺が気になったのは、宿屋の表記の下にある、馬のような看板だ。しかも、宿のサイズが微妙に大きかった。

「これってもしかして、厩舎的な施設がありますよってこと？」

「ヒン？」

「獣魔ギルドの庭みたいに、ＮＰＣの馬と触れ合えたりしないかな？」

俺の知らない騎乗モンスがいたりするかもしれない。これは、突撃してみるしかないだろう。

俺はモンスたちと一緒に、宿屋に入ってみることにした。

「失礼しまーす」

「ヒヒーン」

「いらっしゃいませ！」

扉を開くと、すぐに受付であった。可愛いブラウンポニーテールの少女が、にっこりと笑いかけてくれる。

「どのお部屋をご希望ですか？」

「あ、えーっと……」

この宿屋は、ログアウト用の簡素な部屋と、一時利用可能な簡易ホームの二種類が存在しているらしい。

泊まりもせずに、厩舎を見せろは失礼過ぎるだろう。なら、今日はここを宿に使うのもいいかもしれない。

どうせ、後は露店を見て回るだけだし。

ログアウト部屋を選ぶと、自動的に部屋でログアウトという形になる。だとすると普通の部屋だ。

ただ、これにいくつかグレードが存在していた。

とりあえず一番安い部屋をと思ったら、値段の隣に馬マークが付いているものがあることに気づいた。どれも少しお高めだ。

このマークが付いているやつは、騎乗モンスを預ける厩舎の利用料が上乗せされた料金であるらしい。

うちの場合、意味なくね？　だって、キャロはサイズが小さいので普通に部屋に入れる。厩舎を利用するメリットがなかった。というか、部屋に入れないサイズのモンスの場合、宿に泊まると自動的に獣魔ギルドに送られるのだ。

だとしたら、厩舎とは何ぞや？

「厩舎に預けられるのは、騎乗スキルを持った従魔のみです。預けていただいている間は誠心誠意お世話をさせてもらうので、きっと従魔ちゃんも満足してくれると思いますよ？」

従魔を預けるとお世話をしてくれて、好感度的なものが上昇するってことらしい。お金を払うわけだし、その効果は結構期待できるのではなかろうか？

それに、これはチャンスだ。

「あのー、厩舎を見せてもらったりはできませんか？」

「いいですよ」

「ありがとうございます」

よし！　これでモフモフと触れ合えるかも！

ウキウキしながら厩舎に向かうと、そこには空の馬房が並んでいた。今は預かっている馬などはいないらしい。

「どうかされましたか？」

「あ、いや、なんでもないんです。ここに、騎乗モンスを預けられるんですね？」

「はい」

馬房は非常に清潔だ。それに、床は絨毯で、クッションや布団まで置かれている。馬房と言ってしまったが、騎乗モンス用の部屋って感じだった。

好感度が上がるなら、預けてみるのも面白いだろう。ホームができてからはずっと日本家屋で寝泊まりしてたし、たまには洋風の宿で休むのもいいかな？

「じゃあ、今日はこちらでお世話になります。部屋は、普通の部屋で。この子は厩舎でお願いします。キャロ、挨拶しろ」

「ヒヒン！」

「はい、ありがとうございます！　キャロちゃんのことはお任せください。あと、朝食は期待していてくださいね」

おお、朝食が付くのか。そういえば、こっちの世界で宿の朝ご飯を食べたことないかもな？　今から楽しみだ。

そして翌朝。

なれない寝具で余計疲れたとかそんなこともなく、普通に眠れた。まあ、ゲームだから、横たわれば即座に就寝扱いになって、ログアウトだからね。

リアルで食事などを済ませて、再ログインしただけである。

「知らない天井だ……」

定番のネタを口にしつつ、俺はベッドから身を起こした。まあ、ログアウト直前に一度見たから、知ってる天井だけどね！

昨日はあれからさらにパーティメンバーを入れ替えながら骨董品を探し、最後は夕方に発見した厩舎付き宿屋に泊まったのだ。

「デビー！」

「ヤヤー！」

「はいはい、起きるから引っ張るなって」

同じ部屋で寝ていたモンスたちが、俺のことを引っ張ってベッドから降ろそうとする。朝から元気だね君たち。

「とりあえず食堂いこう」

「キキュ！」

普通の宿だったら、このまま外に出てさよならだ。ただ、ここは朝食付きの宿である。ちゃんと、朝ご飯が出てくるのだ。預けた従魔用の食事は別に出してくれるそうなので、キャロを迎えに行くのは食後になるらしい。

「おはようございます」

「あ！　おはようございます！　朝食すぐお出ししますね！　お好きな席へどうぞ！」

宿のお姉さんも朝から元気だ。俺がだらけ過ぎているだけか？

とりあえず、閑散とした食堂の席に座る。客が全然いないな。不人気なのか？

NPCもプレイヤーもおらず、俺たちしかいなかった。

「少し寂しいけど、静かでいいか」

「モグ」

「ヤヤー！」

「キキュー！」

「フマー！」

「デビビー！」

俺の言葉に同意するように、静かに頷いてくれるドリモ。だが、その横ではファウたちが追いかけっこをしていた。

「こら！　食堂ではしゃぐな！　マナー違反だぞ！」

「モグモ！」

「キュー」

「ヤー」

「フマー」

「デービー」

俺がリックとファウの首根っこを掴み、ドリモがアイネとリリスを脇に抱える形で捕獲した。

観念したのか、全員大人しくなる。この後、叱られることが分かっているのだろう。

リックはこっちを見上げて目をウルウルさせているが、俺には通用せんぞ！

「大人しく待ってろ！」

「モグ！」

「キュー」

反省ポーズをするリックの鼻っ面をツンツンとつつきながら、俺は反省を促した。毎回、俺とドリモに叱られてるんだから、少しは学習しなさい。元気なのはいいことだけど、元気過ぎるんだよね。

「お待たせしました。朝食セットでーす」

「おお、美味そう！」

「うちの料理長が腕によりをかけてますからね！」

宿の朝食は、想像したよりも大分豪華だった。白いワンプレートとスープのセットなんだが、中央には大ぶりのソーセージとエッグベネディクトが鎮座し、脇を飾るのはシーザーサラダとフルーツだ。さらに、クロワッサンが二つ載り、焼き立てであることを示すかのようにホカホカと湯気を立てている。スープは、濃厚そうなコーンポタージュだった。

これぞ宿の朝食って感じだよね。しかも、ちょっと高級な感じだ。

エッグベネディクトとか、リアルでも数回しか食ったことないぞ。

「モグモ……」

「おっと、お前らのご飯も用意しないとな。ほれ、みんな食べていいぞー」

それぞれの好物を出してやり、みんなでワイワイと朝食を食べる。リアルでは一人寂しく冷食とインスタントばかり食べているからこそ、この少しうるさいくらいの朝食風景がより楽しく思えるのだろう。

ゲーム内の味噌汁に感動していたコクテンのことを笑えんな。

楽しい朝食を済ませると、俺達は厩舎のキャロを迎えにいった。

「キャロ、厩舎はどうだった？」

「ヒヒーン！」

「おお、ご機嫌だな」

「ヒン！」

一人で寂しくはなかったかと少し心配だったんだが、全く問題なかったらしい。木の器に盛られた野菜をモリモリ食べている。そして、俺たちに気づくと上機嫌ですり寄ってきた。

余程待遇が良かったんだろう。毛艶がいい気がするのだ。

好感度も上がっているっぽいし、さすが専門のお宿だな。

「それじゃあ、キャロとも合流できたし、出発するか！」

「ヒン！」

「あ、ちょっと待ってください！」

キャロをパーティに加えて宿を出ようとすると、厩舎担当の少女が小走りで近づいてきた。

「あの、今お時間ないですか？」

ちょっと深刻そうな顔だ。え？　何の用ですか？

「だ、大丈夫だけど」

「実は、折り入ってご相談があるんです」

「相談？」

もしかしてクエストか？　宿に泊まることがトリガーだったのかもしれない。

少女の話を聞くと、やはりクエストの始まりであった。

少女には、馬好き仲間の老人がいるのだが、その老人が少々手助けを必要としているらしい。そこで、俺に手を貸してもらえないかということだった。

「手助けって、何をするんだ？　正直、戦闘は苦手なんだけど……」

「そこは大丈夫です。お兄さんたちなら、問題ありませんから！」

あー、ゲーム的なアレで、適正レベルを判断されたかな？　少女のセリフから推測するに、出現する敵はかなり弱いのだろう。もしかしたら、作業やお遣いだけなのかもね。

だったら、手を貸してもいいか？　面白そうだし。

「とりあえず、そのお爺さんに会ってみようかな」

「ありがとうございます！　それじゃあ、紹介状を書きますから、お爺さんのお屋敷に行ってもらえますか？」

「え？　お屋敷？」

「はい。以前騎士だった、ご隠居さんなんです。町の奥にあるお屋敷に住んでいるので、場所はすぐ分かると思いますよ」

場所じゃなくて、お屋敷っていう部分が気になるんだけど！　元騎士って、お偉いさん？　ゲーム内で礼儀作法を求められるとは思わないけど……。

「キュ？」

「ヤ？」

「フマ？」

「デビ？」

だ、大丈夫かな？

うちの子たち、ちょっとだけヤンチャというか、大人しくしてられない質《たち》なんだけど……。

でも、今更受けたくないなんて言えない。

俺は不安を抱きつつ、教えてもらった場所に向かった。

「キキュー！」

「ヤヤー！」

リックとファウが追いかけっこを始めるのを見ると、足取りが重くなっちゃうぜ。

それでも目的地には到着してしまう。そこに建っていたのは、確かに屋敷だった。

石造りの家屋は豪邸って感じではないが、質実剛健な雰囲気で威圧感がある。高い壁に大きな門。

庭には木々が生い茂り、敷地もかなり広そうだった。

「門番さんとかはいないな……」

「ヒン」

どうすりゃいいんだ？　ファンタジー世界観のこのゲーム内に、インターホンなんかないだろう。

だが、取り次いでくれそうな門番などの姿もない。

どうするべきか分からぬままフラフラと門の前に近づいてみると、紐のようなものが付いたベルが備え付けられているのが見えた。

とりあえず鳴らしてみるか。

俺が紐に手を伸ばそうとすると、その前にファウが飛びつく。

「ヤヤー！」

「ちょ、あんま激しめに鳴らすなって！」

「ヤッヤー！」

「フリじゃないから！　偉い人に怒られたらどうすんだ！」

ベルの発するガランガランという音が、周囲に響き渡る。すると、すぐに屋敷の中から誰かが向かってくるのが見えた。

お、怒ってます？　怒ってませんよね？

「当家に何か御用でしょうか？」

「えっと、宿屋の娘さんの紹介できたんですが……」

現れたのは、地味な感じの使用人のおば――お姉さんだった。メイドっていうよりは、女中って言いたい感じだ。

「聞いております。こちらへどうぞ」

「は、はい」

ベルを鳴らしまくったことは怒っていないらしい。よかった。

ただ、簡単に入れたけど、いいの？　身分を調べたりは？　一応、偉い人のお屋敷なんじゃないの？

戸惑う俺を余所《よそ》に、女中さんはズンズンと進んでいく。

「あの、うちのモンスも一緒でいいんですか？」

「問題ありません。従魔は友ですから」

「そ、そうですか」

このお屋敷では人権というか、モンス権？　がしっかりと認められているらしい。それは有難いんだけど、うちのチビたちがじっとしていられるかやっぱり不安だな。

釘を刺しておこう。

「お前ら、絶対に粗相をするなよ？」

「ヤ？」

「キュ？」

「いいか？　さっきも言ったけど、フリじゃないからな？」

「フマー！」

「デビー！」

「なんで喜ぶんだよ！　マジでフリじゃないからな！　本当なんだからな！」

あー、心配だー。

今すぐお暇《いとま》したい。

だが、女中さんは一切止まることなく、俺たちを屋敷の中へと案内していった。そのまま連れていかれたのは、小さな応接室のような部屋だ。

「旦那様。お客様をお連れしました」

「うむ。ご苦労だった」

そこには、すでに老齢の男性が待っていた。

老人ではあるが、背も高いしゴツイし、明らかに肉体労働を生業として生きてきたであろう体だ。貫禄あり過ぎて、誰が見ても偉い人だと分かるだろう。

ただ、その顔には優しそうな笑みが浮かんでいる。

こ、怖そうな人じゃなさそう？

「儂はフォートン・マース。よくきてくれたな。儂の悩みを聞いてもらえるんじゃろ？」

「え？　はい」

なんか、もう依頼を断れる雰囲気じゃない？

話を聞いたら、絶対に依頼を受けなきゃいけなさそうだった。

とりあえず話を聞くだけのつもりだったんだけど……。偉いお爺さんだし、ここで断って好感度が下がったら怖いんだよな。

仕方ない。こうなったら腹をくって、依頼を受けよう。俺は内心の動揺を抑えながら、お爺さんの話を聞いた。

要約すると、老人の孫が森へと行ったまま帰ってこない。様子を見てきて欲しい。そして、困っていたら助けてやって欲しいという話であった。

どう考えても戦闘がありそうじゃね？　俺たちだけで大丈夫だろうか？　いや、場所的には第五エリアの周辺なのだろうし、戦闘力的には問題ないだろう。

「森って言ってましたけど、この町の近くの森ですよね？」

「うむ。そうじゃ。普段は、一般人立ち入り禁止になっている場所じゃな。騎士になりたての者たちが修行をする場所なんじゃが、今回は特別に通行証を渡そう」

騎士の修行場って、聞いたことがあるぞ？

「もしかして、見習い騎士の森ですか？」

「おお、知っておったか。そうなんじゃ。孫は馬を得るために森へと入ったのだが、迷ってしまったようなんじゃ」

よしよし、あの森なら敵も弱いし、俺たちだけでもなんとかなるだろう。

にしても、見習い騎士の森ってまだ俺以外には知られていない場所っぽかったよな？　ジークフリードも知らなかったし。あの宿に泊まった人、一人もいないなんてことあるか？

解読が仕事をしたおかげかとも思ったけど、騎士に関係しそうなイベントに、解読が必要ってのは違和感がある。

俺だけが満たしている条件って、なんだろうな？　首を捻っていると、老人が一枚の板を差し出してきた。これも見覚えがある。

「これを渡しておくぞ」

「通行証、もう持ってますけど……」

「どれ、見せてみい」

「これです」

俺がサジータにもらった通行証を見せると、老人がその通行証に自分の通行証を重ねた。すると、以前の通行証が新しいものに吸収される。

「今までは仮の通行証だったものを正式な通行証に変えた。これで、いくつかの施設を利用できるぞい」

「施設？」

「うむ。仮の入り口では気づかんだろうが、正式な入り口の横には商店があるのじゃよ。そこを使う許可が与えられておる」

以前使っていた出入り口は、正式な物じゃなかったらしい。この許可証があれば、色々できることが増えるという。

ただ、テイム制限は残ったままなので、新しくモンスを仲間にするにはキャロを手放さなくてはならないそうだ。

「それじゃあ、見習い騎士の森へ行ってみますね」

「うむ。頼んだ」

俺は老人と握手をすると、そのままお屋敷を辞した。

「お前ら、ずっと大人しくしてて偉かったぞ」

「ヒン！」

「ヤヤ！」

どうやら、お爺さんの迫力を前にして、萎縮していたらしい。ずっと借りてきた猫のように大人しかったのだ。

それでも、ちゃんと大人しくしてたんだから、褒めてやらないと。頭を撫でつつ、全員に誉め言葉をかける。

「それじゃあ、みんなでお孫さんを見つけるぞー！」

「キキュー！」

「デビー！」

屋敷を出た足で転移陣へと向かい、見習い騎士の森へと転移した。

すると、以前とは様相が違っているではないか。

前に来たときは、小さい広場にログハウスが一つあるだけの場所だった。

だが、今回転移してきた場所は、以前よりも数段大きい。

転移時に選択が可能で、以前の広場が休憩所。こちらが入り口広場というらしい。

「あるのは雑貨屋と鍛冶屋か」

雑貨屋では回復アイテムだけではなく、魔物除けの薬や、食料なども売っていた。ニンジンやカボチャって、もしかしてここで捕まえることが可能なモンスの好物か？

鍛冶屋のラインナップは、普通の店と変わらない。ただ、ここでは騎乗用の鞍や手綱の取り扱いがあった。俺はもうジークフリードから譲ってもらったけど、騎乗モンスを入手したてなら役に立つ店だろう。

「じゃあ、いくか！　キャロ、頼むぞ」

「ヒヒン！」

今日は最初からキャロに乗っていく。

騎乗する場合、キャロは少しずつスタミナを消耗するし、お腹が減る速度も上昇する。自然回復もしなくなるし、いいことばかりではないのだ。

そのため、普通は乗りっぱなしにするのではなく、探索中は降りて進み、戦闘中は乗るという感じにしていた。

ジークフリードなんかはソロなので、普通のフィールドでも乗りっぱなしらしいけどね。うちの場合だと、他のモンスを置き去りにしてしまうので、探索中に乗るのは無駄が多いのだ。

それでも、僅か数日で俺の騎乗スキルのレベルは9まで上昇していた。町中などで少し乗ったりもしたけど、やはりボス周回が大きかったのだろう。

消耗の関係で、キャロは全部に参加したわけではない。水場で機動力が削がれてしまう大渦獣戦なんかは参加してないしね。

それでも、格上のボスとの戦い中に騎乗していたおかげで、短期間でスキルが育っていた。もう少しで、目標のスキルレベル10だ。

今日は戦闘中以外でも騎乗して、一気にレベルアップを狙うことにした。

「それじゃ、しゅっぱーつ！」

「ヒヒーン！」

キャロが元気いっぱいに嘶くが、ダッシュはできんのだよ。皆で一緒に進むからな。

「ヒン！」

「キキュー！」

「ヤー！」

並足でも、皆で歩くのは楽しいらしい。頭の上のチビーズと一緒に声を上げながら、スキップのように歩いている。

「うーん、お孫さんはいないな」

「デビー」

「モグ」

皆で目的のお孫さんを探すけど、全然発見できなかった。もっと奥に行っちゃってるのか？

道中に出現するモンスターを倒しながら、見習い騎士の森を進む。以前に完成させた地図を見ながら、怪しそうな場所を考える。

「いくつか広場っぽい場所があるから、とりあえずそこを巡ってみようかね」

そう思って最初の広場にやってきたんだが、そこには誰もいなかった。半径一〇メートルくらいの原っぱでは、低い草が風に揺られているだけだ。

「うーん、人影はなし。何か手掛かりはないか？　みんな、探してくれ」

「フマー！」

「キキュー！」

うちの子たちがワーッと広場に散っていく。宝探し感覚なんだろう。

俺も広場を捜索してみたが、手掛かりはなかった。モンスたちもしょんぼりした感じで戻ってくる。

結局、お孫さんの手掛かりは見つからなかった。それに、もう一つの目的の相手も発見ならずである。

　そう。今回、俺には依頼以外に、もう一つ目的があった。それは、前回発見できなかった、キュートホースを見つけることだ。

　もうキャロがいるからテイムはできないけど、一目見てみたいのである。

　ムーンポニーがあれだけ見つけづらかったわけだし、キュートホースも何か条件を達成せねば出現しない可能性があると思う。

　そこで、いくつか考えてきた方法を試してみるつもりなのだ。

「じゃじゃーん！　ニンジン〜！」

「フマ？」

「これをこうして、こうするわけだ。アイネ、その木の上に結んでくれるか？」

「フマ！」

　俺が考えたのは、好物であると思われるニンジンを使って、キュートホースをおびき寄せるという作戦だった。

　仕掛けは単純で、紐で巻いたニンジンを木の枝に吊るすだけだ。少し放置して、戻ってきたときに何か変化があればラッキーだろう。

　一番いいのはこのニンジンを食べるために姿を見せてくれることだが、そう上手く行くわけはないのは分かっている。

　ただ、少しでも齧《かじ》られていれば、付近にキュートホースがいる可能性があるのだ。それが分かるだけでも、探索の手掛かりになるだろう。

「みんなー、次の広場行くぞー」

「デビー！」

「モグー」

それからさらに二つの広場を巡ったが、お孫さんもキュートホースも発見できなかった。もしかして、探し方が悪いか？

お孫さんは、近づけばマーカーなどですぐ分かると思っていた。だけど、そうじゃない可能性が出てきたぞ。もしかしたらどこかに隠れているかもしれない。魔獣に襲われて隠れてたりっていうのは、有り得そうだし。

だとすると、もっと丁寧に探さないとダメかもしれなかった。

「みんな、作戦変更だ。もっとしっかりじっくりと捜索するぞ。周辺の草むら全部かき分ける勢いで！」

「キキュ！」

「ヤー！」

やはり遊び感覚らしい。まあ、飽きずにしっかり働いてくれるなら宝探し気分でもいいけどさ。

「お孫さんやーい！　どこだ～？」

「デビー！」

「フマー！」

飛べる子が多い編成だし、捜索力は意外とあると思うんだよね。

その後はより細かく捜索するため、進むペースを落として見習い騎士の森に分け入っていく。

「お孫さーん。どこですかー？」

「ヒヒーン」

そうやって草木をかき分けていたら、俺はある違和感に気づいた。なんか、数メートル先にある木立、ちょっと揺れてない？

木立っていうのは風で揺れるものなんだけど、そういう意味でじゃないのだ。

まるで映像を投射したスクリーンそのものが揺れているかのような、不自然な揺れだった。デジタル的なとでも言おうか？

「えーっと……キャロ、あれ見えるか？」

「ヒン」

「キキュ！」

「リックも分かるか」

俺だけが違和感を覚えているわけじゃないらしい。幻術とかそういうものなんだろう。

森の中に出現した、不自然な幻影っぽいもの。キャロの透明化とは違うが、姿を隠すという方向性は一緒だ。

これは、見つけちゃったんじゃないか？

「どうするべきだ？」

「ヒン？」

キャロを見ると、つぶらな瞳で俺を見上げてくる。この子をテイムできたのは、下手に敵対せず、好物であるニンジンを食べさせてあげたからだろう。

つまり、無理に幻術を破ろうとしたら、逃げられてしまうかもしれない。

「とりあえず、好物で友好を示すとするか」

俺はインベントリから取り出した野菜を、幻影の前にソッと置いた。ニンジン、カボチャだけではなく、葉野菜なども大盤振舞いだ。

「これ以上は近づかず、待つぞ」

「デビ」

「ヤー！」

キャロの時はこちらから近づいたので、今回もどうしようか迷った。しかし、下手に近づこうとすると、幻影を突き抜けたり、破壊することになるかもしれない。

それが敵対行動だと思われたら、最悪だ。キャロの時は何も知らないから大胆に行動できたけど、今回はもう少し慎重にいこうと思う。

「じゃ、俺たちはここで休憩だ」

「モグ」

「フマー！」

木立の間にゴザを敷くと、皆で食事をしながらまったりとする。俺はフレッシュハーブティーを飲みながら、クッキーを口にした。

モンスたちもおやつを食べながら、ゴザの上で寝そべっている。リリスとか、うつ伏せに寝かされたヌイグルミにしか見えん。あの状態でカップに口をつけてお茶を飲んでるのか？

いつしかファウがゆったりとした音楽を奏で始め、本気で眠くなりそうだ。敵も弱いし、いよいよハイキングみたいになってきたな。

ファウが弾くお馴染みの曲を聴きながら、ふと思い出す。

そう言えば、音楽系のプレイヤーのお店がちょっとずつ増えてきたって話だよな。実際、骨董品探しの最中、オルゴールや楽譜を売る店を見かけたのだ。

もうファウのレパートリーは何周したかも分からないくらい、聴き過ぎてしまった。飽きたわけじゃないけど、また新しい曲を覚えてもらうのもありかもしれない。

楽譜を仕入れれば、新曲を覚えられる。特殊な効果のある楽曲に関しては、スキルレベルなどで習得可能数の上限が変化するらしい。

ただ、効果のない曲に関しては、一〇〇曲までは無制限。スキルレベルなどの縛りもなく、楽譜を使えば習得できるらしい。それ以上覚えさせるには、課金などで上限をアップさせる必要があると聞いている。

中には、リアルのバンドとタイアップして楽曲を楽譜化したものなどもあるそうなので、ＢＧＭ代わりに通常曲の楽譜を購入してみようかな？

音楽猛者《もさ》たちは自作の曲を売ったりもしているらしいし、好みの曲を探してみるのも面白そうだ。

骨董品探しと並行してみようかな？

ファウのリュートに聴き惚れていると、俺のローブがグイッと引っ張られた。

「キュー！」

「モグモ！」

リックとドリモが、左右から引っ張っている。

「どうし――出たのか！」

「デビ！」

「フマ！」

「す、すまん。ちょっと興奮し過ぎた」

「ヤヤー」

思わず大きな声を出して振り返ったら、リリスとアイネに怒られた。まさかこいつらにシーッてやられるとは……。ファウはいつの間にかリュート演奏を止めて、ヤレヤレって感じで首を振ってるし。

くっ、俺に非があるから、怒れん。俺はそっと木立から向こうを覗いた。

すると、期待通りの光景が広がっている。

白い仔馬が、ニンジンを齧っていたのだ。間違いなく、キュートホースであった。一見するとキャロを白くしただけに見えるが、その額には黄色い円形のマークがあった。

ムーンポニーが月だとすると、キュートホースは太陽属性？　幻影は、光の屈折やら蜃気楼やらで、説明ができそうだし。

キュートホースは一心不乱に野菜を貪っている。ここまで美味しそうに食べてもらうと、生産者冥利に尽きるのだ。

にしても、ここからどうすればいいだろう。

近寄って平気か？　それとも、食べ終わるのを待つ？

一応、姿は確認できたし、おびき出す方法も何となく分かった。戦闘になってしまっても問題ないんだが……。

ここまできたら、あの毛並みの撫で心地をぜひ確認してみたい。今後、テイムできるチャンスはもうこないかもしれないし、キュートホースと触れ合える機会は貴重だろう。

「よし、もうちょっと待ってみよう。あの子が食べ終わったら、友好的にいくぞ。キャロは、敵じゃないよーってあの子に教えてあげてくれ」

「ヒン？」

無理かな？　同じ馬同士、意思疎通はできない感じ？　まあ、とりあえず少し攻撃されたとしても、我慢して受け止めるぞ。こちらが敵ではない、怖くないと教えるのだ。

題して、ナウ〇カ作戦である！

白い仔馬は、野菜を食べ終わると周囲をキョロキョロと見回し始めた。そして、俺たちが自分を見ていることに気づいたのだろう。

キャロとよく似たつぶらな瞳で、俺たちをジッと見つめてくる。デフォルメタイプの可愛い外見だ。

木漏れ日を浴びているせいで真っ白いと思ってたけど、近づくとやや黄みがかっており、純白よりもややクリーム色なのだと分かった。聞いていた通りである。

「や、野菜美味しかった？　て、敵じゃないぞ？　本当だ」

「ヒン！」

「ヒン？」

「ヒヒン！」

「ヒン！」

おお、やっぱりキャロなら同じ馬同士、意思疎通ができるっぽいぞ！　キュートホースが笑顔になると、トコトコとこちらに近づいてくるではないか！

「ヒヒン！」

「な、撫でていいのか？」

「ヒン！」

「可愛い！」

「ヒヒン！」

「分かってるって、キャロも可愛いぞ！」

キュートホースは俺の目の前まで来ると、その場で俺に頭を擦り寄せた。その頭を撫でると、フワフワのタテガミが気持ちいい。

キュートホースも撫でられるのが嫌いではないのか、目を細めていた。そのまま撫でていると、キャロが反対側に寄ってくる。そして、自分も撫でろという風に、ローブの端をハムハムと咥《くわ》えた。

俺が空いている手でキャロを撫でてやると、こちらも気持ちよさそうだ。体を左右に揺すって、声を上げている。

両手に花――いや、両手に馬だ。左右の手で、白と黒の馬を撫でる。似ているようで微妙に違う毛の感触が、気持ち良過ぎだった。

「野菜、もっと食うか?」

「ヒン!」

その後、俺たちはキュートホースと楽しい時間を過ごした。俺は頭だけではなく首や背中、足なんかを撫でさせてもらい、うちの子たちはキュートホースに乗って遊んだ。

二〇分くらいは、キャッキャしていたかな?

「ちょ、キュートホースさん? どうしちゃったの?」

「ヒヒーン!」

突如として、キュートホースが立ち上がっていた。しかも、その体が薄く光っている。

輝きを放ちながら、大きく嘶くキュートホース。何が起きてる?

「ヒン」

「あれ? キュートホースさん、行っちゃうの?」

「ヒヒーン」

光が収まるとともに、この触れ合いイベントも終了ってことなんだろう。スクッと立ち上がったキュートホースは、最後に皆に鼻面を軽く押し付けると、尻尾を振って木立の向こうへと去っていった。

多分、キャロがいなかった場合、ここでキュートホースをテイムできていたんだろう。

「もう終わりかぁ……。にしても、光っただけか？」

触れ合いの終わりを告げるにしては、かなり派手だった。ただ光るだけ？　それとも、何か変化があるか？

ステータスを確認しても、変化はない。ただ、インベントリを確認した時、驚くべきアイテムが入っていた。

「疾駆の紋章だと！」

なんと、超レアアイテム、紋章をゲットできていたのだ。ボスの激レアアイテムだと思ったのだが、こんな入手方法もあるのか！

「こ、これは、すんごい情報なんじゃないか？　絶対高く売れるだろ！」

紋章は未だに激レアアイテムであるはずだ。それを確実にゲットできる可能性があるとなれば、誰だってこの情報を欲しがるはず。つまり、超高額！

「情報売りに行こう！　いや、でも、もう少し検証するか？」

この場所が人で溢れかえってしまう前に、何周かしておきたい。紋章なんて、いくつあってもいいからね。

そう思って俺はキュートホース探しを再開した。再び幻影を見つけるため、見習い騎士の森を歩き回る。

「見つからないなぁ。みんな、空から見てもダメか？」

「フマー」

「デビー……」

「ヤヤ！」

アイネたちに上空から探索してもらったが、飛行三人衆でも新たな幻影を見つけることはできなかった。これだけ歩いても見つからないってことは、一回の探索で一度しか遭遇できないとか？

とりあえず入り口に戻って、一回この森から出てみることにした。広場に転移してから、即森へと転移し直す。

これでモンスターの出現テーブル的なものが、リセットされるといいんだけどな。

あまり期待はせずに探索を始めると、なんとすぐに幻影を発見することに成功した。一度出て入り直すことで、リセットした扱いになったようだ。

その後は、さっきと同じ流れである。

俺が準備した野菜をキュートホースが美味しく頂き、その後は楽しい触れ合いの時間だ。アイネやリリスがその背に乗せてもらい、リックやファウが尻尾にじゃれつく。俺も、モフモフの毛皮を堪能した。

そして、名残惜しくも楽しみな、お別れの時間がやってくる。

キュートホースが光を放ち、去っていったのだが……。

「うーん。紋章ないな」

インベントリに入っていたのは、仔馬の柔毛というアイテムだった。どうやら、必ず紋章がもらえるわけではないらしい。

紋章は初回のみという可能性もあるだろう。これは、もう少し情報が欲しいな。

その後、俺は見習い騎士の森に何度も出入りし、キュートホースとの触れ合いイベントを繰り返した。

その結果、紋章は最初の一つだけで、あとはキュートホースの素材しか手に入らなかったのである。やはり紋章は、初回のみのボーナスだったのだろう。

「残念だけど、一つゲットできただけでも十分だって思わなきゃな」

それに、キュートホースとは心行くまで遊べたし、満足なのだ。

「さて、キュートホースの毛皮も堪能したし、そろそろ帰るか！」

「ヒン！」

「ヤー！」

俺と同じように満足げなモンスたちと一緒に、森の出口を目指す。だが、そんな俺を引き留めたのは、何故か呆れ顔のドリモだった。

「モグモ！」

「そんな強く俺のローブ引っ張って、どうしたんだドリモ？」

「モグ」

「森の奥がどうかし――あ！」

そうだった。俺たちのメインの目的は、キュートホースじゃなかったっ！

「お孫さん、探してるんだった！」

「モグモ……」

そ、そんな残念なものを見るような眼で見ないでくれ！　自分が残念なのはよーくわかってるから！

「さ、さあ！　お孫さんを探しに行くぞ！」

「モグ……」

俺たちはお孫さんを探しながら、さらに進んだ。

「失敗したな～。お孫さんの名前とか、全然聞いてなかったぜ……」

あの緊張するお屋敷を早く出たすぎて、情報を詳しく聞かずに出発してしまったのである。分かっていることは、金髪で男。あとは馬を探しにきているという情報だけだった。

「キキュ～……」

「ヤヤ～……」

俺の両肩から、チビーズの溜め息が聞こえる。同じタイミングで溜め息吐《つ》きやがって！

「お、お前らだって、お爺さんの迫力にビビってただろ！」

「ヒヒュー」

「スー」

「下手な口笛でごまかされんぞ」

ゲームの中でもお偉いさんのオーラに緊張するなんて……。小市民過ぎる自分が恨めしい！

そもそも早く退出したかった理由には、お前らが悪戯をし始めないか気が気じゃなかったってのもあるんだからな！

「名前とか外見の特徴とか性格を、もう少し聞いておくべきだった」

「モグ」

「慰めてくれるのかドリモ？」

「モグモ」

「さっさと歩けってことね」

そんなこんなでワチャワチャと捜索を続けていくと、見覚えのある場所にやってきた。

「キャロを仲間にした広場まできちゃったな」

「ヒン！」

見習い騎士の森の浅層では、一番深い場所になる。ここからさらに先へ進むと、中層になるだろう。

そこで、気づいた。

「そういえば、お孫さんが向かったのは浅層だとは言われてないよな？」

馬って言われたからキュートホースのことだと思ってたけど……。違うのか？　中層や深層には、違う馬がいる可能性もあった。

だとしたら、この辺をいくら探しても無意味ということになるだろう。

「仕方ない。もっと進もう。ちょっと怖いが、お孫さんを見つけなきゃ依頼失敗だしな」

「モグモ」

「そ、そうだよな。ドリモたちがいてくれるし、大丈夫だよな？」

「モグ」

ドリモが頼もしい！　悩んでいた俺の背中を、物理的にも精神的にも押してくれたのだ。

「よし！　いくぞみんな！」

「ヤヤー！」

「デビー！」

ということで足を踏み入れた中層は、見た目からして浅層とは違っていた。非常に薄暗く、見通しが悪いのだ。ただ、ムーンポニーの生息地としては悪くない。

やはり、キャロは中層のモンスってことなのかね？

「じゃ、どんな敵が出るか分からないし、ゆっくり進もう。ドリモ、先頭は頼む」

「モグ！」

とりあえずキャロからも降りて、ドリモさんの後ろに隠れながら慎重に森を歩く。すると、すぐに敵と遭遇した。

「クケェエ！」

「ダッシュバード？　いや、毛の色が違うな！」

出現したのは二匹のダチョウ型モンスターだ。一見するとダッシュバードに似ているが、体毛の色が全く違っている。

一体は純白で、もう一体は灰色に黒斑という配色だった。ダッシュバードの進化種が出現するのか？　少し奥にきただけで、急に強くなりすぎじゃね？

ビビリながら鑑定してみたんだが、意外な結果が映し出されていた。

「あれ？　ダッシュバードじゃん」

出現したモンスターは、浅層と同じダッシュバードであった。体毛の色が違うだけ？

ただ、戦闘をしてみると、こちらの方が微妙に強い。ドリモの一撃では倒せなかったのだ。多分、レベルが高いのだろう。

「ドロップ品は同じか……。品質は高いけど、労力に見合うとは言い難いな」

その後、俺たちはお孫さんを探しながら中層を徘徊したが、やはり出現するモンスターは浅層と同じだった。ただ、レベルが高いらしく、こちらに出現する方が強い。

それに、騎乗可能モンスであるダッシュバード、ブランチディアーは、その体色に様々なバリエーションがあった。

個性を出したいなら、中層で捕まえろってことなのだろう。

「敵の強さは第八エリアくらいか？」

探索できないほどではないが、無傷無消耗ではいられない。余裕をもってマッピングするとまではいかなかった。

それでも、なんとか中層の半分ほどまで進んだ時である。

「ルオオオォォォォン！」

「うわっ！　な、なんだぁ？」

「ヒン？」

突如として、凄まじい咆哮が森の奥から聞こえてきた。まだ遠くにいるようだが、俺たちを狙っているのか？

逃げるかどうか迷っていると、再び咆哮が響く。

「ウオオォオォオォン！」

「アオオオォオォン！」

最初の咆哮と比べると、迫力は少々劣る気がする。しかし、距離は相当近かった。しかも、複数だ。狼系な気がするが、今までこの森で狼系のモンスターには遭遇していない。

敵の種類も数も分からないのは、かなり怖いのである。

ど、どうしよう。戦って勝てるか？　それとも、安全優先で逃げるべき？　いや、これがイベントに関係あるんなら、勝利しないとお孫さんを発見できないかもしれん。

「ええい！　仕方ない！　広い場所まで戻って、迎え撃つぞ！」

「デビ！」

「モグモ！」

「ファウたちは敵が近づいてきてないか、警戒してくれ！」

「ヤヤ！」

「フマ！」

ボスなのかイベントモンスターなのかは分からないけど、あんま強くないといいな～。

「うーん、どこがいいか」

「フマー」

謎の咆哮の主から逃げつつ、迎え撃てそうな場所を探す俺たち。

道中では、今まで出現していたダッシュバードなどの雑魚エネミーの姿がない。最初は運がいいと思ったが、明らかにそういう仕様なのだろう。

やはり、何らかのイベントが始まっている。

ただ、通常の敵は出現せずとも、イベントエネミーが明らかに距離を詰めてきていた。

「ガウガウ！」

「ガルルルッ！」

メチャクチャ獰猛さを感じさせる咆哮と共に、後方の茂みがガサガサと激しく揺れている。これ以上逃げ続けるのは、難しいだろう。

俺は、目の前に現れたやや狭めの広場で敵を迎え撃つことにした。

「よし！　ここで戦う！　ドリモ、先頭で頼む！」

「モグモ！」

俺たちが布陣したのは、中層の入り口にほど近い広場であった。本当はこの先にある、もっと大きい広場まではいきたかったんだがな。

ただ、ここも足元はしっかりしているし、戦いにくいということはないだろう。

まあ、それは相手にとってもだけど、狭い道で奇襲を食らうよりはマシだ。

「ファウはバフの後は敵にデバフ！　リックとリリスは左右の警戒、アイネは後ろの見張りだ！

キャロは攻撃よりも回避重視で動いてくれ！」

「ヒヒン！」

回避をキャロに任せれば、俺は攻撃に専念できる。水魔術を詠唱しながら、敵が出現するのを待つ。

緊張しながら、杖を構えること数秒。

「きた！」

「ガガウ！」

やはり狼であった。仔牛ほどもある体格のいい狼が三体。茂みから飛び出し、こちらを睨んで唸り声を上げている。

体毛の色は明るい緑で、名前はフォレストウルフとなっていた。

「やるぞ！」

「モグモ！」

「デビー！」

「アクア・ショック！」

やつらが様子見をしている隙に先制攻撃を叩き込む！

「ギャン！」

「グルル！」

ちっ！　範囲魔術で二体同時に狙ったのに、普通に逃げられた！　こっちの魔術の発動を察知して、跳び退《すさ》ったのだ。

ただ、当たった方は一撃で倒せた。攻撃力が低いアクア・ショックで一撃ってことは、ＨＰや防御力は低いらしい。

回避重視なんだろうな。

「モグモ～！」

「ギャン！」

ドリモはさすがだな。狼の動きを先読みして、キッチリ一撃で仕留めている。

残り一匹。俺が指示する前に、モンスたちが倒していた。リックが相手の注意を引きつけ、リリスが横からグサッといったのだ。

リリスの槍がフォレストウルフのＨＰを削り飛ばす。ドリモよりは攻撃力が低いはずだが、それでも一発か。想像以上にフォレストウルフたちは脆かった。

こんなに弱いんだったら、あの場で戦ってもよかった――。

「グオオォォ！」

「ガルルル！」

「うわ！　またきた！」

狼は三匹だけじゃなかったらしい。茂みを突き破って、次々とフォレストウルフが駆け寄ってくる。

「ガウ！」

「やっべ！」

いつの間にか回り込まれていたらしく、後ろからもフォレストウルフが襲ってきていた。接近戦が雑魚な俺が、素早い狼の攻撃を躱《かわ》せるわけもない。

杖で受けることができたらラッキーくらいに思いつつ、何とか即死は避けようと身を捩《よじ》る。カスあたりになってくれ！

「フマ！」

「た、助かったぞアイネ！」

「フマー！」

ただ、狼の牙が俺に届く直前、アイネが割って入ってくれていた。手に持った大針で、狼を弾き飛ばす。

そこに俺の魔術が炸裂して消滅させるが、これで危機が去ったわけではなかった。

新たに現れた三匹が再び倒される中、さらに五匹の狼が広場に飛び込んでくる。これは、もしかして無限湧きか？

だとすると、いちいち攻撃魔術で一匹ずつ倒すのは効率が悪いかもしれない。俺は狼たちの足を止めるべく、樹魔術を発動した。

「ハルシネイトマッシュ！」

俺が術を使った直後、周囲にキノコが生えてくる。紫地に白い斑点が浮かぶ、毒を持ってなきゃおかしいってくらい毒々しいキノコだ。

そして、キノコが一斉に緑色の胞子を噴出した。

いくら動きが速くても、周辺を覆い尽くす霧のような胞子は躱せまい！

「ギャオォ！」

「ガルゥゥ？」

案の定、狼たちは胞子を浴びて、悲鳴を上げた。ただ、ダメージは一切ない。これは、一定確率で相手を混乱状態に陥らせる、状態異常付与の魔術なのだ。

「混乱したのは二匹か。意外と効くな」

状態異常への耐性が低いのかもしれない。一匹でも混乱させれば楽になると思っただけなんだがな。

俺が感心している間にも、混乱狼たちが仲間に襲い掛かった。都合よく、それぞれが混乱していない狼へと向かって行く。

これで、完全に狼たちの足を止めた。最後は混乱狼ごと攻撃して、撃破する。少々酷い気もするが、これも俺たちが生き延びるためなのだ。

狼は全て倒れたが、新たに湧く様子はない。

「これは勝ったか？」

思わずフラグっぽいセリフを呟いてしまったのが悪かったのか？　狼の群れが途切れたかと思った直後、ついにやつが姿を現す。

「ウルルルルゥゥゥゥ！」

「デ、デケェ！」

一番最初に聞いた、巨大な咆哮の主だろう。それは、体高が木立ほどもある、巨大な緑の狼であった。小型の狼たちが若葉を思わせる綺麗な色なのに対し、巨狼は暗い樹海をイメージさせるような深い緑であった。

名前は、フォレストウルフチーフ。どう見ても、強い。弱いはずがない。

その金色の瞳が、俺たちを捉えている。

激闘の予感が、俺の背筋を震わせた。

「ウゥゥ……グルアァァァ！」

「くるぞ！」

掲示板

【白銀さん】白銀さんについて語るスレpart18【ファンの集い】

ここは噂のやらかしプレイヤー白銀さんに興味があるプレイヤーたちが、彼と彼のモンスについてなんとなく情報を交換する場所です。

・白銀さんへの悪意ある中傷、暴言は厳禁
・個人情報の取り扱いは慎重に
・ご本人からクレームが入った場合、告知なくスレ削除になる可能性があります

：：：：：：：：：：：：：：：

706：ヤンヤン
相変わらず白銀爆弾が猛威を振るっておりますな。

707：遊星人
目を離すと、早耳猫のサブマスに悲鳴を上げさせてるからなぁ。

708：ヨロレイ
最近ちょっと話題になってる変なクエ。
アレの情報とか、ゲットしてそう。

709：遊星人
白銀さんなら情報云々関係なく、巻き込まれてそうではある。

710：ヨロレイ
確かにwww

711：ヤンヤン
変なクエ？

712：ヨロレイ
なんか、途中で変な影みたいな敵が出るクエがあるんだってさ。

713：遊星人
聞いたことがあるな、それ。
女の子の宝物を探してほしいっていうお遣いクエかと思ったら、ホラーでビビったって。

714：ヨロレイ
そうそう。
俺が聞いた話だと、有名鍛冶師が残した剣を探すってクエストで、影みたいな敵に襲われたらしい。

715：ヤンヤン
その影みたいな敵って、なんなの？

716：ヨロレイ
分からん。
ただ、出現したクエストに全然共通点がないって、話題になってる。

717：遊星人
一応、NPCから直接頼まれるクエストではあるらしい。

718：ヤンヤン
それだけじゃなぁ。冒険者ギルド以外のクエスト全部じゃん。
気をつけようもない。

719：ヤナギ
なんか、悪魔関係してるって噂あるね。

720：ヤンヤン
え？　まじ？

721：ヨロレイ
あー、言われてみたら！

722：遊星人
黒い影って、悪魔っぽいな！
そうか！　あのムービー関係！

723：ヤンヤン
いきなり悪魔がドーンじゃなくて、その前に関連クエストが色々あるわけか。

724：ヤナギ
まだ確証があるわけじゃないが、確率は高そう。

725：ヤンヤン
じゃあ、この謎のクエストが、いずれ悪魔に通ずる？
謎の影の撃破数で悪魔が出現するとか？

726：ヨロレイ
もしくは、クエストの成功率で悪魔が弱くなったり？

727：ヤナギ
それはありえそうだなぁ。

728：遊星人
俺たちもいずれ遭遇するのかね？
だとしたら、もっと情報が欲しい。

729：ヨロレイ
いずれ検証班が色々と調べ上げてくれるはず！

730：ヤンヤン
もしくは白銀さんが、なんか凄い情報をゲットしてくれるに決まってる！

731：遊星人
清々しいほどの他力本願 www

732：ヤナギ
でも、気持ちは分かる。

733：ヨロレイ
白銀さんなら！

734：ヤンヤン
きっと今頃、誰も知らない未知のフィールドで、誰も知らないクエに巻き込まれてるはずなんだ！
だって白銀さんだから！

735：ヨロレイ
そして、その情報を俺たちにもたらしてくれるはずだ！

736：遊星人
でも、NPC に関連したクエストがキーになっているなら、白銀さんは巻き込まれる確率高いだろうな。

なんせ、NPCと仲いいし。

737：ヤナギ
仲いいというか、俺たちが知らんNPCと付き合いありそう。

738：遊星人
そのNPCがなんか凄い人で、なんか凄い情報を持っていると。

739：ヤンヤン
あり得るなー。
むしろないわけないなー。

740：ヨロレイ
白銀さん！
謎のクエストの情報を我らにもたらしたまえー！

741：ヤナギ
でも、それだと白銀さんが謎の影と戦うってことに……。
勝てる？

742：遊星人
あ……。

743：ヤンヤン
し、白銀さんなら！
白銀さんなら大丈夫！

744：遊星人
白銀さんならなんか凄いイベント発生させて、なんか凄い戦闘動画残しながらソロで悪魔倒すまであるから！

745：ヨロレイ
なんか凄いって言い過ぎぃ！
でも気持ちは分かる！

746：ヤナギ
白銀さん！　無事に戻ってきてください！
そして情報をぉぉぉ！

747：ヤンヤン
生きて戻ってきて！

：：：：：：：：：：：：：：：：：：

「……あんなん勝てるか！」

フォレストウルフのボスと遭遇してから一〇分後。俺たちは肩を落としながら、トボトボと浅層を歩いていた。

もうね、散々だったよ。一撃でうちのモンスたちが死にかけるし、こっちの攻撃が当たっても怯みやしない。

フォレストウルフチーフが強すぎて、逃げることしかできなかった。不幸中の幸いは、ボスフィールドでの戦闘ではないため、退却が可能であったことだろう。

脇目も振らずにひたすら逃げ続けた結果、なんとか死に戻りを出さずに撤退することができていた。

「はぁぁぁ……。まさかあんな強いとは……。イベント、詰んでね？」

どう考えても攻略不可能なんだが？

頭を抱えていると、リックが俺の方に上ってきた。慰めてくれるのかと思ったら、どうもそんな感じではない。

「キキュ！」

「え？　あれ、人か？」

なんと、先に見えている広場に、誰かが倒れている。もしかして、もしかするのか？

俺たちは慌てて人影に駆け寄る。

うん、お孫さんでした。つまり、あの狼たちは全然イベントとは関係なかったのだ。浅層全部回ってから、中層にいくべきだった！

あと、お孫さん、長時間放置してごめんね？　ゲームだし、この状態でずっと倒れてたわけじゃないだろうけどさ……。

なんとなく罪悪感があって、メチャクチャ優しく接してしまったぜ。

そのおかげなのか、お孫さんとも仲良くなれて、結果オーライだけどさ。あと、お孫さん、普通に大人だった。

子供だと勘違いしていたけど、二〇歳の騎士見習いである。そもそも、子供がこの森には入らんよな。

「はっはっは！　君たちは強いな！」

「いや、まあこの辺なら戦えます」

あなたが弱いだけですとも言えないし、苦笑いしか出ない。

騎士見習いなのにこの森で遭難しかけるとか、大丈夫なのだろうか？

ただ、行き倒れていたのには理由があった。

「それじゃあ、キュートホースを見つけるために、手を貸せばいいんですか？」

「ああ、頼めないだろうか？」

この人、この森にきたのはキュートホースを手に入れるためであったらしい。しかし、食事を持ってくるのを忘れて、途中で行き倒れてしまったそうだ。それもどうかと思うが、実力的には問題ないようだ。

塩おにぎりを両手に持って齧りつつ、自分の目的を語ってくれる。騎士を目指す身として、どうしても馬が欲しいらしい。でも、キュートホースって騎士が乗るにしてはメッチャ小型だけど、それでいいの？　威厳的なもの皆無だけど。

だが、男はそれでいいらしい。

「我が家の初代は、小さい馬に乗って戦場で大活躍したのさ」

「それがキュートホースですか？」

「その系統だな！　小さき馬を駆り、この宝剣で魔獣を斬りまくったそうだ」

斬りまくったって、なんか言い方悪くない？　戦闘狂みたいに聞こえるんだけど。しかも、キュートホースみたいな馬に跨って？

お孫さんが掲げるのは、青く光る見るからに魔剣という感じの騎士剣だ。メッチャ強いんだろうが、俺には使えんから羨ましくはないな。

全身鎧を着こんだ厳つい騎士が、魔剣を片手に小さい馬に跨って戦場を突き進む図を思い浮かべる。全くカッコよくないんだけど！

だが、お孫さんはその初代に憧れているらしい。

「初代様に倣って、私も相棒はキュートホースがいいんだ！　絶対に！　だが、中々見つからなくてなぁ」

その結果、腹が減り過ぎて動けなくなったと。

男性は、このままだとまた遭難してしまうかもしれないし、キュートホースをテイムするのを手伝って欲しいと頼んできた。

「発見してくれれば、後は私が自分で戦おう」

まあ、この人を連れ帰らなきゃイベント失敗だしな。ここは手伝い一択だろう。

「わかりました。手伝いましょう」

「おお！　ありがたい！」

お孫さん――シュバールの戦闘力は問題ないだろうが、キュートホースが見つかるかどうかが重要だ。すでにキュートホースと遊んだ後である。

一度この森から出て、出現テーブルをリセットしなくてもいいのだろうか？　でも、森を出たら依頼失敗になるかもしれない。

そんな不安を抱えながら歩いていると、シュバールがキュートホースの発見の仕方を教えてくれた。

日中にしか出現しないこと。ユラユラと揺れる不思議な幻影を生み出して隠れているということ。

戦闘力は低いので、発見してしまえば苦労はしないということ。

だいたい知っている情報だった。新しく知ったのは、昼間にしか出現しないってことくらいかな？

多分だけど、これが正規のルートなのかもね。

第五エリアで宿に泊まって、元騎士のお爺さんの依頼を受けて、見習い騎士の森でシュバールと共にキュートホースを探す。チュートリアルっぽい感じなのだ。

シュバールの説明を聞き終わってすぐのことだった。

「デビ！」

「お、リリス。何か見つけたか？」

「デビー！」

リリスが、もう見慣れた感のある幻影を発見していた。訪れた広場の奥にある木立の一部が、陽炎《かげろう》のようにユラユラと揺れている。

これまで散々見た、キュートホースが隠れる幻影で間違いない。シュバールもそれが分かったのだろう。

「おお！　あれこそまさしくキュートホースの幻術だ！　発見してくれて、感謝する！」

「え？　ちょっと！　いきなり突っ込んじゃうの？」

シュバールは歓声を上げると、剣を抜き放って突撃していってしまった。一緒に戦うべきかと思ったが、見えない壁に阻まれて近づくことができない。

どうやら、イベント戦闘を見守ることしかできないようだった。

「ぬおりゃああ！」

「ヒヒーン！」

シュバールの剣が幻影を切り裂き、キュートホースとの戦闘が始まる。一進一退の攻防だ。ただ、傍から見ると剣を持ってハッスルしちゃった男性が、仔馬をいじめているようにしか見えなかった。

俺たちが見守る中、両者のＨＰがどんどん減っていく。そうして、どっちのＨＰバーもレッドゾーンに突入した時、シュバールが必殺技のごとく叫び声を上げた。

「テイ～ムッ！」

「ヒヒーン！」

成功だ！　シュバールは見事にキュートホースをテイムしていた。イベントだし、失敗することはないと分かっていても、結構ドキドキしたね。

「やったぞぉぉぉ！」

満身創痍《まんしんそうい》の状態で、両拳を突き上げて喜びの声を上げるシュバール。なんだろう、凄く微笑ましい。

戦闘メインのプレイヤーたちが俺の戦闘を見たら、同じ気持ちになるのかもしれない。とりあえず、これで依頼達成かな？

そう思っていたら、不意に日が陰った。

雲でも掛かったのか？　ゲーム内じゃ珍し――。

「え？」

なんだ？　雲が日の光を遮ったんじゃない！

この周辺を、薄く黒い膜のようなものが覆っているんだ！

「ちょ、何が起きてるんだ？　シュバールさん？」

「私にも分からぬ！　だが、邪悪な気配がするぞ！」

じ、邪悪な気配って……。イベント、馬をゲットするだけじゃなかったのか！

絶対にボス出てくるじゃん！

「みんな！　集まれ！」

「モグモ！」

「フマ！」

全員で固まって、何が出てもいいように備える。

シュバールと背中合わせで警戒すること数秒。

「きしゃしゃしゃしゃ！　見つけたぞぉぉ！」

甲高い声が響き渡った。

思わず声のした方を振り返る。

「うわっ！」

何だあれ？　メッチャ不気味！

少し離れた場所に、黒い人型の異様なナニかが立っていた。

身長は二メートルほどで、影が集まって人の形になったかのような姿をしている。平面というほどではないが、あまりにも黒すぎて立体感がない。

真っ黒な頭部には、異常に白い歯が並んだ大きな三日月形の口と、ギョロリとした血走った丸い目が二つ、浮かび上がっている。

控えめに言って恐怖だ。あんなん、小学生泣くだろ！　俺だってちょっと泣きそうだもん！

このゲーム、ファンタジーRPGだったよね？　急にホラーぶち込んでくるなよ！

「それは、ソルライン家の宝剣だな？」

「……だったら、どうだというのだ？」

影男の狙いは、シュバールの持つ魔剣であったらしい。

「きしゃしゃしゃ！　その剣を寄こせ！　さすれば、苦しませずにあの世に送ってやろう！」

「断る！　貴様こそ、尻尾を巻いて逃げ帰るがいい！　この宝剣は、邪を斬る剣！　貴様なんぞ一刀両断だぞ！」

イベントとは言え、煽るねシュバールさん。もう戦闘は回避できないじゃん。

まあ、向こうは最初からこっちを襲う気満々っぽかったけど。

「ならば、殺して奪い取るまでだぁぁ！　後悔してももう遅いぞ！」

広場を囲むように、ボスフィールドが発生したな。やはり、イベントボスだったか！

「ドリモ、前衛を！　今のパーティだとお前しかやれない役目だ！　頼む！」

「モグモ！」

ドリモがサムズアップしながら前に出た。ドリモさんやっぱカッケー！

「アイネ、ファウは後衛で！　回復とバフ中心で戦ってくれ！」

「フマ！」

「ヤー！」

アイネとファウが並んでビシッと敬礼してくれる。

ルフレがいないので回復役は不足しているが、その分バフは充実しているのだ。自然回復量上昇などのバフを重ね掛けしてもらえれば、かなり効果があるだろう。

「キキュ！」

「デビー」

「分かってるから！　そんな詰め寄るなって！　ちゃんと指示あるから！」

「キュ」

「デビ」

戦闘前だっていうのにおふざけしやがって！　可愛いから怒りづらいじゃないか！

「お前らは遊撃だ！　適宜、攻撃を加えろ！　ただ、最初は様子見で頼む」

「キキュー！」

「デビ！」

リックとリリスも敬礼をして離れていった。

「ヒン？」

「キャロは俺を乗せて、回避を頼んだぞ？」

「ヒヒーン！」

キャロはまだレベルが低いけど、ボス戦に参加して大丈夫かな？

いや、問題は、あの影男がどれくらい強いかだよな。

そもそも、俺たちが勝てる相手なのか？　フォレストウルフチーフ並みの相手だったら、確実に死に戻るんだけど……。

「邪なる者よ！　宝剣の錆にしてくれる！」

シュバールのその叫び声が、戦闘開始の合図だった。

「いけ！　ソレイユ！」

「ヒヒーン！」

シュバールは早速、キュートホースに騎乗しているんだけど……。

騎士が小さい馬に乗っているのはやはり不思議な絵面だぜ。大人がポケバイに乗ってるのと同じようなサイズ感だし。いや、俺がキャロに乗ってるのも同じような絵面なのは分かってるよ？

でも、シュバールの方が大柄で、金属鎧きてるんだよ。その分、異常さがより増してるっていうかさ。

今後、プレイヤーの間にキュートホースが流行り始めたら、あの姿が至る所で見られるのだろうか？　レイドボス戦で、隊列を組んで突撃するキュートホースナイト部隊。うむ、ある意味見てみたい光景だぜ。

「ユート殿！　援護を頼むぞ！」

おっと感心してる場合じゃなかったな！

どうやら敵の目はシュバールに向いているようだし、しっかりと彼のことを守らねば！

どう考えても、シュバールを倒されたらイベント失敗だろうし。

これ、盾役を増やした方がいいか？　でも、シュバールは動き回るだろうし、付いていけないかな？

だったら、今の布陣で援護を重ねよう。

「ファウ！　アイネ！　シュバールを積極的に援護だ！」

「ラランラ～♪」

「フマー！」

「力が湧いてくるぞ！　どりゃぁぁぁ！」

バフを得たシュバールが、影男――シャドーマンに向かっていく。本当に影男っていう名前だったとは。

「ちぃ！　厄介な宝剣めぇ！」

「ぐあぁ！」

シュバールの攻撃はかなり効いているが、相手の攻撃力も高い。シャドーマンの腕がかすっただけで、シュバールのＨＰが一割以上減ってしまったのだ！

これは、攻撃をシュバールに任せるのが正解か？

「モグモー！」

「ぬがぁ！　不遜なモグラがっ！」

いや、ドリモの攻撃も結構効いているな！

どうやら攻撃力が高い代わりに、防御力が低いタイプであるらしい。

これは、ゴリ押しすべきか、じっくり行くべきか……。

「うぉぉぉぉ！　チョコマカとウザいのだ！」

「うげ！」

「ヒヒン！」

シャドーマンの野郎、範囲攻撃を使いやがった！　しかも、高威力の！　レベルが低いとはいえ、キャロのＨＰが半分以上減ったぞ！

予備動作も小さかったし、あれを事前察知して回避するのは相当難しいだろう。

俺はキャロを回復してやりながら、決心した。

「全力で攻撃を仕掛けて、短期決戦だ！　キャロ、透明化を頼む！　その後、やつに近づいてくれ！」

「ヒン！」

キャロが小さく嘶くと、その体が透明化していく。俺も一緒に透明化しているはずだ。自分じゃよくわからないけどね。

そして、キャロがゆっくりと歩き始めた。この状態だと速く走れないから、ゆっくりとしか近づけないのだ。まあ、接近する必要はないから、これでいいけど。

俺は完全に射程に入り込んだことを確認し、詠唱していた魔術を発動した。

「ハイドロプレッシャー！」

威力も高いが、それ以上に高水圧で相手の体勢を崩すことが可能な上級の水魔術だ。

これを背後から、シャドーマンにぶつけてやったのである。

「ぬぉぉぉ？」

「よっしゃ！　体勢が崩れたぞ！　ドリモ！　竜血覚醒だぁ！　やったれ！」

「モグモー！」

ドリモが待っていましたとばかりに咆《ほ》えると、そのまま倒れ込むシャドーマンに突進していった。

走りながら、その体が光り輝く。一瞬の後、光の中からは茶色の鱗を持った地竜が出現していた。

「モグモモー！」

「何だこの力はぁぁ！！」

よし！　シャドーマンを再びぶっ飛ばしたぞ！

「ファウ！　追撃だ！」

「ヤー！」

二つ目の切り札、ファウの地魂覚醒をここで切る！

大人っぽく変身したファウが両手を突き出すと、その眼前に二つの魔法陣が描き出された。

魔法陣は強く輝き、明らかに凶悪な攻撃を放ちますよって分かるエフェクトを放つ。そして、魔法陣から二つの巨岩が撃ち出されていた。

しかも、ラージ・ロックアントに使用した時とは違い、今回は相手が完全に転倒状態である。

「ぎぃぃいゃぁぁ！」

二発とも直撃し、シャドーマンのＨＰを大きく削っていた。ドリモとファウだけで、三割以上削っただろう。防御力が低いとは言え、ボス相手に凄まじい戦果だった。

相変わらず、覚醒系のスキルはぶっ飛んでんな！

「よっしゃ！　追撃だ！　リックは木の実オールフリー！　みんなも、ガンガン技を使っていけ！」

「キッキュー！」

皆でシャドーマンに追撃を仕掛ける。リックなんか、ここぞとばかりに貴重な木の実を使ってやがるな！　でも、死に戻るよりましだ！

シュバールもソレイユを走らせ、宝剣をシャドーマンに叩き付けていた。

見る見るHPが減っていき、一気に半分を割る。

その瞬間であった。

「うおおぉぉぉぉぉぉぉ！」

「やっぱ、このまま勝たせてくれるわけないよな！」

シャドーマンが凄まじい咆哮を上げ、その全身から赤いオーラが噴き上がったのだ。

「許さん！　許さんぞぉぉぉ！」

黒いシャドーマンの体を、赤いオーラが覆っている。

「ウガァァァァ！」

「速っ！」

「デビッ！」

「リリス！」

今までの倍近い速度で駆け出したシャドーマンの拳が、リリスをフィールドの端まで吹き飛ばした。しかも、HPが一気に四割近く持っていかれたのだ。

赤いオーラに、狂ったような咆哮。明らかに狂化状態だろう。

普通のボスだとHPの残りが二割や一割くらいでこの状態になることが多いが、まさか半減で狂化するとは……！

だが、狂化はいいことばかりではない。大抵の場合、攻撃力と速度が上昇する代わりに防御力が低下するのだ。シャドーマンも例外ではないだろう。

「だが、弱点を突けるほどの余裕がないぞ……！」

シャドーマンが速過ぎて、連続で攻撃を畳みかけることもできない。

「ヤヤー！」

「ファゥ！」

マズイ！　ファゥが瀕死だ！

狂化ボスの一撃は痛すぎたか！

「ええい！　ファゥ送還！　オルト召喚だ！」

「ムッ？」

「オルト！　いきなりボス戦で済まん！　やつの動きを止めてくれ！」

「ムムー！」

いきなりボスの前に放り出されても、やる気満々だな！　頼もし過ぎるぜオルト！

「ウガラァァ！」

「ムッムー！」

シャドーマンの拳とオルトのクワがぶつかり合い、激しい衝撃音が鳴り響く。だが、オルトは吹き飛ばされることもなく、その場で耐えていた。さすが我が家の守護者！　安定感が違う！

「みんな攻撃を続けろ！」

「モグモ！」

「デビー！」

やはり、シャドーマンの防御力は下がっている！　明らかにダメージが大きくなっているのだ。とくにシュバールの宝剣が凄い！　なんと、一撃で一割近く減らしたのだ。これ、シュバールにあと四回攻撃してもらったら勝てちゃうんじゃ……。

なーんて思ったのも束の間、イベント戦闘がそんなに生温いわけありませんでした！

「ウオオオォォオォン！」

「ぐあああぁ！」

「ヒヒーン！」

「シュバール！」

シュバールとソレイユが、魔力の波動で吹き飛ばされる。ＨＰが半減した状態で地面に叩き付けられ、その場から動かなくなってしまった。

俺は慌ててポーションを振りかけたが、効果はない。というか、薄い膜みたいなものに阻まれ、ポーションが届かなかった。

どうやら、気絶して離脱したという扱いらしい。

ここからはお助けキャラなしで戦えってことなのね！

あれ？　だったら最初はシュバールに削ってもらって、後半に覚醒スキルを集中させた方がよかったんじゃ……。ああああ！　戦略失敗したぁ！

しかし、戦わねば負け、イベントも失敗である。

「みんな！　もうやつのＨＰは半分以下だ！　頑張るぞ！」

「ム！」

「モグ！」

盾役の二人の心が折れていないのは頼もしいぜ。

特に、オルトが守護者スキルを使い始めてからは目に見えて戦闘が安定した。やはりタンクは一人必要なんだな。

オルトにシャドーマンの正面を取ってもらいながら、攻撃を加えていく。

「デービー！」

「キキュー！」

「ウガァァ！」

段々パターンも分かってきたぞ。確かに高速だが、動きそのものは単調だ。

やつの攻撃を上手く捌きつつ、カウンターで攻撃を当てられるようになってきた。

シャドーマンのＨＰがドンドンと削れていく。

これならいける！　いけるぞ！

うん。俺が調子に乗ったら、ろくなことが起きないっていい加減学習しないとな……。

「エエイ！　コウナレバ、奥ノ手ダァァ！」

ＨＰが二割を切った瞬間、シャドーマンの姿が再び変化を起こしていた。

なんと、その体が膨れ上がるように巨大化したかと思うと、その口から黒い光線を吐き出したのだ。

突然頭上から放たれた光線を避けることは難しく、ドリモが直撃を受けてしまっていた。

「モグ……」

しかも、その威力が尋常じゃない。

「ま、マジかよ！」

ドリモが一撃で死に戻った？　いやいや、どんな威力してるんだ！

「死ネェエ！」

驚いていると、身長五メートルほどになったシャドーマンが動き始める。

鞭のようにしなった腕が遠心力に引かれるように伸び、轟音とともに地面に叩きつけられた。

「ムッムー！」

「やべっ！」

オルトが受け止めきれないなんて！

ゴロゴロと地面を転がるオルト。これは、事態の急転に驚いてる場合じゃない！

「ルフレ、サクラ召喚！」

「フムー！」

「――！」

「ルフレ！　オルトの援護を！　サクラは遊撃だ！」

俺は死に戻った二人の代わりに、回復役のルフレと、万能選手のサクラを召喚した。

ルフレにはオルトを重点的に回復してもらう。オルトが崩れたらマジで終わるからな。

サクラはドリモに代わる攻撃役だ。樹魔術で、近寄らずとも攻撃ができるのだ。

ただ、巨大化したことでシャドーマンの防御力が大幅に上昇していた。もう、普通の攻撃じゃろくにダメージが入らない。それでいて、攻撃力も大幅に増しているのだ。

ただ、あの黒い光線は、思ったよりも威力が低かった。一回直撃を受けたけど、HPの三割くらいのダメージで済んだのだ。いや、十分強いけど、ダメージで即死に戻るほどじゃない。

この光線の真の恐ろしさは、即死攻撃である点だった。低確率で、即死が発生するらしい。HPが満タンに近かったアイネが、一撃で死に戻ったのである。

どうやら、ドリモは運悪く一発目で即死が発動してしまったらしい。

俺もヤバかったぜ。うちのパーティは、俺が即死したらそこで終わりだからな。

ルフレが入ったことでオルトが再び安定し、なんとか戦えている。

「ウゴァァァァ！」

「ムー！」

オルトすげー！

ドスンという鈍い音がする踏込みとともに、上段から振り下ろされた黒い拳。誰がどう見ても超重量級の、途轍もない威力の攻撃だったろう。

オルトは逃げなかった。

真正面から迎え撃ち、攻撃を受け止めたのだ。

自分の体ほどもある拳をクワで受け、弾き返している。

のだ。

「ウゴォォ？」

シャドーマンがバランスを崩したぞ！

倒れないようにその場で踏ん張るシャドーマンに、皆の攻撃がガンガン突き刺さる。少しずつ、シャドーマンのＨＰが減ってきた。巨大化した時はどうなることかと思ったが、ちゃんと戦えているのだ。

「このまま戦っていたら、勝てるか……？」

だが、俺の希望はすぐに打ち砕かれてしまう。

シャドーマンはさらなる変身を残していた。

残りが一割を切ったことで、その変身のトリガーが引かれたのだろう。

「コウナレバァ！　キサマラモミチヅレヨ！　ウオオオォオォォン！」

「今度は狼型に変身か？」

変身中はダメージが通らないのはお約束か！

シャドーマンは四肢から黒い霧を立ち上らせる、漆黒の狼の姿となっていた。質量的には、巨人形態とそう変わらない。

漆黒の巨狼である。

相変わらず歯が人のものなので、非常にアンバランスで不気味だ。

「クイコロシテヤル！」

「この霧は……！」

シャドーマンの体から、凄まじい勢いで黒い霧が吹き出した。

完全な暗闇ってわけではないが、充満する霧のせいで視界が半分以上遮られてしまう。しかも、その霧に紛れて――。

「――！」

「サクラ！　くそっ！」

接近に気付けなかった！

サクラが噛みつかれ、死に戻ってしまう。どうやら、やつの歯にも即死効果があるらしい。

神通スキルにちょっと期待していたけど、一撃で死に戻ったら使えないんだよな！

「ヒムカ召喚！　みんな！　固まって周囲を警戒だ！」

「ヒム！」

召喚したばかりのヒムカが、鎚を構えながら頼もしく頷く。

纏った炎でオートカウンターを叩き込めるヒムカの襲撃者スキルは、こういった場合に強いのだ。

「あと一割削ればいいんだ！　ヒムカ！　頼む！」

「ヒム！」

全員で息を呑んで、周囲を警戒する。

ダメだ、黒い霧のせいで全然見えない！

あいつが足から放出している黒い霧が、周囲の霧をさらに濃くしているのだろう。

足音や呼吸で判断しようとしても、それもない。多分、影であるせいだ。

ボスで奇襲し放題って、どんなチートだ！

「キキュー！」

「リック！」

即死はしなかったが、噛まれたリックが大ダメージだ！

即座に回復の術を使用する。だが、回復量が非常に少なかった。想定の半分以下だ。

「な、なんでだ！」

さらに使用するが、やはり回復量が少ない。

そうこうしている内に、今度はリリスが噛みつき攻撃にさらされていた。今度も即死はしないが、ダメージが非常に大きい。

「フムー！」

そこにルフレが回復をかけたが、それもまた回復量が少なかった。もしかして、この黒い霧は回復阻害の効果が……？

俺も回復に参加しよう。そう思ったが、なんとＭＰが足りない。

「え……？」

いやいや、俺は確かにＭＰ管理が完璧な玄人《くろうと》ではないけど、あと何回回復魔術が使えるかくらいは把握してるぞ！　ＭＰポーションを飲まずとも、あと一回はアクア・ヒールが使えたはずだ！

回復量が下げられているだけじゃなくて、ＭＰ消費も上昇してしまっていたのか？

咄嗟にＭＰポーションを取り出そうとした俺だったが、白銀の光に包まれてＭＰが回復していた。

「ヒン！」

「キャロ！　ナイス！」

キャロの月魔術だ。しかも、非常に多く回復できたのだ。アクア・ヒールを二回は使えるだろう。

余裕をもってMPポーションを取り出すことができた。

それにしてもキャロの月魔術、こんな効果が高かったか……？

いや、夜に使えばこれくらいの効果はあったけどさ、夕方にもなってないんだぞ？

そう思ったが、一つの可能性が頭の隅をよぎる。

この黒い霧が、周囲を夜と同じ状態にしているとか？

それだけでは回復量が下がったことの説明は付かないが……。

「いや、今はなんでも試そう！　リリス！」

「デビ？」

「今、ここで夜明の呪を使えるか？」

「デビ！」

よし！　これは戦闘中でも使えるぞ！

「みんな！　リリスを全力で守れ！」

「ムムー！」

「ヒムー！」

闇属性の素材は、呪術のためにしっかり確保してある！

俺はリリスが生み出した魔法陣を見つめながら、浮かび上がったウィンドウで捧げる素材を選択していく。

「ガアアアア！」

「ムムー！」

「うぉ！」

真横でデカい音したぁぁぁ！

シャドーマンが俺を攻撃しようとして、それをオルトが防いでくれたらしい。

ちょっと風圧が感じられたもん！

「サンキューオルト！」

「ム！」

オルトのサムズアップを横目で見ながら、俺はアイテム選択を終了した。

「夜明の呪発動だ！」

「デービー！」

魔法陣が赤黒く輝き、その光が周囲を照らし出す。すると、驚くほどの変化が起きていた。

周囲に充満していた黒い霧が、一瞬で消え去ったのだ。

「ガ、ガウ？」

シャドーマンが困惑した表情で、周囲を見回している。

「ここで一気に攻めるぞ！」

攻撃的な布陣にチェンジしよう！

俺はキャロを送還し、オレアを召喚した。

そして、全員でシャドーマンに攻撃を開始する。

巨狼形態は確かに素早いが、姿さえ見えていればオルトとヒムカが防いでくれるのだ。そして、リックたちの攻撃がＨＰを削っていく。

途中で反撃を食らってリリスが死に戻ったけどね！

「ガウ！」

「デービー……」

「ああ！　だから前に出過ぎるなと言ったのに！」

即死じゃなくて、普通にダメージによる死に戻りだった。呪術はヘイトをそうとう稼ぐらしく、集中的に狙われたのである。それが分かったから少し下がれと言ったんだが……。シャドーマンがヒムカの襲撃者スキルによって怯んだ姿を見て、チャンスだと思って前に出過ぎてしまったのだ。

さらに、回復役のルフレもヘイトを稼ぎやすく、次に狙われてしまう。そして、巨狼が口からはいた黒い光線を食らって、死に戻っていた。

「クママ召喚！　ペルカ召喚！　頼むぞ！」

「クックマー！」

「ペペーン！」

やる気満々のクママとペルカが現れ、シャドーマンへと向かっていく。

これでもう、モンス召喚は打ち止めだ！　この戦力で、シャドーマンを削り切る！

「ハイドロプレッシャー！」

「キキュー！」

「トリリー！」

俺の水魔術と、リックの投げた光胡桃、オレアの鎌がほぼ同時に直撃した。

水の圧力、強力な閃光、ノックバック性能の高い鎌。そのどれが作用したのかは分からないが、シャドーマンは完全にその動きを止める。

そのチャンスを逃さず、クママが必殺の一撃を見舞った。

力溜めスキルの赤いオーラを爪に纏わせながら、強力な一撃を叩き込んだのだ。

「クーママー！」

「ガァ！」

「ぺぺーン！」

「キッキュー！」

さらに、リックが俺の肩の上で尻尾をピーンと立てて吼える。

手に持っていた青どんぐりが光り輝き、深緑の果実へと姿を変えていた。リックのスキル、深緑の果実の効果だ。

「キュキュー！」

リックが投擲した深緑の果実は、見事シャドーマンの口内へと飛び込む。

そして、大爆発が発生し、シャドーマンのHPを大きく減らした。だが、まだ倒していない。

多分、死亡時にHPが僅かに残る食いしばり系のスキルが発動したのだろう。一ミリくらいだが、HPバーが残っているのだ。

だが、俺たちの波状攻撃はまだ終わってないぜ！

横倒しになって唸り声を上げるシャドーマンに、一匹のペンギンが跳びかかる。ペンギンハイウェイで砲弾を溶かした、ペルカだ。

「ペペペーン！」

「グギャオォォォォォォォ！」

「グゥゥゥ……」

今度こそ、倒したぞ！

甲高い断末魔を残し、シャドーマンの体がポリゴンとなって砕け散る。

「うぉぉぉ！　勝ったぁぁぁ！」

「ペペーン！」

「ペルカよくやったな！」

「ペーン！」

跳びついてきたペルカを抱き留め、わしゃわしゃと撫でまわす。ペルカは楽しげにキャッキャとはしゃいでいた。

過去にないほどに、モンスたちが死に戻ったな……。まあ、畑に戻ればみんな元気なんだけど、やっぱりボス戦は心臓に悪いぜ。

「クックマー！」

「トリー！」

「ぐふぅ！　お、お前らもよくやったぞ！」

我も我もと跳びかかってきたクママたちを受け止めながら、そっちも撫でてやる。しかし、それを見たリックたちもが跳びかかってくるではないか。

「キキュー！」

「ムムー！」

「ヒムー！」

「うわっぷ！」

リック顔面に跳びつくな！　オルトとヒムカが左右からドーンときたせいで、完全に囲まれたぁ！

「うおぉぉぉぉ？」

しばらくもみくちゃにされる俺だったが、やり過ぎたことに気付いたのだろう。何とか離れてくれた。

「ふぅ。とりあえず、ボスには勝利したな！　素材は……あれ？」

素材なし？　そのかわり、ポーション類とお金が手に入っている。

「……ぶっちゃけ、素材の方がよかったな……」

まあ、何もないよりはましだけどさ。

「ユート殿！　助かったぞ！」

「ヒヒン！」

おっとぉ！　またこの人忘れちゃってた！

「ぶ、無事そうでよかった」

「うむ。なんとかな」

「ヒン」

シュバールとソレイユが意識を取り戻し、普通に近づいてくる。怪我をしている様子もないし、イベントは成功ってことでいいのかな？

「それにしても、あやつは何者だったのだろうか？　私の剣を狙っていたようだが」

シュバールが剣を取り出し、首を傾げる。

価値がある魔法の武器だし、欲しがる者は多いだろう。

でも、どう考えても魔獣というか、魔族って感じの相手だった。ただ価値のある物を狙っているだけじゃなくて、この宝剣に秘密があるのだろうか？

俺も宝剣を観察してみるが、よく分からない。

よくあるパターンだと、柄や鍔を外すと何か暗号めいたものが隠されたりしているんだが……。そういったこともなく、やはり剣の能力などが狙われた理由であるようだった。

結局、この場ではこれ以上のことは分からず、俺たちはお屋敷へ戻ることにした。

とくに襲撃や、新しいイベントが始まることもなく、三〇分ほどで屋敷に到着する。

「世話になったな」

「ヒヒン！」

「これは孫を助けてくれた礼だ。受け取ってくれ」

渡された報酬は五〇〇〇Gと、ボーナスポイント一点である。多くはないけど、第五エリアのクエストだと思えばこんなものかな？　それに通常だと、見習い騎士の森に入れるようになることが大きなメリットである。報酬はおまけみたいなものなのだろう。シャドーマンの撃破報酬の価値と併せれば一〇万Gを超えるしね。

「また来てくれ」

「歓迎するよ」

老人たちに見送られながらお屋敷を出ると、もうすぐ夕方だ。

「アリッサさんはログアウト中か」

情報を売りに行くのは明日になるかな？

第五章　みんなでボス戦

シュバール探しのクエストをこなした後、俺は始まりの町に戻ることにした。

まだ、始まりの町での骨董品探しを完了していないことを思い出したのだ。

畑に戻ってメンバーを入れ替えると、始まりの町を巡ってみる。

ただ、めぼしい発見はなかった。高価なものはドゥーベ工房の作品くらいで、他は安物ばかりだ。

モンスたちは各々が気に入った骨董品を手に入れて喜んでいるし、そこは良かったけどさ。

一応、裏道の道具屋なども見てみようと歩き回っていると、俺たちは不思議な光景に出くわす。

始まりの町にたくさんある小広場の一つに、プレイヤーが大量に集まっていたのだ。たくさんの露店が集まっているがＮＰＣが全くおらず、出品側も客側もプレイヤーばかりだ。

一見するとバザーのように見えるが、雰囲気が全く違っていた。

様々な音楽が広場に流れ、売り手も買い手も、楽器を身に着けている者が多いのだ。多分、演奏系のプレイヤーたちなのだろう。

このゲームには吟遊詩人などの職業もあるし、楽器スキルのみでの取得も可能だ。実際、リアルではハードルが高い楽器演奏をお手軽に扱えるということで、趣味スキルの中でも人気が高いらしい。

俺も、興味がないわけじゃないのだ。

だって、楽器できる人ってちょっとカッコいいじゃん？

「ちょっと覗いてみるか？」

「ヤヤ！」

ファウも興味があるらしい。

広場に足を踏み入れてみると、かなりの熱気だ。遠目からでも盛り上がっていることは分っていたけど、想像以上に人が多かった。

雰囲気的には、コミケみたいな即売会に近いかもしれない。

「あれぇ？　白銀さんですか？」

「うん？」

入り口から広場を観察していると、不意に声を掛けられる。振り向くと、そこには見知った顔があった。黒目黒髪の、優男である。外見年齢は二〇歳くらいかな？

「セキショウか」

「お久しぶりです」

立っていたのは、コクテンのパーティメンバー、セキショウだった。モンスターとの戦闘が大好きな、トッププレベルの魔術師である。

イベントなどで何度も顔を合わせたことはあるが、一対一で喋るのは初めてだろう。

「一人なのか？」

「はい。今日は自分の趣味できてるんで」

「趣味って、ここ？」

る即売会ですよ」
「あれ？　知らずにきたんですか？　ここは、音楽系のプレイヤーが、オルゴールと楽譜を販売して

本当に即売会だった！

ゲーム内で音楽活動をしているプレイヤーがいるって話は知ってたけど、ここではそのオリジナル楽曲などを売っているらしい。自分たちの曲を込めた、オリジナルのオルゴールが作れるんだろう。

「色々なバンドやクリエイターが揃ってますから、回ってみたらどうですか？　気に入る曲があるかもしれませんよ？」

「なるほど……。面白そうだな。セキショウはどこかお目当てがあるのか？」

「俺はニャムンちゃんですよ！」

「ニャ、ニャムンちゃん？」

き、急にテンション上がったな。

「はい！　リアルでは猫だけど、なんの手違いか猫耳少女のアバターでLJOにログインしてしまったという超猫系アイドル！　それがニャムンちゃんです！」

「そ、そうか……」

人の趣味をとやかくは言わんけど、俺は遠慮しておこう。しかし、すげー設定の地下アイドルがいるんだな。いや、ゲームアイドル？　リアルは猫って……。

「白銀さんも一緒にどうです？」

「う、うちはほら、モンスもいるから。迷惑になるかもしれないし、ゆっくり見て回るよ」

「そうですか？」

「ああ、楽しんできてくれ」

俺はセキショウをニャムンちゃんのブースへと送りだすと、広場をゆっくりと回ってみることにした。あのセキショウとずっと一緒にいるのは、ちょっとアレなのだ。

まず最初の露店では、三人組の女性たちがオルゴールを売っている。

「私たちのミニアルバムでーす」

「今流れてる楽曲も収録されてますよ！」

「ぜひお願いしまーす！」

マジでストリートミュージシャンの手売りっぽい感じなんだな。クラシックギター、肩から下げた小型の鍵盤楽器、小太鼓で曲を演奏しながら、呼び込みを行っている。

バンドというよりかは楽団という感じの楽器編成だが、フリフリ衣装や曲調は普通にリアルのアイドルっぽい。

赤髪ツインテール、黒髪ロング、青髪ポニーテールと、外見のバランスも良かった。明らかに狙っている感じ？

バンド名は『陽だまリズム』。演奏している曲は、老若男女誰でも楽しめそうなメロディだ。爽やかな、少しレトロな雰囲気のする正統派アイドル曲である。

このゲームの中で聞くのはクラシック調の曲ばかりだったので、かなり新鮮だった。

「ヤー！」

「お、ファウは気に入ったか？」

「ヤ！」

どうやらファウは彼女たちの曲を気に入ったらしい。俺の頭の上で、楽し気に体を揺すっている。

次の曲に入ったが、こちらも清純派のアイドルソングだった。

アルバムというか、三曲収録可能なオルゴールだな。これに収録された曲名を見ると、『猫のいる日陰』、『ヒマワリ』、『Continue to Tomorrow』と、なんとなくアイドルソングっぽく思える曲名が並んでいる。

ただ、意外にも他の子たちには刺さらなかったようだ。好きな骨董品を選んでいる時とは、表情が違っている。嫌いじゃないけど好きでもない。そのくらいの雰囲気だ。

こいつら、いくらなんでも態度があからさま過ぎじゃね？　体を揺すってノってるふりをするくらいはしなさい！

そんなことを考えながら、ファウと一緒に体を左右に揺らしながら少女たちの曲を聴いていると、向こうもファウに気づいたようだ。

「か、可愛いですね！」

「フェアリー、初めて生で見た！」

「というか、白銀さんじゃないですかっ！」

音楽系のプレイヤーなだけあって、フェアリーの情報もしっかり仕入れているようだ。その流れで、妖精発見者の俺のことも知ってるみたいだった。

それにしても、妙に焦っている様子だ。演奏を中断して、ワタワタと動いている。他のお客さんがこっち見てるんだけど。

あの、俺がクレーム入れたりしたわけじゃないっすよ？　何故か、勝手に向こうが焦り出しただけですから！　勘違いしないで！

「あ、あの、えっと……これどうぞっ！」

「え？　いや、どうぞって……。か、金払うから」

「だ、ダメですよ！」

「こっちこそダメだから！」

傍から見たら、俺がクレーム付けて、詫び代わりにオルゴールを巻き上げたみたいじゃんか！　変な噂立てられたらどうするんだ！

「だいじょうぶです！」

「な、何が？　ともかくタダは申し訳ないし、もらう理由もないから！」

「いえいえ、白銀さんですから！　むしろ、自分で押し付けておいてお金もらったら、私たちが危険なんです！」

「そうなんです！」

「もらっておいてくれませんか？」

「き、危険？　何が？　だ、だったら、押し付けなければいいいんじゃ……？」

「もう今更引っ込みつきません！」

「えー？」

手と首をブンブン振って断る少女たちに、それ以上金を払うと言い続けることができなかった。結局、楽譜をいくつか買って、その場を離れる。

他のお客さん――というか、ファンの人たち、怒ってないよね？　チラッと見た感じ、苦笑いしてるくらいだったし、怒ってはいなかったと思うが……。

「ま、ファウがお気に入りの曲だし、楽譜は買うつもりだったからいいけどさ」

「ラララ～♪」

「お、さっそく演奏しちゃうか？」

「ララ～♪」

楽譜は以前もオークションで購入したことがあるけど、スキルスクロールみたいなものだった。読むのではなく、使用すると消えてしまう消耗アイテムなのだ。そして、使えばすぐにその楽曲を習得、演奏できてしまう。

すでにファウが陽だまリリズムの曲を奏でつつ、ノリノリで歌っていた。楽器が違うので全く同じではないが、俺はリュートの方が好きかもしれない。

不思議と、ファンタジーっぽさがあるのだ。リュートの音色がそう思わせるのだろう。特に効果はないただ演奏しているだけの楽曲だが、いい買い物したんじゃないか？

「他にも色々と楽譜を買ってみようか」

「ラララ～♪」

「さて、次はどんな曲だろうな？」

ちょっと音楽即売会場巡りが楽しくなってきた俺は、ファウたちを引き連れて次のブースへと向かった。

流す音楽が混ざり合って不協和音になることを防ぐためか、露店同士は少し離れて並んでいる。

直前までいたブースがアイドルっぽい、白とピンクと水色に彩られていたのに対し、次に向かったブースは黒一色だった。

まさに暗黒。黒以外の色を探す方が大変なくらいである。売ってるオルゴールまで黒なので、非常に見にくい。

流れるＢＧＭも、さっきとはがらりと違う曲調だ。

メッセージ性強めのプログレデスメタル？　男性の野太いシャウトと、ベースとドラムの重低音が強めに響き、人によってはうるさいと言われてしまうかもしれない。

演奏しているのは、鋲付き革ジャンに身を包んだ白塗りフェイスたちだ。ホッケーマスクの人もいる。絵にかいたようなデスメタルバンドだった。

だが、驚きのメンバーが、露店に齧《かじ》りついて曲を聴き始めたではないか。

「リリスは分かるけど、アイネとファウもここが好きなのか？」

「デビ！」

「フマー！」

「ヤヤー！」

ヘッドバンギングするように頭を上下に揺らし始めたリリスの隣では、アイネとファウも同じ動きで髪の毛を振り乱し始めた。

リリスは悪魔だし、メタル系の楽曲が好きなのは納得できる。むしろ、他の曲を好きな方が驚きだ。

ファウも、こういった激し過ぎる曲も嫌いではないらしい。音楽に貴賤なしを地で行くのだろう。アイドルソングの時は体を横にユラユラとさせながら手拍子していたのに、今は首が取れちゃうんじゃないかってくらいの、ヘッドバンギング祭りなのだ。小さくて人形っぽいから、余計に首が心配になるのである。

ここまでは想定の内だ。だが、うちの中でも最も幼い外見のアイネが、ここの曲を気に入るとは思ってもみなかった。

だって、バンド名が『デスゲーム』だよ？　オルゴール収録楽曲は『カタル死ス』、『ぶん殴れ』、『どうせコイツも汚職する』だ。汚職議員をぶん殴って気持ち良くなろうってこと？

俺は意外と嫌いじゃないんだけど、アイネのキュートなイメージとは正反対だろう。

スルーしようかとも思ったけど、うちの子たちがノリノリ過ぎて超目立ってしまったからな。これは素通りできん。

ホラー映画のピエロみたいなメイクをしている売り子の男性から、オルゴールを購入することにした。うちのモンスに気づいたようだが、何も言ってはこない。

というか「キヒヒヒヒ！」という何とも言えない哄笑を上げるだけだ。ただ、リキューと違って、その笑いには演技っぽさがある。多分、バンドコンセプト的な理由で、喋ったりできないのだろう。

楽譜もあるのか尋ねたら、哄笑を上げながらしっかり楽譜を見せてくれた。あと、長いとYES、短いとNOっぽい？

哄笑だけで色々と頑張る白塗り君。なんか健気！　頑張れ、若者たちよ！

最後、モンスたちに手を振ってくれる白塗り君に手を振りながらブースを離れた。

アイネとか、名残惜しそうなのだ。ああいうのが好きなのね。

次に訪れたブースは、急に静かに感じた。

「ここはインスト曲か……」

「ヤヤ！」

「クマー！」

フォルクローレ風な、不思議な曲調の音楽が三人組によって演奏されている。

アンデスに向かってコンドルが飛んでいきそうな音楽だ。

ここはうちの子たち全員が気に入ったみたいだね。特に気に入った様子なのが、クママだ。そのヌイグルミハンドをポムポムと打ち合わせながら、目を輝かせて曲に耳を傾けている。

三人の内二人は、ギターと木製の縦笛なんだけど、一人全く見たことのない不思議な楽器を演奏していた。

いくつもの木の管を横に並べた、不思議な形の笛だ。左から右に行くにつれて、階段状に少しずつ管が長くなっていく。鑑定すると、サンポーニャというらしい。

自作かな？　さすがに初期楽器がアレにはならんだろう。他の二人も、ギターがマンドリン、縦笛はケーナというらしかった。

バンド名は『musica』。ミュージカ？　ムシカ？　多分、音楽の事だと思うけど、英語じゃないよな？

オルゴールに収録されている曲名も、『mi viaje』、『epopeya』、『cielo』となっており、生憎と一つも意味が分からなかった。

聞けばわかるんだろうが、お揃いのポンチョを着込んで全力演奏する男性陣は、妙な迫力があってなんか話しかけづらかった。

うん、きっといい意味なんだろう。

でも、うちの子たちが気に入ったし、オルゴールと楽譜は欲しい。どうしようかと思っていたら、販売は田舎の野菜売り場形式だった。

もしかして、自分たちが敬遠されがちだと分かってるのか？　そう思うと、なんか切なくなってしまった。最後まで会話はできなかったけど、応援はしてるんで頑張ってください。

「で、次はコミックバンドか？」

メンバーがウサ耳などを着けて派手な衣装のコスプレをしながら、パンクっぽい曲を演奏している。ヴォーカル・ウサ耳、ギター・キツネ耳、ドラム・クマ耳、ベース・ネコ耳、トライアングル・イヌ耳だ。

その中で、トライアングルの子が一番目立っている。一番小さい少女が一心不乱にチンチンとトライアングルを打ち鳴らす姿は、お馬鹿可愛かった。

バンド名は『モフ耳少女帯』。絶対に狙っているだろう。しかも、ふざけているのはバンド名だけではない。

曲名も、『彼女のあの低いツインテールはいったい何を訴えているのだろう?』、『ファンタジーでカオスな乙女心』、『何もないがあるサイタマかも』と、ちょっとコミカルな名前ばかりだ。

舞台演出やパフォーマンスメインの、コミックバンドかと思ったんだけど……。

「い、意外と本格的?」

「ヤー」

演奏は、トライアングルが混じっているとは思えないほど、かなり本格派に思えた。いや、トライアングルも適当じゃなくて、ちゃんとした演奏になっているようだ。全く邪魔をしていない。

それに、曲も悪くないんじゃないか?

今歌ってる埼玉の曲も、良いことも悪いこともない平凡な日常こそ尊い的なメッセージソングだった。だから、何もない埼玉こそ神という後半はともかく、前半の歌詞は結構深い。

え? 深いよね? 俺の気のせい? ふざけた格好と曲のギャップで、よく聞こえているだけ?

「お前ら、ノリノリだな」

しかし、うちの子たちも、このバンドの曲を気に入ったようだ。

「ムム!」

「キキュ!」

「ヤヤー!」

音楽なら何でも好きなファウだけじゃなく、リックを頭に乗せたオルトが最前列で演奏を見つめている。パンクロックのビートに身をゆだね、飛び跳ねているのだ。頭の上のリックがその勢いでポーンと跳び上がるくらい、ノリノリだ。

騒ぎすぎて、今まで以上に目立っている。

「え？　し、白銀さん？」

「うっそ。マジ？」

「モノホンじゃん！　すげー！」

「あ！　妖精ちゃんいるー！」

「あー、ほんとだー」

あれだけ騒いでたら、そりゃあ目立つよな。このバンドの少女たちも、俺のことを知っていたらしい。

音楽プレイヤーたちからのファウ人気が凄いね。ファンらしき人々もこっちを見ていた。

「あー、とりあえずオルゴールと楽譜もらえる？」

結局、その後も色々と巡り、楽譜やオルゴールを買ってしまったね。

クラシックやケルト民謡系の楽譜をいくつか仕入れて、ファウもニコニコだ。これで、演奏の幅が広がっただろう。今から食事の時間などが楽しみである。

効果のない曲ばかりだから、戦闘力は全く変わってないけどね！

満足いくまで買い物をした俺は、セキショウと一緒にほくほく顔で始まりの町を歩く。

「白銀さん！　どうでした？」

「色々な音楽が聴けて、有意義だったよ」

「そうじゃなくて、ニャムンちゃんですよ！」

あー、そっちね……。

答えづらいから、誤魔化そうとしたのに。

帰る直前、セキショウに誘われてニャムンちゃんのオンステージを見学したのだが……。

リアルは猫という設定を守るためか、歌詞が全部「ニャ」なのだ。灰色髪猫耳美少女が猫パンチを繰り出しながら「ニャニャニャニャーニャニャニャーニャ」と一心不乱に歌う姿は、可愛いを通り越してちょっとシュールだった。

「えーっと。す、凄かったな？」

「でしょ？　ニャムンちゃんはですね、リアルでも頑張ってるんです！」

「え？　だって、猫――なんだろ？」

VRゲームの中でアイドル的人気を得て、リアルでもアイドル活動を行う人は結構いる。でも、猫っていう設定じゃ、難しくない？　だって、猫なんだろ？　顔出しできないじゃないか。

俺がそんな疑問を口にすると、セキショウは嬉しそうに色々と説明してくれた。

五分弱で、ニャムンちゃんについてメチャクチャ詳しくなっちゃったよ。

ニャムンちゃんはリアルでもSNSをやっており、動画投稿などで皆を楽しませてくれているという。ゲーム内のようなアイドル活動は無理でも、癒し系動物ブロガーとして人気があるそうだ。

ゲームではアイドルとして応援して、リアルだと可愛いサバトラ猫として愛でる。アリなのか……？　なんか、ゴチャゴチャしてない？

そもそもリアルでは猫の設定どこいったと思ったら、飼い主が代理で書いている設定らしい。セキショウに設定って言ったら怒られそうだから、言葉は飲み込んだけどさ。

というか、ニャムンちゃん＝飼い主だろう。飼い主さんがニャムンちゃんのフリを――いや、これ以上無粋《ぶすい》なことは考えまい。

セキショウは満足そうなので、それでいいのだ。

「ちょっと疲れたけど、楽しかったよ。みんなもそうだろ？」

「ヤヤー！」

俺の言葉にモンスたちも頷く。一番喜んでいるのはファウだが、他の子たちもノリノリだ。音楽を聴いて上がったテンションが、元に戻っていないのだろう。

「デビー！」

「フマー！」

「おお、激しいな」

リリスとアイネがヘッドバンギングしながら、コマのようにクルクルと回っている。曲も流れていない状態だと、ただ変なハッスルの仕方をしているようにしか見えんな。

「ムムー！」

「クマー！」

「キキュ！」

オルトたちは、お気に入りのバンドのメロディを体で再現しているのだろうか？　手を丸めて猫のようにして――。

「って、ニャムンちゃんじゃねーか！」

こいつら、アレを気に入ってしまったのか？　そりゃあ、可愛いは可愛いんだけど……。俺がオルトたちのニャンニャンポーズを微妙な顔で見つめていると、セキショウが喜びの声を上げた。

「さすが白銀さんのモンスたち！　見る目がありますね！」

「は、はは……。そ、それよりも、本当にホームにお邪魔して大丈夫なのか？」

これ以上セキショウのテンションが上がると話が長くなりそうだったので、ちょっと無理矢理話を変える。

「いきなり訪ねることになっちゃうけど」

「はい。みんなも、是非にってことなんで、遠慮しないでください」

俺たちは今、コクテンたちのパーティが使っているホームに向かっている。オークションで落札したホームの使い心地などを尋ねたら、招待してくれたのだ。

場所は、始まりの町のホームエリアの奥。俺の日本家屋と同じように、ちょっと特殊なエリアであった。

日本家屋は、日本の山に生える種類の木々の密集した、小山のような区画に建っている。

対してコクテンたちの西洋館は、丘の並んだイギリスの原野のような場所に存在していた。草地と森が半々くらいかな？

まだ西洋館は所持者が少ないらしく、丘の上にぽつんと一軒だけ建っている。うーん、特別感があって、ちょっとうらやましいな。

広い丘陵地帯を独り占めなのだ。

「オークションでも見たけど、メチャクチャ綺麗な屋敷だな」

「そうでしょう？　皆で金策をした甲斐がありましたよ」

コクテンたちのパーティでも、全員の所持金を併せてようやく買えたらしい。

ただ、その価値はあるだろう。

赤い薔薇の花が美しい、蔦が絡み合う生垣。門は白く優美だ。そこから庭へと足を踏み入れると、美しくも生命力に溢れたイングリッシュガーデンが広がっていた。

ただ綺麗に整えただけではなく、自然の草花を利用しているような、いい意味での雑さも感じることができる。

時期で変わるのかもしれないが、今は黄色と白の花が咲き乱れ、風が吹くたびに花びらが舞い散っていた。ゲーム的なアレで、どれだけ花びらが散っても花が消えることはないようだ。

そんな庭に敷かれた石畳の道を進むと、玄関に辿り着く。途中で潜った薔薇のアーチも見事だったが、玄関前の噴水も美しい。庭に流れる水路の起点なのだろう。

「では、どうぞ」

「お邪魔しまーす」

中に入ると、そこもまた綺麗だ。古めかしい木の床が敷かれた、瀟洒《しょうしゃ》な英国風の建築物である。屋敷というほど広くはないが、一般の住宅と比べたら十分豪華だ。

「いらっしゃいませ。白銀さん」

「コクテンもいたのか」

出迎えてくれたのは、白Tに赤いジャージという、超部屋着感満載な格好のコクテンであった。厳つい鎧姿しか見たことないから、違和感しかないな。それに、この屋敷に劇的に似合ってないな。

いや、自分たちの持ち家なんだから、好きにしたらいいんだけどさ。

「わざわざ出迎えてもらって悪いな」

「今日はホームで鍛錬をしていたんで、わざわざって程でもないですよ」

セキショウがニャムンちゃんのイベントに参加していたように、他のメンバーも各々のオフを満喫しているらしい。

コクテンはホームに作った訓練室で、NPCの木人相手に模擬戦をしていたそうだ。俺は全く興味がないから知らなかったけど、戦闘やダンジョンを疑似体験できる訓練室をホームに設置できるという。

「木人か～」

模擬戦に興味はないけど、木人には興味があるのだ。

「じゃあ、案内しましょうか?」

「いいのか?　なんか悪いな」

「いえいえ、どうせ暇なので」

セキショウがそのまま、木人だけではなくホーム内を色々と案内してくれた。うちと違って、パーティメンバー別に個室があるので、共用の部屋数は意外と少ないらしい。

コクテンが使っていた訓練室以外だと、戦闘中の映像をコマ送りなどして解析できるアナライズルーム。鍵開けや罠解除の訓練ができるトラップトレーニングルーム。装備品の耐久力を少しだけ回復できるリペアルーム。

さすが戦闘メインのトップパーティなだけあって、ホームの部屋も戦闘関係ばかりだ。

そして、うちのホームには必須の調理場や、モンスとの触れ合いルーム、畑や生産所は一切存在していなかった。

西洋館と日本家屋というだけではなく、内側も我が家とは正反対のホームである。

「他のプレイヤーのホーム見る機会なんて中々ないから、楽しかったよ」

「それならよかったです。うちは外観は綺麗ですけど、内装はほとんど手を入れてないんで。あんまり人を呼べるようなホームではないんですよね」

そう言えば、インテリアやオブジェクトがほとんどなかった。趣味のアイテムは各々の部屋に置いてしまうため、リビングなどの共用スペースはあまり弄っていないようだ。

棚などが、少し寂しい感じだった。

「なるほどな……。そうだ！　それなら引っ越し祝いとして、これを進呈しよう！」

ちょうど良い物を持っていたのだ。このリビングにピッタリだろう。

「これって、お皿ですか？」

「ああ、骨董品だけど、この家に合うだろ？」

俺がセキショウに渡したのは、ドゥーベ工房の飾り皿だった。明らかに洋風なので、このホームにしっくりくる。

いくつかあるし、二、三枚なら渡しちゃってもいいだろう。

「こんな良さげな物……」

「いやいや、高そうに見えるけど、そんな高価なものじゃないから。遠慮なく」

確かに、一見すると価値がありそうに見えるだろう。だが、元値は二、三〇〇〇Gだし、俺にはこれくらいしかできないからね。

「そうですか？　では、遠慮なく」

「リビングの棚に、ようやくインテリアが置けるな～」

コクテンたちは喜んでくれているようだ。セキショウが飾り皿を手に取ると、いそいそとリビングに備え付けられていたと思われる棚に向かった。

彼らが言う通り今は何も置かれておらず、スカスカである。そこに皿が置かれるだけで、部屋が華やいだ気がするから不思議だ。

「へー、これだけでも変わるものですね。もう少し、インテリアにこだわってみるのもいいかもしれません」

「じゃあ、ニャムンちゃんのポスターとかどうだろうか！」

「ないな」

「……うん、分かってた」

提案をコクテンに一蹴され、肩を落とすセキショウ。すまん。ちょっとかわいそうだと思いつつも、この素敵リビングがセキショウの趣味に侵食されなくてよかったと思ってしまったのだ。

「白銀さん。このお皿って、どこで買ったんですか？　私、他のアイテムも見たくなってしまったんですが」

「お、いい趣味してるね！」

別に俺が作ったわけじゃないんだけど、自分がいいと思ったものを褒められるのは嬉しいものなのだ。ただ、ドゥーベ工房の他の作品と言われてもね……。

「教えたいのは山々なんだけど、一つのお店で手に入れたわけじゃないんだよ」

俺は骨董知識を使い、様々な露店でバラバラに購入したことを教える。

「あー、そういう感じなんですね」

「うちだと無理だなぁ」

ポイントのほとんどをステと戦闘スキルに振ってしまっているコクテンたちにとって、たった二ポイントでも戦闘に関係ないスキルに振るのは厳しいんだろう。

「じゃあさ、こういうのはどうだ？」

「ほほう？　これも綺麗なお皿ですね。むしろ、さっきのお皿よりもうちには合うかもしれません」

「だなー。これ、ぜひ欲しいね！」

「うちのヒムカ作の皿だ！　好きなの選んでくれ。これも、引っ越し祝いってことで、進呈するからさ」

ヒムカの磁器の中でも、できがいいやつはとってあるんだよね。まあ、どこかで使うあてがあるわけじゃないんだけどさ。いずれどっかに飾ろうと思いつつ、仕舞い込んでいるだけだった。

その中でも、この洋風リビングに合いそうな壺やティーセットをいくつか取り出してみたのだ。

「いやいやいやいやいや！　受け取れませんよ！」

「オークションでいくらついたと思ってんすか！」

「これは出品したカトラリーセットと違って、ヒムカが練習で作ったやつだから。正直、そんな高くはないと思うぞ？」

材料費も安いし、俺がとっておかなかったら無人販売所で適当に売ってただろう。あれも、未だに飽きられたりせずに、並べたらコンスタントに売れるんだよね。

ゲームに慣れてきたら料理やおやつに力を入れたくなるのは分かるし、もうしばらくは売れるんじゃないかな？

「お金払いますから」

「いいよ。本当に」

「ですが――」

「いやいや――」

あかん。いつもの頭の下げあいになってしまった。コクテンはお金を払うの一点張りで、受け取ろうとはしない。そこで俺は、あるお願いをすることにした。

「じゃあ、ちょっと倒せないボスがいるから、そいつ一緒に倒しに行かないか？」

「お？　それ、いいんじゃないか？」

「そうですね。私たちの得意分野ですから」

どうやらコクテンたちも乗り気になってくれたようだ。

「まあ、まだコクテンたちを連れて行けるか分からんけど」

「どこのボスですか？」

「見習い騎士の森っていうフィールドなんだけど、知ってる？」

俺が場所を告げると、コクテンたちが驚きの表情を浮かべる。

「も、もしかして、早耳猫が売り出した？」

「お、もう知ってたか」

「勿論ですよ！　新フィールドですから！」

「え？　マジ？　あれかよ！」

どうも早耳猫はその存在を周知させることで、もっと詳しい情報が集まってくるようにする作戦を取ったらしい。

その目論見通り、ホットな情報として各所で話題になっているそうだ。特に騎乗モンスが欲しいプレイヤーは、その場所を血眼《ちまなこ》になって探しているらしい。

「こ、これが爆弾ってやつなんですね」

「絶対、俺の本体鳥肌立ってるわー」

思った以上の反応だ。トッププレイヤーたちであっても、騎乗可能モンスが手に入る新フィールドは驚きらしい。

「やっぱり白銀さんでしたか……」

「かもしれないって言われてたけど、マジか」

何故かジト目で見られた。情報を秘匿してたわけじゃないんだよ？　このホームにきてから、話す機会がなかっただけなのだ。

「ともかく、一緒にフィールドに転移できるかどうか試そう」

「ぜひ！」

「お願いしまーす！」

ノリノリだ。急かすコクテンたちとチームを組んで、転移陣へと向かった。

だが、彼らと一緒だと転移できなかった。畑に戻ってモンスたちを減らして、パーティでも試したが同じである。

何らかの条件を満たさなければ、見習い騎士の森には立ち入れないらしい。やはり、通行証が必要なんだろう。

「残念です。未知のボスと戦えるかと思ったのですが……」

コクテンたちは残念そうだが、俺はまだ諦めてはいなかった。通行証が必要なら、発行してもらえばいいのだ。お屋敷にはまた遊びに来いと言われてるし。「また」が、ちょっと早すぎるけどさ！

そのことを説明すると、コクテンたちが驚きの表情を浮かべている。

「えええ？　チェーンクエストではなく、それ以外で見習い騎士の森に入る方法を発見したってことですか？」

「す、すげー！　さすが白銀さん！」

まあ、この情報は、俺でもかなり凄いって分かってるからね。アリッサさんのとこに持ち込んだら、絶対に「うみゃー」確定だろう。

ふふふ、コクテンたちもいい顔で驚いてくれるぜ。

俺はコクテンたちを連れて、お屋敷へと向かった。入り口で名を告げたら、問題なく屋敷に入れてもらうことができた。

応接間で、老人とシュバールに歓迎されつつ出迎えられる。シュバール救出イベントを成功させたからね。

シュバールも老人もニッコニコだ。これは、お願いしやすいんじゃないか？

俺は老人に、見習い騎士の森への立ち入り許可証を仲間にも与えてもらえないか頼んでみることにした。ダメだったら、許可証のゲット方法を聞いてみようと思っていたんだが――。

「うむ。よいぞ」

「え？　いいんですか？」

あっさりとコクテンたちの分をもらうことができた。

「お主には孫を助けてもらったからのう。お主の仲間ならば、信用していいだろう。際限なく発行はできんが、五人程度までならよかろう」

「あ、ありがとうございます！」

マジでイベント成功させておいてよかった！

五人分――つまり、パーティメンバー分は発行してもらえるってことなのだろう。精霊様の祭壇へ行く際の鍵と同じだ。

当たり前だが、コクテンたちが誰かを連れてきても、許可証は発行してもらえないらしい。

「あの、貴重な許可証を我々なんかが頂いてしまっていいのでしょうか？」

「そりゃあ、ボスと戦うためにはコクテンたちの力が必要だし、当然だろ」

「いやいや！　俺たちが得し過ぎてるから！」

「そんなことないと思うけど……」

「あるある！　お皿までもらえるんですから！」

自分では倒せないボスを、代わりに倒してくれって頼んでいるのだ。こっちでそこまで行く方法を用意するのは当然である。

その後相談した結果、今後ここ以外でもボス戦に挑む場合、コクテンたちが何度か手助けしてくれるということになっていた。いやー、心強い戦力をゲットしてしまったな。

とはいえ、このままボスに挑むのは難しい。なんせ、ボス戦で死に戻ったモンスが普通にデスペナ中なのだ。即売会に参加したりして少しはペナルティが軽減されているが、それでもまだ残っている。

あのフォレストウルフチーフに、弱い状態では挑めない。

だが、コクテンたちとしては、できれば今日にでも挑戦したいようだった。明日以降、色々と予定が詰まっているんだとか。

別に先に延びても構わんが……。

「いやいや、未知のボスですよ！　気になり過ぎますよ！」

「ぜひ挑ませて！」

「いや、でもな」

「大丈夫！　良いアイテムがありますから！」

コクテンが取り出したのは、デスペナルティを緩和するアイテムだった。確か、ペナルティを六時間分進めてくれるんだったかな？

それを大量に渡してくる。これ、一個五〇〇〇円とかするんじゃなかった？　それをこんなに？

受け取れないと言っても、自分たちのためにもぜひ使ってくれと押し付けられてしまった。

まあ、これを使えば確かにモンスたちのデスペナを消せるだろうし、いいんだけどさ。さすが社会人プレイヤー、金の使い方が豪快だぜ。

「後は、パーティメンバー集めですね」

「白銀さんのモンスが一撃で瀕死っていうのは、結構強そうだ」

「うちのメンバーは今日は無理だと思うので、他に当てがあればいいのですが」

「白銀さんが誰でもいいって言うなら、俺たちの知り合いに声かけるぜ？」

「うーん、そうだなぁ」

なんて話をしながら歩いている最中、横合いから声をかけられる。

「おや、そこにいるのはユート殿ではござらぬか？」

「お、ムラカゲ！」

「お久しぶりでござるな！　部長殿もご一緒で！」

「どうも、ムラカゲさん」

全身黒ずくめの怪しい人物だが、不審者などではなく知人であった。いや、不審者ではあるんだけどさ。

第五エリアで素材集めの最中だったらしい。忍者らしく、毒などの調合を自分でやっているそうだ。

「今日はアヤカゲはどうしたんだ？」

「クランのおなごたちとレベル上げ中でござる。本人曰く、女子会だそうで」

まあ、夫婦仲もクランも上手く行っているのならいいさ。それよりも、戦力一人確保なんじゃないか？

俺はそっとコクテンを見た。すると、彼もにこりと笑いながら、深く頷いている。誘えということなんだろう。

「ムラカゲ、この後暇じゃないか？」

「ふむ？　暇と言われれば暇でござるが……。拙者《せっしゃ》に何か御用で？」

「実は――」

俺は詳しいことはぼかしつつ、俺だけじゃ勝てないボスと戦うための戦力を求めていると説明した。もし一緒に戦ってくれるなら、未発見のフィールドに連れていくとも。

「拙者でいいのでござるか？」

「ああ、斥候役は欲しいし、ムラカゲならレベルも十分だろ？　個人的にも信用できるしさ」

「そこまで言われては、手を貸さぬわけにはいきませぬな！　ご恩をお返しするチャンス！　ユート殿からの信頼に、是非応えてみせましょう！」

ということで、メンバー一人ゲットである。コクテンたちとムラカゲか……。濃いけど、頼もしい仲間だな。

そうして臨時パーティに加わってくれた忍者野郎ムラカゲだったが、彼はある疑問を口にした。

「えーと、ボス戦ということは、騎乗モンスは連れて行かぬ方が良いのでござろうな？」

「え？　ああ、そう言えばムラカゲは馬を持ってたっけ」

「そうでござる」

騎士ギルドや商業ギルドなどに加入して、色々イベントをこなすと購入できるらしい。

ただ、騎士ギルド以外の場合は、ランダムで馬以外になることもあるそうなので、馬が欲しければ騎士ギルド一択だそうだ。

しかも、ここで購入できる馬は駄馬だけなので、あまり強くはなかった。ジークフリードなどは初期ボーナスに加え、騎乗時に主も馬も強化されるようなスキルガン積みなので、一見すると強く見える。

だが、実際の馬のステータスはさほど高くはなく、進化しても能力の伸びが悪いらしい。

そのため、どこかで馬を乗り換えるか、馬が強化されるようなイベントがあるのではないかと言われているという。

「行くのは、噂の見習い騎士の森でござろう？　騎乗関連のイベントの可能性はあるのでは？」

「それは確かに。それに、敵は素早く動く狼だし、馬に乗るのは悪い選択じゃない気もするな。コクテンたちはどう思う？」

「私も、それで構わない気はしますね。それに、検証する意味でも騎乗している人間は欲しいところです」

ということで、ムラカゲは黒風に乗ったまま参加してもらうことにした。さらに、俺たちはパーティメンバーを探す。

こうなったら、もう一人騎乗プレイヤーを誘ってしまおうということになり、俺たちはある男に連絡を取った。

騎馬と言えばこの男——ジークフリードである。

「やあ、ユート君。お誘いどうもありがとう」

相変わらずの紫髪のイケメンが、不細工な馬に乗ってやってきた。

「選んでくれたからには、全力を尽くすよ」

「拙者もでござる」

「未知のボス戦なんて、心が躍りますね」

「ニャムンちゃんに貢ぐためにも、しっかり稼がないと」

非常に濃い面子が集まったな。自称騎士、ニンジャかぶれ、戦闘狂、ドルオタ。トッププレイヤーばかりのはずなのに、不安なのは何故だろうか？

まあ、戦力的には相当なものなので、これで負けたらフォレストウルフチーフが強すぎるってことだろう。

俺たちは一度解散してホームで準備を整えると、転移陣の前で集合した。

「じゃあ、みんな頼むな」

「「「おう！」」」

だが、皆がボス戦の前に検証を行いたいと言い出した。

キュートホースから紋章をゲットできたという話を聞いたら、無視はできないのだろう。というか、メチャクチャ食いつかれて、ちょっと驚いたほどだ。

いや、でも考えてみたら紋章だもんな。まだ使ったことないからいまいち実感がわいてないけど、誰もが欲しがる超絶レアアイテムなのだ。あの礼儀正しいジークフリードが思わず真顔になって、俺に詰め寄ってくるくらいの、超重要情報だったらしい。

それに、検証するにはいい面子だろう。コクテンたちは騎乗モンスを連れておらず、ムラカゲとジークフリードは馬を連れている。

ムラカゲたちはキュートホースをテイムできるのか？　できた場合、再度試したら紋章がゲットできる？　その際、パーティ組んでたらどうなるのか？

色々知りたいこともあるし、何度か試してみようと思う。

まずはムラカゲ、ジークフリードを連れて元騎士の老人のもとを訪れた。すると、老人の態度が明らかに違っている。

どうやら馬をテイムしていると好意的になるらしい。これが馬以外だったらどうなのか気になるけど、そこは検証班なんかに任せるとしよう。

ジークフリードなんか、騎士に興味があるならいつでも訪ねてきなさいとか言われている。ムラカゲには言わないってことは、職業の関連なのだろう。もしくはスキルかな？

その後俺たちは、喜び浮かれるジークフリードを宥めながら、見習い騎士の森へと向かった。

浅層は難易度低めなので、特に隊列など組まず、時折出現するモンスターを撃破しながらのんびり進んでいく。

そして一五分後。

俺たちはあっさりとキュートホースを発見していた。もううちのモンスたちにとったら、キュートホース探しは慣れたものなのだ。

「なるほど、幻影でござるな」

「攻撃するなよ。武器は仕舞って、ここに座るんだ」

「本当にピクニックみたいだ。こういうのもたまにはいいものだね」

ジークフリードの暢気《のんき》発言にコクテンたちが苦笑いしているが、そのくらいゆるい方がいいだろう。キュートホースと戦闘するわけじゃないし。

皆でゴザに座りながら、いつも通りキュートホースの好物を地面に並べていく。それに食いついたお馬さんが姿を現すと、俺たちは皆で囲んで戯《たわむ》れる。

「いい手触りだね」

「そうでござるな！」

ジークフリードたちはやはり馬好きであるらしく、非常にノリノリだ。対するコクテンたちは、普通のノリだった。騎乗モンスとしての興味があっても、可愛さにはさほど興味はないんだろう。

そうしていると、満足したキュートホースが光り輝く。いつもならここでアイテムをゲットできるのだが……。

「どうだ？」

「テイムできたでござるよ！」

「僕はダメだったね」

「私たちもです」

どうやら、一番好感度を上げたプレイヤーにテイムされるらしい。その場合、他のプレイヤーもアイテムは手に入らないようだ。一パーティで一回のチャンスなのだろう。

その後、俺たちは何度も検証を重ねた。時にはパーティメンバーを外してみたり、個々で森に入ったりもしたのだ。

そこで分かったのは、無条件で自動テイムが行われるのではないということ。テイムか騎乗、どちらかのスキルが必要であるっぽい。

あとは、皆で可愛がったとしても、手に入るアイテムがそれぞれ違うということだった。

紋章はジークフリードが一回だけ手に入れたが、条件はいまいち分からない。ただ、ここにもテイムと同じで、好感度的なものが影響している可能性があるようだ。

ジークフリードは騎乗モンスの好感度が上がりやすくなるようなスキルを所持しており、ムラカゲはそれ系のスキルを一切持っていなかったのである。

「残念ではござるが、そろそろ制限時間いっぱいでござるな」

「あ、もうそんなか」

最初から検証は二時間と決めていたのだが、あっという間に時間が過ぎてしまったな。ただ、コクテンたちもいい加減ボスと戦いたいだろうし、そろそろ移動しますか。

すでに夕方になっているし、夜になる前にはボスを倒したいのだ。徘徊ボスの場合、夜になったら強化される可能性もあるからな。

「いやー、狼タイプのボスか。楽しみですね！」

「ほんとうに！」

さすが戦闘狂ども。コクテンもセキショウも、一気にテンション上がったな。

頼もしいぜ。

それから三〇分後。

「ガオオォォ！」

「ムムー！」

俺たちはフォレストウルフチーフと激闘を繰り広げていた。

「でぇぇっりゃぁぁぁぁ！」

「ガルルルオォォ！」

す、すげーコクテン！　フォレストウルフチーフの巨体を、正面から受け止めてるよ！　さすが戦闘メインプレイヤー！

改めてコクテンたちと一緒にフォレストウルフチーフに挑んだ俺だったが、その巨体に正直ビビっていた。

俺なんか一口で美味しく頂かれてしまうほどに、巨大なのだ。しかも、一度殺されかけて逃げている。

やっぱりその時の印象が強いんだよね。広場に誘導する間も、怖すぎて何度も悲鳴を上げてしまったのである。

だが、集めたメンバーは俺の想定以上に強かった。

前回、俺たちが手も足も出なかった巨狼と、正面から互角以上に戦っているのだ。

タンクを引き受けてくれたコクテンに、トップ魔術師のセキショウ。そして、騎乗攻撃で確実にフォレストウルフチーフのＨＰを削っていくジークフリードたち。

戦いを後ろで見ながら「俺たちいる？」って思ったけど、一応俺がみんなを集めたわけだからね。ヘイトを集めない程度に攻撃しつつ、バフとデバフで援護する。

今のパーティは、攻撃役の俺とキャロに、守りのオルト。回復役のルフレ。バッファーのファウに、魔術によるデバフを撒けるオレアとリリスという編成だ。

前衛はコクテンたちに任せればいいので、結構役には立てていると思う。特に凶悪なのが、相手の精神を下げることが可能なリリスの悪魔の視線と、オレアの樹魔術や鎌のコンボだろう。

精神が下がった結果、俺とオレアが使いまくる樹魔術が、時折チーフに混乱の状態異常を与えるのだ。数秒で自然回復してしまうが、一瞬でも足止めできるのは大きかった。

鎌は直接的な攻撃力は低いのだが、クリティカル率が高い傾向にあるらしい。そして、器用と精神は、クリティカル率に影響してくる。

精神が下がった相手に対し、オレアの鎌は非常に高いクリティカル率を誇っていた。多分、オレアの装備する樹精の鎌が、元々クリティカル率高めなのだろう。

「トリリ！」

「ガウゥ！」

「トリ！」

元々、忍耐スキルによって吹き飛ばし耐性もある。オレアはチーフの攻撃を鎌で受け止めつつ、反撃をしていた。その反撃が、一〇回に一回はクリティカルとなるのである。

小柄なオレアが大鎌をぶん回しながら、巨大な狼と戦う姿はメチャクチャカッコよかった。

まあ、オレアの攻撃力ではそれでも大したダメージにはならないが。ただ、吹き飛ばしや怯みを与えられるのが大きいのである。

混乱やクリティカルで一瞬でも動きが止まれば、ジークフリードたちのランスチャージが容赦なく叩き込まれていた。

時折現れる雑魚フォレストウルフたちの処理をしつつ、俺たちはフォレストウルフチーフと戦い続ける。すると、巨狼の姿に変化が訪れた。

「ＨＰバーが赤になった！　みんな、もう少しだ！」

「赤いオーラ……どうみても狂化状態でござるなぁ。コクテン殿、援護は必要でござるか？」

「はっはっは！　大丈夫です！　それよりも、ヘイトに注意してください！」

赤いオーラを纏ったチーフの全身の筋肉が肥大化し、一回りほど大きく見える。歯をむき出しにしたその顔はより凶悪になり、滴り落ちる涎が恐怖を煽った。

もうね、超怖いんですけど？　俺たちだけだったら絶対に半泣きだったね。だが、トッププレイヤーたちが頼もし過ぎた。

彼らは全く怯むことなく、狂化したチーフと正面から激突する。コクテンなんか、笑っているね。凶悪なボスと戦うことが楽しくてしょうがないらしい。戦いの前の雑談で教えてもらったが、敵がどんな攻撃をしてくるか妄想するのが好きであるそうだ。

そんな彼にとって、未見ボスの未知の行動なんて、大好物でしかないのだろう。

「滾《たぎ》ってきましたよぉ！」

コクテンは嬉しそうに叫ぶと、剣を腰に戻しつつ何かを取り出した。ポーションの類かと思ったが、どうも違う。

瓶ではなく、ツルッとしたヒョウタン型だったのだ。なんらかのバフ用アイテム？

俺が鑑定するよりも早く、コクテンはそのヒョウタンを呷《あお》った。中に飲み物が入っていたらしい。

コクテンのＨＰが僅かに回復するのが見える。ボスの攻撃力が上昇したのを見て、回復系の飲料を使用したのか？

だが、その予想も違っていた。なんと、コクテンが酩酊状態になってしまったのだ。

え？　大丈夫なのか？　というか、飲んだのは酒？

混乱する俺の不安を余所に、コクテンはそのままチーフに向かって足を踏み出した。当然ながら千鳥足だ。

「ウオオオオォォォン！」

「させませんよっ！」

「ウガッ？」

大きく跳んで後衛のセキショウを攻撃しようとしたチーフだったが、即座に対応したコクテンによって叩き落とされてしまう。

今のなんだ？　宙にいる巨狼に蹴りを叩き込んだのだが、サマーソルトやオーバーヘッドではなかった。トリッキーなスコーピオンキックだったのだ。動きが独特過ぎて、先が全く読めない。

さらに、地面に落ちたチーフに対して、体をユラリユラリと揺らしながら、左右の掌底を叩き込む。

酔拳《すいけん》だ！　まるでジャッ〇ーを彷彿とさせるような流麗な動きであった。酔拳が活躍するところ、初めて見た！

「セキショウ！　頼みます！」

「了解だ！　エアロショック！」

「ガッ！」

そこにセキショウの範囲攻撃が炸裂する。大型の敵の体の下で風を炸裂させることで、その体勢を崩すことができるらしい。

上体を大きく反らしながら、腹這いに倒れるチーフ。

「一斉攻撃だ！」

「「「おう！」」」

コクテンの指示に従い、俺たちは持てる全てを出し尽くす。

俺もモンスたちを入れ替えながら、連続で攻撃を叩き込み続けたのだ。

だが、美味しいところを持っていったのは、やはりコクテンであった。

「はぁぁぁ！　カオリャンチュゥ！！」

「うおおお！　コクテンすげー！」

「はぁぁっ！　せいっ！　せや！　ちぇぇぇぇぇい！」

コクテンが、酔拳のアーツを使用したらしい。カオリャンチュウって、中国のお酒だったかな？

さすが酔拳。独特なアーツ名だ。

コクテンの体が真っ赤なオーラに包まれ、加速する。緩急をつけた動きで近づくと、親指と人差し指を輪っかにした独特な拳で、連撃を叩き込んだ。

本来であれば技後硬直で動けなくなるのだが、格闘系のアーツには他にはない特徴があった。技同士を上手く連携させることで、アーツを連続で放つことができるのだ。

かなりタイミングがシビアなため、四つ以上は非常に難しいと聞いたことがある。

連撃の後は、軽く跳んで左肘を振り下ろし、掌による右アッパー、体を海老反りさせながらの爪先蹴り、後ろに反った体を戻す反動を利用しての頭突きと繋ぐ。

ここまででアーツは五つ。すでに超高難易度の連携だが、コクテンはまだ止まらなかった。

「ちょおおおぉぉぉぉいやぁ！」

最後は、全身を使った渾身の双掌が、チーフの頭部に炸裂していた。

右足を思い切り踏み出しながら両掌を突き出した状態で硬直するその姿は、非常に隙だらけだった。倒せていなければ、反撃を食らっていただろう。

「グオォォ……」

だが、その心配は無用だ。チーフの全身から力が抜け、ポリゴンとなって砕け散っていく。

「酔拳が活躍するところ、初めて見たよ。やっぱカッコいいな！」

「はは、元々は白銀さんのお陰で取得したスキルですから。楽しんでもらえたならよかった」

俺のことまで考えて、魅せる戦いをしてくれていたらしい。気を遣える男だね！ さすがコクテンだよ！

掲示板

【音楽】音楽好きの集うスレ Part9【演奏】

・自分の好きな音楽について語り合う。
・音楽に貴賤なし。貶《けな》しはナシで。
・バンドメンバー募集も OK。
・自作楽器、オリジナル楽曲情報も大歓迎。

：：：：：：：：：：：：：：：：：

766：ナツキ
夢でしょうか？
アルバム完売ですー！
これで装備整えられるー！

767：ヌザレバ
夢じゃねーよ！　俺たちも完売だ！
こんなの初めて！
いやー、こんなに延々と哄笑を上げ続けたのも初めてだった！
リアルだったら喉潰れてるわ。

768：ネギマ
うちも完売しましたよ。
私のトライアングル捌きをぜひ聴いて下さいね！

769：ノギア
売り切れた後も問い合わせが凄かった。
さすが白銀さん。
こんな儲けちゃっていいのだろうか？

770：ナツキ
本当は自分たちの人気だけで、こうなりたかった気もしますが……。

771：ネギマ
白銀さんの影響力、凄すぎ。
どこで情報が拡散されたのか分からないけど、あの人が帰った10分後くらいから広場に人が押し寄せたもんね。
見守り隊はどこにでもいる……。

772：ヌザレバ
リアルの大型即売会並みの混雑だった。
うちのブースにあんなに大量のお客さんがくるなんて、奇跡だ。
しかも誰も逃げないし。

773：ノギア
あー、デスゲームさんとこ、ちょっとだけ怖いですもんねぇ。

774：ヌザレバ
そうなんだよね。
世界観壊すなって言われてるから、笑い声しか出せないし。
うち目当てできてくれたはずの人ですら、怖くて逃げる。

775：ノギア
まあ、うちも似たもんだけど。
三人とも人見知りだから、接客できないし。
演奏続けてると、なんか逃げられる。

776：ヌザレバ
おたくらも、うちとは違う迫力あるし。
民族楽器演奏してる姿、声かけづらいよ？

777：ニャムン
ニャハハハ！　どっちも怖いニャ！
その点、うちは可愛くて困っちゃうくらいだニャ！

778：ネギマ
私はニャムンちゃんの方が怖い。
可愛いんだよ？　でもですよ……？

779：ナツキ
そ、そうですね。可愛いですよ。
可愛いんですけどね……。

780：ネギマ
可愛いんだよ？
でも真顔で「ニャーニャー」言うのは尖りすぎてませんか？
私、一応天然ボケ＆不思議ちゃん担当なのに、ニャムンちゃんに色々負けてるんですもん！

781：ヌザレバ
担当したら天然ではない。
あと、不思議ちゃん装うならもう少し努力の跡を見せろ。普通に話しやがって。
哄笑担当の俺が言うことではないけど……。

782：ニャムン
尖っててもシュールでも可愛いニャ！
可愛いは正義！
つまりあちしは正義だニャ！

783：ネギマ
これが何故か人気なんですよね。

784：ニャムン
これって言うなし！

785：ノギア
そうだそうだ！　ニャムンちゃんの可愛さが分からないのか！
だいたい、お前のトライアングルも大概だからな！
不思議ちゃん度はニャムンちゃんといい勝負だ！

786：ネギマ
ぐぬぬぬ。

787：ニャムン
ニャハハハ！　白銀さん現象のおかげで、あちしもこれで全国区ニャ！
あちしの魅力にみんなメロメロニャ！

788：ナツキ
同じくらい変って言われてますよ？

789：ヌザレバ
まあ、今は白銀さんの影響による一過性の騒ぎにすぎないが、この中からファンになってくれる人たちが現れたらいいよな。

790：ナツキ
そうですよねぇ。
これをチャンスと思わないとダメですよね。

791：ノギア
こんなに音楽系プレイヤーが注目されたのは初めてだし、ここから盛り上げないと。

792：ニャムン
あちしに任せておけばいいニャ！
楽譜が売れまくったし！
全員ファンになったはずなんニャ！
今後はアルバム爆売れでウッハウハのはずニャ！

793：ネギマ
ふふ、そうなったらいいですね。

794：ニャムン
なんか憐れまれている気がするニャ！
何でニャ！
あの白銀さんもオルゴールと楽譜買ってったニャ！
ハートはいただきだニャ！

795：ネギマ
うちでも買ってったよ？

796：ヌザレバ
うちでも。妖精ちゃんが気に入ってくれたっぽい。
あれ？　妖精ちゃん大丈夫？
ヘビメタ演奏し出したら、怒られるのうち？

797：ノギア
うちのも売れたよ？
多分、ほとんどのブースで買い物した。

798：ニャムン
う、うちではモンスちゃんたちが踊り狂ってたもんね！
きっとお気に入りになるはずニャ！

799：ナツキ
でも、本当にそうなったらいいです。
白銀さん効果で、注目度が上がること間違いないですし。

800：ノギア
白銀さんに気に入られるのは、俺たちのバンドじゃなくても構わない。
きっと、周りにも経済効果とか凄いことになるから。音楽プレイヤーって、あまり儲からないし……。
せめて、もうちょっと売れれば！

801：ヌザレバ
パーティに１人いればいいし、戦闘力もあまり高くないしなぁ。
ゲーム内でも売れないミュージシャンは世知辛い。

802：ノギア
くっ。いずれ必須職業と言われてみせる！

803：ナツキ
でも、たとえ弱くても、ゲームの中で楽器の練習できるのはいいですよねぇ。
リアルでも、ちょっと上手くなった気がするんですよ。

804：ネギマ
あー、それは実際にありますよ？
うちのリーダーとか、VRゲーム内でずっと吟遊詩人やってたせいで、リアルでも楽器弾けるようになったって言ってたもん。

805：ノギア
俺もその口だね。上手くはないけど、少しは演奏できる。
でも、MMO やってるんだから、やっぱ少しは注目もされたい！

806：ヌザレバ
うむ。白銀さんみたいにとは言わん！
でも、掲示板でちょっと話題になるのとか憧れる！

807：ニャムン
そこもあちしにお任せニャ！
猫の力を侮るなかれニャ！

808：ヌザレバ
あー、そういえば猫だったね。

809：ネギマ
忘れてたよ。
でもニャムンちゃん、マジで強いんだよね。
猫としての自分を守るために、血の滲むような努力をしてるから……。

810：ナツキ
イベントで活躍してるの見ましたよ。
斥候系職業だったら、今ごろトップ層なのにって言われてましたよね？
吟遊詩人なのに斥候もこなすとか、尊敬します。
いえ、それ以外でも、凄い努力ですし。

811：ニャムン
ど、努力とかしてないニャ！
全部天然！　猫だから！
この話題はこれ以上禁止！

812：ヌザレバ
まあ、我々にもブーメランになるしな。

813：ネギマ
うっ。確かに。

814：ナツキ
そこで認めちゃうんですね……。

815：ネギマ
はうっ！

816：ヌザレバ
こ、この話題は本当にまずかった！
何故か皆にダメージが！

817：ノギア
と、ともかく、一つだけ言えることがある！

818：ナツキ
な、なんですか？
気になっちゃうなぁ！

819：ノギア
白銀さん！　ありがとうございました！

820：ナツキ
確かに！
ありがとうございました！

821：ヌザレバ
あなたのお陰で、欲しかったローブ買えます！

822：ネギマ
私も！　ありがとう！

823：ニャムン
ありがとうだニャ！
お陰でお魚をお腹いっぱい食べられるニャ！

824：ネギマ
やっぱ猫ー！

825：ヌザレバ
いや、リアルの猫は肉の方が好きだよ？
水が苦手な猫が、魚ゲットするのは自然界じゃ不可能だから。

826：ニャムン
そういうちゃんとした話は、求めてないニャ！
やめてほしいニャ！

：：：：：：：：：：：：：：：

「いやいや、楽しいボス戦でしたね」

「久々にスピードタイプと戦ったな！　やっぱ速い敵は面白いぜ」

しばらくボス戦はごめんだと思っている俺の横で、コクテンとセキショウが楽しげに笑っている。

他のメンバーもどうにか連れてきて、ボス周回をしたいなんて話しているのだ。

さすが、戦闘をするためにこのゲームをやっていると言い切るトップパーティのメンバーだけあるね。戦闘狂丸出しなのだ。

「ドロップはどうでござったか？　拙者、素材だけではなくアブミが手に入っているのでござるが？」

「僕はブラシが手に入っているね」

「俺は手綱だな」

見習い騎士の森のボスなだけあり、ドロップには馬具が出現するらしい。連れている騎乗モンスターが馬じゃなければ、そのモンスに相応しいアイテムになるのだろう。

ただ、コクテンとセキショウのドロップに、その手のアイテムは入っていなかった。騎乗モンスがいるかどうかで変化するらしい。

やはり、騎乗スキルのために用意されたフィールドなのだろう。

「それに加えて、ランダムアイテムボックスだね」

「それは私たちにもありますよ」

ランダムボックスは全員入手だった。タッチして開封を選ぶと、インベントリの中にアイテムが追加される。

俺がゲットしたアイテムは、『首領森狼の牙剣』だ。

名称：首領森狼の牙剣
レア度：６　品質：★１０　耐久：６２０
効果：攻撃力＋２０８、魔法力＋４５、対獣与ダメージ上昇・中、樹属性付与・小
装備条件：敏捷４０
重量：１３

属性付きだからゴーストにもダメージ入るし、獣系のモンスターに対してダメージ上昇効果も強い。全体的に、獣系の敵は多いからね。

だが、うちには使える者がいなかった。剣を使う者もいないが、そもそも装備できないのだ。装備条件が敏捷40ってなんだよ。重量もかなりあるし。

「僕はメイスだね。使わないいなぁ」

「私はポーション詰め合わせです。悪いモノではないですが……」

「俺は斧だ！　うちのパーティには使い手がいない武器なんだが」

俺が、装備すらできない剣。ジークフリードが馬上では使いにくいメイス。コクテンがポーション類。セキショウがパーティでも必要のない斧か。全員、引きが悪すぎないか？

そんな中、ムラカゲが当たりを引き当てていた。

「拙者は外套でござるな。匂い消しと、森での偽装効果付きでござる！」

忍者としては、非常に有用な装備だろう。防御力も高いらしく、ムラカゲが小躍りして喜んでいる。

「妻へのいい土産ができたでござるよ」

「あれ？　アヤカゲにあげちゃうの？」

「そろそろ結婚記念日でござるからな」

結婚記念日にゲームのレアアイテムって、それでいいのか？　余程のゲーマーなら喜んでくれるだろうが……。普通だったら激怒案件じゃね？　下手したら離婚とか？　俺たちもちょっと関わってるんだし、後味悪い結末は勘弁してほしいんだけど。

皆も俺と同じことを考えたらしい。口々にアドバイスし始める。

「ムラカゲさん。結婚記念日のプレゼントをゲーム内のアイテムで済ますのは、どうかと思いますよ？」

「ムラカゲ君。ちゃんと現実でもプレゼントを用意するんだよ？」

「勿論、リアルでも贈り物は用意しておりますぞ。拙者を何だと思っているのでござるか。しかし、このゲームをやれているのも妻のお陰ゆえ、感謝の気持ちを示したいのでござるよ」

なんでも、アヤカゲがβテスターで、その報酬でムラカゲの分のソフトを確保してもらったそうだ。

夫婦でソフト当てるなんて運がいいと思っていたら、βテスター報酬だったのか。しかもアヤカゲの方が。

俺のイメージだと、忍者オタクでゲーマーの夫に付き合ってあげてる妻って感じだったけど、どうも違うらしい。実際は、忍者夫とゲーマー妻という組み合わせだったらしい。

「確かセキ君が、シュエラ君のβ特典でゲームを始めたと言っていたはずだよ」

「へー、そうなのか」

家族や友人、知人同士でゲームを遊んでいる場合、そのβテスター特典を使っている確率が高いのかもしれないな。友人同士でログインできているツヨシやタカユキは、その枠なのかもしれない。

そんなやり取りをしていたら、シルバーが何かに気づいたらしい。

「ブヒン?」

「どうしたんだい?」

「ブヒッヒン!」

「キキュー!」

同じように反応したのはリックもだ。シルバーの頭の上に駆け上ると、ヒクヒクと鼻を動かす。

この反応、見たことあるぞ!

俺は、リックたちが反応している方角を注意深く観察した。すると、微かな違和感がある。

周囲の風景に溶け込んでいるが、明らかに何かが動いているのが分かる。透明化していても、草の動きなどで何となくわかるのだ。

そして、その存在は草の茂っている場所でその動きを止めた。座り込んだのだろう。

これは間違いない。

「みんな！　その場を動くな！」

「え？　どうしたんだいユート君」

「この広場に、ムーンポニーがきている」

「ま、まじでござるか？」

「ああ。そこを見ろ」

俺は指をさしてムーンポニーの位置をみんなに教えた。だが、中々理解してくれない。俺は一度見たことがあるので辛うじて分かるんだが、ジークフリードたちには普通の草むらにしか見えないようだった。

まあ、すでに日が落ち始めていて薄暗いし、仕方ないけどな。

俺はみんなにその場に座るように促すと、インベントリからニンジンを大量に取り出した。刺激しないように、ムーンポニーのちょっと前あたりに山のように積み上げる。

そのまま静かに様子をうかがっていると、一番上のニンジンがカリッという音と共に齧られるのが見えた。

「よし食べた！」

俺たちが見守っている前で、ムーンポニーのお食事が終了する。ここまでくれば、コクテンたちにもそこに何かがいると分かっているようだ。

「いいか？　静かーに近づいて、優しくモフるんだ。絶対に攻撃しちゃダメだぞ？」

「わかったよ」

「楽しみでござるな！」

「透明化するモンスターか」

「戦う時に厄介そうだなぁ」

こんな時もブレない物騒なコクテンたちに念を押しつつ、俺たちはムーンポニーへと近寄っていった。

そのままムーンポニーと遊んでいると、お別れはキュートホースと同じである。軽い輝きを放った後は、広場から立ち去ってしまったのだ。

素材がもらえるのも同じだ。ただ、こっちは月小馬の柔毛である。ムーンポニーの毛ってことなんだろう。

紋章はゲットならずだ。元々ムーンポニーからはもらえないのか、条件を満たしていないのか。もう少し繰り返してみないと分からないな。

「やっぱテイムはできなかったか」

「そうでござるなぁ」

「もうキュートホースを手に入れたからね」

「キュートホースを手放せば、ムーンポニーをテイムできるけど、どうする？」

「いや、いいよ。僕にはシルバーがいるから」

「拙者も黒風から乗り換えるつもりはござらん」

思いがけないムーンポニーとの出会いの後、コクテンが口を開いた。

「この後どうします？」

「どうって？」

「まだ余裕があるなら、探索を続けませんか？　せっかく戦力も揃っていることですし」

「僕は賛成かな。自分でここに来る時にも、地図があれば便利だし」

「拙者もでござる」

おぉ……。みんな元気だね。普通にこの後も探索を続けるつもりであるらしい。

俺、もう夜だし、帰る気でいたんだが……。でも、自分たちだけでここを探索するのは難しいし、この機会は有効に生かさねば。

「分かった。俺も一緒に行かせてもらうよ。ただ、ボス戦でメンバー入れ替えちまったし、あんま探索向きじゃないかも？」

現在はドリモ、クママ、リック、ペルカ、ヒムカ、アイネである。回復役もいないし、魔術攻撃もちょっと弱い。

まあ、コクテンたちがいればどうにでもなるだろうが。

「ただ、少し試したいことがあるんだ。コクテン君、五分ほどでいいから、休憩してもいいかい？」

「勿論ですよ」

「拙者も異論はござらぬ」

ということで、ボスと戦った広場で少し休んでいくことにした。

他にすることもないので、回復速度上昇効果があるお茶菓子と、ハーブティーを皆に振舞う。みんな美味しそうに食べてくれるので、振舞った甲斐があるのだ。

「相変わらず美味しいですね」

「美味いっす」

「薬草茶も素晴らしいでござるな」

薬草茶？　ああ、ハーブティーのことか。忍者してるねぇ。さっきはドロップって言ってた気もするけど。

「そういえば、ジークフリードがやりたいことって何なんだ？」

「実は、これを使ってみようと思ってね」

「おいおい、それって紋章じゃんか」

ジークフリードがインベントリから取り出したのは、先程入手したばかりの激レアアイテム。疾駆の紋章であった。

赤みがかった金色の六角形のプレートだ。掌サイズで、中央には駆ける馬の意匠が彫られている。

「それが噂の紋章でござるか」

「綺麗ですね」

「色々な使い方ができるっていうけど、それをどうするんだ？」

ほぼすべての生産活動で使用可能で、自分やモンスに使用すればスキルが習得可能であるらしい。

紋章って名前のスキルもあるが、それとは別物である。紋章ごとに、習得可能スキルは違うそうだ。

「もしかして使うのか？」

「ああ、そのつもりさ。僕はメインで生産をしないから、取っておいてもあまり意味ないしね」

「思い切りがいいな！」

「ユート君に言われるとくすぐったいね。君の方がよっぽど思い切りいいと思うがね？」

「そうか？」

「そうさ。まあ、今回は僕がお先ってことで」

そう言って笑ったジークフリードは、シルバーを撫でながら迷うことなくウィンドウをポチッと押した。

その直後、エンブレムが光り輝く。さすが激レアアイテムなだけあり、演出が派手だ。いや、だいたいこんなもんか？　ただ、久々に不意打ちで眩しいのである。

「グマー！」

「ギキュー！」

うちのお馬鹿コンビが目を押さえている。一番光が苦手そうなドリモは、全く眩しそうではなかった。あの小さいサングラスが、ちゃんと遮光の役目を果たしているらしい。

「モグモ」

「キュー……」

「クマー……」

ドリモはヤレヤレってした後、転げ回っていたクママたちを落ち着かせ、立ち上がらせてやっていた。

「な、なんかすまないね」

「こいつらが迂闊なだけだから」

興味があるからって、近寄り過ぎなんだよ。俺たちはちょっと目を細めるくらいで済んでいるんだからな。

「ふーむ。何か変わったか？」

「ブヒン？」

シルバーのことをじっくり観察してみるが、どこかが変わったようには見えない。いつも通りのブサ――愛嬌のある顔だ。

「外見的には特に変わっていないようだね。ただ、スキルが追加されているようだ」

「へー？　どんなスキルだ？」

「そのまま、『疾駆』というスキルだよ」

聞いたことがないスキルである。どうやら、走行速度や跳躍力を上昇させ、突撃の威力を上昇させる効果があるようだ。

「あと、進化できるようになっているね」

「え？　進化？　アイテム使っただけでか？」

「うん。レベルなどを無視して進化可能になったようだ」

それは聞き捨てならないんだが。

紋章ならなんでもいいのか？　いや、早耳猫で教えてもらった情報に、進化に関するものはなかった。

駄馬だけなのか、疾駆の紋章だからなのか。それとも、色々な条件が重なった結果？

ただ、見習い騎士の森で手に入れた紋章で、馬が進化。これが全くの無関係とは思えなかった。

「ど、どんな進化先があるんだ？」

「進化先は一つだけだね。ナイトホースから、ノーブルホースになるようだ」

騎士の馬から、高貴な馬？　なんか、弱くなりそうだけど……。

だが、ジークフリードは迷うことなく、シルバーを進化させていた。うちのお馬鹿コンビが再び目をやられてみんなを苦笑いさせた後、そこには驚きの馬が姿を現す。

「ほほう。いいじゃないか。シルバー、カッコよくなったねぇ」

「ブヒヒン！」

カッコよくなったというか……。顔の造形は変わらず、少しだけ小顔になったかな？　そして、体は顔とは逆に少し大きくなった。サラブレッドとまではいかないが、スラッとした足が速そうな細マッチョ体形である。

この体にこの顔は、強烈な違和感だ。俺、何も知らずに道ですれ違ったら、絶対に二度見すると思う。

まあ、主であるジークフリードが喜んでるからいいけどさ。

それに、能力もかなり上昇していた。駄馬からの進化ルートはあまり強くないという話だったが、普通に単体でも戦えるレベルになったようだ。

移動用のペット枠から、戦闘用のテイムモンスター枠に変わったってことなんだろう。

勿論、今まで通り騎乗も可能だ。

ムラカゲ、物欲しそうな顔しながらこっち見んな！　もう自分だけでもここに来れるんだから、自力で頑張れ！

「シルバーがどれだけ強くなったのか！　この後の戦いが楽しみだよ！」

「ブヒヒン！」

元々強かったジークフリードだが、シルバーの進化によってさらに強くなったのだろう。スキルもいくつか変化しているらしく、攻撃力はかなり増したそうだ。

「じゃあ、そろそろ出発しましょうか。ジークフリードさんの新技も気になりますし」

「……うらやましいでござる」

「モグ」

「モ、モグラさん。慰めてくれるのでござるか？」

「モグモ」

「モグラさーん！」

「はいはい。もう行くぞ」

その後、俺たちは夜の見習い騎士の森を探索していった。

敵が強くなって出現する数も増えたが、コクテンたちにとっては獲物が増えただけだった。うちのパーティだけだったら負ける可能性がある相手も、彼らには楽な相手だ。浅層と同じように、道中で雑談する余裕すらあった。

素材も大量だし、本当に有益な時間だったのだ。

それに、中層の地図も完成した。ただ、明らかにボス部屋と思われる場所があったので、そこだけは踏み込んでいない。

コクテンたちは戦ってみたいようだったが、俺みたいな足手纏いがいては、勝てるものも勝てないだろう。そう説得して、なんとか即突撃は回避した。フォレストウルフチーフ以上の化け物が相手だなんて、絶対に無理だ。

ただ、現状ではここにいるメンバーしかこのフィールドには入れないし、結局は俺が手伝うしかないんだよな……。

とりあえず、時間も時間ということで、まずはお屋敷に戻ることにした。そこで見習い騎士の森へと入るための条件を聞き出そうという訳だ。上手くすれば、俺以外のプレイヤーがこの森へとこれるようになって、コクテンたちのボス戦の手助けを押し付けられるかもしれないからね！

宿屋から屋敷を経由して、お孫さん捜索を引き受けるルートが他の人でも使えると思うが、もっと簡単なルートがあるかもしれない。

情報収集が不発に終わったら仕方ない。俺がフィールドに招待できる残り一枠で知人をさらに連れてきて、俺たちとフルチームを組んでもらって挑むしかないかな？

お爺さんに再び面会し、コクテンの仲間を見習い騎士の森に連れていく方法がないか聞いたんだが、その答えは芳《かんば》しくなかった。

「今のお主らに頼みたいことはないのう。じゃが、そちらの二人であれば、いくつか依頼したいことはあるぞ」

「僕たちですか？」

「拙者らということは、やはり騎乗スキルが影響しているのでござろうなぁ」

依頼の内容は、見習い騎士の森での採取や素材集めだった。やはり騎乗スキルが必要なんだろう。

ただ、ムラカゲやジークフリードが俺みたいにお爺さんに認められて、他人を招待できるようになれば、それでコクテンの仲間たちを招待してもらってもいいんじゃないか？

いや、ムラカゲはクラマスだし、クランメンバー優先か？　でも、ジークフリードはソロだし、報酬と引き換えに頼んでもいいかもしれない。

俺たちはこれでお暇しようとしたんだが、向こうの話はこれで終わりではなかった。

「お主ら、馬を持っておるのに、見習い騎士の森で騎獣を仲間としたようじゃのう」

「え？　拙者たちでござるか？」

「僕も？」

俺がキャロをテイムした時には、こんな会話にはならなかった。お爺さんの言葉通り、馬を二頭テイムしている状態だと発生するイベントかな？

「どちらも使うというのは難しかろう？　そこで、お主らが新たに捕まえたモンスターを、儂に預けんか？」

お爺さんの話を詳しく聞くと、預けるという言葉を使っているが、実質は売るって感じになるらしい。所有権を手放す代わりに、特殊なアイテムをくれるそうだ。それが、駄馬系統の馬を成長させる、特殊な道具であるという。

つまり、今まで可愛がってきた駄馬を、キュートホース並みの能力に引き上げてくれるアイテムであるようだった。

ムラカゲが言っていた、駄馬の成長イベントである。

ああ、因みにここで馬を預けた場合、今後二度と見習い騎士の森でテイムはできなくなるという。何度もイベントを繰り返して、駄馬を超強化とかは無理ってことだな。

ムラカゲもジークフリードも、迷わずにアイテムとの交換を決めていた。やはり、今まで育ててきた馬たちに、愛着があるんだろう。

「おお！　これが強化アイテム！」

「魔法馬の証となってるね」

もらったアイテムは、一見すると金属のプレートに見えた。装備品なのかと思ったら、使用するタイプの魔法アイテムらしい。

紋章の下位互換とかかもしれないな。進化してしまったジークフリードのシルバーに使用できるのかと思ったが、問題ないらしい。

あくまでも、今までの姿形のままで、ステータスや成長度、スキルが強化されるアイテムのようだ。

「これで、黒風もメイン戦力でござるな！」

「ヒヒン！」

「シルバーがもっと強くなるなんて、こんなに嬉しいことはないよ」

「ブヒン！」

二人は屋敷の厩舎に移動すると、早速魔法馬の証を使用した。

外見に変化はない。

だが、ステータスを確認すると明らかに強くなったそうだ。レベルは変わらずステータスが上昇し、幾つかスキルが追加されている。しかも、今後の成長率が上昇した可能性もあった。

一気に、超強化されたと言っても過言ではない。

そうしてジークフリードとムラカゲの馬が強化された直後、俺にも影響がもたらされていた。

許可証から、ジークフリードとムラカゲの名前が消えたのだ。そして、お爺さんから二人に、直接許可証が手渡される。

「お主らにも、これを渡しておこう」

「おお！　忝《かたじけな》い！　これで、ユート殿と同じように、仲間を連れていけるのでござろうか？」

「その通りだ」

「それなら、あの森に入れるメンバーをさらに増やせるね。まずはコクテン君たちの仲間かな？」

「いいんですかジークフリードさん。私たちとしては非常に助かりますが」

「そういう約束だったし、構わないよ」

「ありがてー！」

大喜びの皆と一緒に屋敷を出たところで、アリッサさんからフレンドメールが届いていたことに気づく。どうやら、今しがたログインしたらしい。俺はコールをしてみることにした。

『はいはーい』

「どうも。メール読みました」

『お！　じゃあ、どう？　気になる？』

「そりゃあ気になりますよ。何ですか耳寄りな情報って」

メールには、俺が絶対に気に入る耳寄り情報ありと書かれていたのだ。

『ふふーん。ユート君、泡沫の紋章持ってたわよね？　まだ持ってる？』

「インベントリにしまったままですね」

『ならよかった。あれの使い方で、面白い情報があるんだけど、買わない？　絶対に損はさせないわよ』

「へー、アリッサさんがそこまで言うんだから、期待しちゃうな。ぜひその情報、売ってください。今からでも大丈夫です？」

『勿論！』

紋章の使い道って、もしかしてもしかするのか？

「俺も売りたい情報あるんで、ちょうどよかったです。紋章関係の情報がありまして」

『……』

「アリッサさん？」

『……な、なんでもないの。そう、紋章の情報なの……』

「そうです。期待しててください。じゃ、今から行きますね。始まりの町でいいですか?」

『ま、待ってるわ。でも、あ、明日とかでも大丈夫だけど?』

「俺がアリッサさんの情報早く知りたいんで。ちょっパヤでいきますね」

『わ、わかったわ。わ、私は準備があるから、切るわねっ。じゃあ、またあとで!』

ということで、俺はコクテンたちと情報の取り扱いに関して相談することにした。新情報の半分くらいは、みんなとの合同パーティでゲットしたものだからね。

コクテンたちがしばらく秘匿したいというのであれば、紋章を手に入れる方法とかだけ売ることになるだろう。

ただ、コクテンたちは特に隠す気はなかった。むしろ広がれば、騎乗モンスが増えて攻略が進むだろうし、ぜひ売りたいという。

さすが攻略トップパーティ。自分たちの利益よりも、全体の利益を優先するなんて。

結局、俺とジークフリードで情報を売りに行き、あとで情報料を四パーティで分け合うということになったのであった。

アリッサさんには面倒をかけるけど、個別に情報代を算出してもらえばいいだろう。

「じゃあ、いくか」

「そうだね」

俺はジークフリードと連れ立って、早耳猫へと向かった。

「ジークフリードは、早耳猫使ったことあるのか?」

「それなりに利用してるよ。売る方でも買う方でもね」

馬関連や騎乗スキルに関する情報を、よく売り買いしているそうだ。あと、ＮＰＣとも親しいため、細かいお遣いクエストの情報を多く持っているらしい。

それを何度も早耳猫に売っているという。

「ただ、今回はいつもよりも凄い情報だからね。アリッサ君も驚いてくれるのではないかな？」

「騎獣をゲットできる特殊フィールドへの入り方に、ボス情報に地図。特殊な騎獣の探し方に、紋章のゲットの情報。それに加えて、紋章を使った進化情報だしなぁ」

「今からアリッサ君がどんな反応を見せてくれるか、楽しみだよ」

なんて話をしていたら、もう早耳猫だ。中に入ると、アリッサさんがカウンターの向こうで仁王立ちしていた。

足を肩幅に開き、腕を組んで微妙に胸を張っている。ガン○スターの出撃ポーズだ。背後から勇壮なＢＧＭが聞こえてきそうである。

「よくきたわね！　待ってたわっ！」

テンション高っ。なんか威嚇されているような気がするけど、気のせいだよな？

「どんな情報であっても、私は逃げない！　受けて立つっ！」

ああ、今日は熱血戦士系ロールプレイってことか。この前の司令風もよかったけど、この感じも嫌いじゃないぞ。ならば、俺も受けて立とうじゃないか！

「ふふふ。今日の情報は、凄いですよ？　腰を抜かさなければいいですがね？」

こっちは嫌味な悪の組織の幹部風のセリフでお返しだ！

「うえぇ？　ユ、ユート君がそこまで言うだなんて……！　どど、どんな凄い情報が！」

あれ？　なんか急に普通に戻っちゃったんだけど。もしかして、ロールプレイでも何でもなく、少しテンション高めだっただけ？

ちょ、そりゃぁないっすよアリッサさん！　これじゃあ、俺が間抜けじゃないのよ！　やばい、恥ずかし過ぎて何言ったらいいのか分からん！

「……」

「……」

妙な空気が流れて、俺とアリッサさんがお見合いをする。ど、どうしてくれるんだ数秒前の俺！

「ふふふ。二人とも、じゃれ合いはそれくらいでいいかな？」

「はっ！　わ、分かったわ」

「お、おう」

ジークフリード、助かったぞ！

「そ、それにしても、あなたたち二人が一緒に情報持ってくるだなんて、どんなとんでもない爆弾なのかしら？　聞く前から震えちゃうわね」

「期待してくれて構わないよ」

「へ、へぇ？」

アリッサさんがクイッと片眉を上げた。俺たちがハードルを上げ過ぎて、本当かどうか疑ってるのかもしれない。

だが、大丈夫だ。今回は本当の本当に自信があるからな！

「さて、まずは宿屋の情報からですかね？」

「へ、平然とまずはって言うわね……。き、聞かせてもらおうじゃない」

「第五エリアの裏路地なんですが、そこで面白い宿を見つけまして」

「宿？　どこらへん？」

「えーっと、この辺ですねぇ」

地図を見せて場所を説明すると、アリッサさんは自分でも地図を表示して確認する。

「うーん、私も知らないわね。完全に初耳だわ。何か、特殊な条件が必要なのかしら？」

「多分、トリガーになってるのは騎乗スキルだと思うんですよね」

馬房付きの宿屋だし、それくらいしかないだろう。ただ、アリッサさんは他の可能性も考えたらしい。

「あとは、騎乗モンスを連れているかどうかも関係するかもね。騎乗スキルだけなら、持っているプレイヤーはいるもの。それに加えてモンスの好感度とかも関係してるかも。じゃないと、今まで全く発見されなかった理由が分からないわ」

普通のプレイヤーの場合、俺みたいに町中で騎乗モンスを連れ歩くことは少ない。毎回のように連れているなんて、俺以外だとジークフリードくらいしか見たことがないのだ。

しかも好感度が必要となると、確かに発見されないのも無理はなかった。

もしくは、発見できていても路地裏の宿なんて普通は使わない。見逃しているプレイヤーも多いのかもしれなかった。

「それにしても、騎乗モンスの好感度が上がるかもしれない宿ね……。それだけでもかなり凄い情報だわ」

「で、そこでクエストの切っ掛けが発生したわけですよ」

「クエストではなく？」

「はい」

俺は宿の少女からお願いを聞かされ、屋敷への紹介状をもらったこと。そこで、孫を探してほしいと頼まれ、見習い騎士の森への立ち入り許可証をもらったということを語った。

「え？　許可証？　マ、マジで？」

「マジっす。多分、流派クエストとは違うルートだと思います」

「それは凄いわねっ！　さ、さすがユート君！　この情報は高く売れるわよ！」

「喜んでもらえて嬉しいです」

「それで、ジークの情報は――」

「あ、まだあります」

「え……？　あ、そうなの？」

「はい。本命はこっちなんで」

「ほ、本命っ⁉」

アリッサさんの声が裏返った。ふふふ、驚いてくれてるな！

いや、もしかして驚いてるフリか？　考えてみたら、ちょっとわざとらしい感じだもんな。さすがアリッサさん。こっちを乗せるのが上手いね。

「ふっふっふ、そうなのですよ。本命です」

「本命……！」

「君たち、楽しそうだね」

「き、聞かせてもらおうじゃない！　ユート君の本命とやらをっ！」

「いいでしょう！」

「アリッサ君って、こんなにリアクションがよかったんだねぇ」

何故か苦笑いのジークフリードを横目に、フィールドでの情報を語っていった。スクショなども併せて、キュートホースの事や、ボス、イベントの事を解説する。

「これ、スクショです」

「キュートホース……！　この可愛さは絶対に欲しがる人がいるわ！」

「そうでしょう。で、これが――」

「疾駆の紋章！　ま、まさかこんな――」

「しかもこれが――」

「お孫さんの――」

「シャドーマン――」

五分ほどかけて全ての情報を説明し終えると、アリッサさんがいきなり崩れ落ちた。

「ぐふっ……」

「ア、アリッサさん？」

「はぁ……はぁ……」

カウンターにもたれかかるようにして、床にぺたんと座り込むアリッサさん。そして、肩を上下させながら、荒い息を吐いている。何故か、全力疾走でもしたかのような状態だ。

「だ、大丈夫っすか？」

「はぁ……はぁ……っ。こ、今回は、今回こそは、叫ばずに済んだわ……！」

アリッサさんは猫耳を震わせながら野太い声で「ウオォォォ！」と叫んでいる。

「おめでとうございます？」

「ふふふふ、ギリギリだったけど、今回は私の勝ちよっ！」

結構凄い情報のつもりだったけど、今回は「うみゃー」お預けか。焦らしますなぁ。

アリッサさんは息を整え、再び口を開く。

「駄馬の強化アイテムとか……。一部のプレイヤーが何を犠牲にしてでも、見習い騎士の森を目指すでしょうね」

ジークフリードやムラカゲのような、馬好きプレイヤーは見習い騎士の森に行きたがるだろう。

「そして紋章……。ユート君が転移門の出入りを繰り返してるって噂になってたけど、キュートホースの検証を行っていたのねぇ」

「え？　噂？」

「ええ。あなた、転移門に入ってはすぐに戻ってきて、また入るって行為を何度も繰り返してたでしょ？　凄く目立ってたわよ」

そ、そりゃそうだよな。うちのモンスたちはちょっと有名だし、知ってる人は知っている。その主が、転移門で奇行を繰り返していれば、目立ってしまうだろう。

やべー、全然気にしてなかった！

「へ、変なやつって言われてますかね？」

「検証のために、出入りを繰り返すプレイヤーはいるから、そこまでは言われてないわ。ただ、目立ってただけかしらね」

「そ、それならまあいいか……」

色んな人に、「あいつ、なんか変なことやってるぜ？　不名誉称号持ちは、やっぱ変なんだな！　はははは！」みたいなこと言われてないなら、気にせんとこう。

「じゃあ、次は僕の情報だね」

「……そ、そうだったわね。まだあんたがいたのよね。でも、山場は乗り切ったわ……！　きなさい！」

「あ、ああ。アリッサ君、なんかいつもと違うねぇ」

ジークフリードが戸惑いながらも、疾駆の紋章を使ってシルバーを進化させたという情報を語り出す。疾駆スキルの能力や、シルバーのステータスも併せて提示しているな。

それを見たアリッサさんが、ワナワナと震え出す。

「ア、アリッサ君？　どうしたんだい？」

「う――」

「アリッサ君？」

「うみゃぁっ！　被ったぁぁ！　二人がかりはずるいぃぃぃぃ！」

Side Movie

再びの地下室。

そこでは、二人の男が向かい合っている。多くのプレイヤーたちであれば、この二人が以前もムービーで悪巧みをしていた人物たちであると分かるだろう。

蝋燭によって照らされる男たちの影は、相変わらず明らかに人のものではない。いや、以前と比べ、配下の男の影が明らかに違っている。

影から生える角が伸び、明らかに人から逸脱しているのだ。

「希望の収集が上手くいっておらぬようだな？」

「申し訳ありませぬ、我が主よ。異界の旅人どもに邪魔され……」

跪《ひざまず》いて謝罪する配下に、玉座に座った男が詰まらなそうに応える。肘掛けに突いた手に頬を乗せ、何かを思案するように目を瞑っている。

そして、数秒ほどするとその目をゆっくりと開いた。

「よかろう。我が配下をさらに貸してやる。より高位のな」

「ほ、本当でございますか？」

「うむ」

男が頷いた瞬間、その周囲に魔法陣が出現し、その中から漆黒の影が溢れ出す。玉座の周辺で蠢《うごめ》く影は次第に人型を取り、無数の影人間が生み出されていた。

それぞれの頭部には角が生え、背には翼が生えている。

誰がどう見ても、悪魔にしか見えない姿であった。

「シャドーマン共よりも、さらに上位の悪魔種だ。まあ、所詮は下位に属するものだが、これらで十分であろう。だが、我がここまで助力してやるのだ、失敗は許さんぞ？」

「も、勿論でございます！」

「それと、これまでは器物のみを狙ってきたが――」

男がニヤリと笑った。

その瞬間、その瞳孔が爬虫類のように縦に裂け、口から覗く犬歯が鋭く伸びる。

「これからは、人も狙え。人々の愛情を受ける者、人々の信望を集める者、人々の希望を一身に背負う者！　それらを殺し、魂を奪うのだ！」

「は、はっ！　分かりました！」

「希望だ！　もっともっと希望を奪い、集めろ！　さすれば、我が復活はさらに早くなる！　その時が、我を封じた忌々しき大樹の精霊の最期だ！」

AFTERWORD あとがき

出遅れテイマー最新刊をお買い上げいただきありがとうございます！

今回もあとがきありますよ！

毎度の調整ミスだぁぁぁ！　というか編集さん！　あとがきなくしてって言ってるのに、面白がってるでしょう！

ですが、大丈夫！

前回に引き続き、ゲストをお呼びしてますから！

「――？」

ユート君ちのサクラちゃんです！

今回も、狭くて暗くてちょっと悲しくなる、地獄のあとがき部屋からお送りしております！

「――？」

変な場所ですよね。ごめんさい。

私ね、あとがきを書き終わるまでこのタコ部屋から出ることができないんです！　だから、少しだけ協力してください！　お願いします！

「――！」

おお！　胸をドンと叩いて、任せときなさいポーズ？　手伝ってくれるんですね！

頼もしい！　自分の生み出したキャラだけど頼もし可愛いい！

それじゃあ、さっそくインタビューなんぞ――。

「――♪」

あれ？　サクラちゃん？

鞭なんて出しちゃってどうしたの？　凛々しいお顔も可愛いけど……。

俺、なんか不快にさせること言っちゃいました？

「――！」

危な！　今、俺のことかすめたから！　耳元でビシュッていう音しましたから！

オルト君といいサクラちゃんといい、壁破壊しようとするのはなんで？　ユート君ちのモンスちゃんて、もっと穏やかだったよね？

それとも、俺と一緒に居たくな過ぎてパワープレイに走っちゃうの？

これでも我、創造主ぞ！

もっと優しくしてっ！

「――♪」

ていうか、壁壊れた！　うおぉぉぉ！　脱出できるぞぉぉぉぉ！

はい、前回のあとがきに引き続き、茶番でしたー。

ふふふふ。私は気づいてしまったのですよ！

この茶番、モンスの数だけやれてしまうということに！　キャラクターさんたちも引っ張ってくればさらに倍ドン！

もうあとがきは怖くないのです！

……でも、やっぱりあとがきは苦手なので、できればない方向でお願いします。


ここからはお礼の言葉を。

編集者のWさん、Iさん。色々と細かい私に根気よくお付き合いいただき、ありがとうございます。

Ｎａｒｄａｃｋ様。キャロが素敵すぎます！　最高ですよ！

友人知人家族たち。そして、この作品の出版に関わって下さった全ての方々と、応援して下さっている読者の皆様方。執筆を続けられているのは、皆様の応援のお陰です。本当にありがとうございます。

GC NOVELS

出遅れテイマーのその日暮らし⑫

2024年7月6日　初版発行

著者　棚架ユウ
イラスト　Nardack

発行人　子安喜美子
編集　伊藤正和、和田悠利
装丁　AFTERGLOW
印刷所　株式会社平河工業社
発行　株式会社マイクロマガジン社

https://micromagazine.co.jp/
〒104-0041
東京都中央区新富1-3-7　ヨドコウビル
TEL 03-3206-1641 FAX 03-3551-1208(販売部)
TEL 03-3551-9563 FAX 03-3551-9565(編集部)

ISBN978-4-86716-593-5 C0093

本書は小説投稿サイト「小説家になろう」(https://syosetu.com/)に掲載されていたものを、加筆の上書籍化したものです。